西方传统 经典与解释

Classici et commentarii

HERMES

HERMES

在古希腊神话中，赫耳墨斯是宙斯和迈亚的儿子，奥林波斯神们的信使，道路与边界之神，睡眠与梦想之神，亡灵的引导者，演说者、商人、小偷、旅者和牧人的保护神……

西方传统 经典与解释
Classici et commentarii
HERMES
古典学丛编
刘小枫◉主编

作为政治学的《伊利亚特》

The *Iliad* as Politics

[美] 翰默(Dean Hammer)◉著
程志敏 王芳◉译

华东师范大学出版社
·上海·

华东师范大学出版社六点分社　策划

古典教育基金·“蒲衣子”资助项目

“古典学丛编”出版说明

近百年来，我国学界先后引进了西方现代文教的几乎所有各类学科——之所以说“几乎”，因为我们迄今尚未引进西方现代文教中的古典学。原因似乎不难理解：我们需要引进的是自己没有的东西——我国文教传统源远流长、一以贯之，并无“古典学问”与“现代学问”之分，其历史延续性和完整性，西方文教传统实难比拟。然而，清末废除科举制施行新学之后，我国文教传统被迫面临“古典学问”与“现代学问”的切割，从而有了现代意义上的“古今之争”。既然西方的现代性已然成了我们自己的现代性，如何对待已然变成“古典”的传统文教经典同样成了我们的问题。在这一历史背景下，我们实有必要深入认识在西方现代文教制度中已有近三百年历史的古典学这一与哲学、文学、史学并立的一级学科。

认识西方的古典学为的是应对我们自己所面临的现代文教问题，即能否化解、如何化解西方现代文明的挑战。西方的古典学乃现代文教制度的产物，带有难以抹去的现代学问品质。如果我们要建设自己的古典学，就不可唯西方的古典学传统是从，而是应该建设有中国特色的古典学：恢复古传文教经典在百年前尚且一以贯之地具有的现实教化作用。深入了解西方古典学的来龙去脉及其内在问题，有助于懂得前车之鉴：古典学为何自娱于“钻故纸堆”,与现代问题了不相干。认识西方古典学的成败得失,有助于我们体会到,成为一个真正的学人的必经之途,仍然是研习古传经典,中国的古典学理应是我们已然后现代化了的文教制度的基础——学习古传经典将带给我们的是通透的生活感觉、审慎的政治观念、高贵的伦理态度,永远有当下意义。

本丛编旨在引介西方古典学的基本文献:凡学科建设、古典学史发微乃至具体的古典研究成果,一概统而编之。

古典文明研究工作坊
西方典籍编译部乙组
2011年元月

献给我最挚爱的卡罗尔(Carol)

目　录

中译本前言

俗话说，条条大路通罗马。但每一条路都不一样，因而必有取舍，毕竟这些道路有的远，有的近，有的平坦，有的崎岖，有的风景怡人，有的穷山恶水，有的安全可靠，有的危险重重，甚至直通深渊——我们又怎么可能凭借完全不（可能）准确的地图来规划自己的行进线路，梦想着能够跨过深渊而直达目的地？简单地说，人生苦短，道路漫长，时光不可逆，一旦选择错误，结局必然比“薛定谔的猫”还要可怕，直至万劫不复。那么，对于包括荷马史诗在内的众多古代经典来说，我们又该如何选择自己的进路（approach）以期能够顺利接近（approach）这个高峰？

当前的学术市场可谓热闹非凡，流派纷呈，理论迭出，煞是好看。如果我们简单地认为某种理论或某种方法绝对可靠，是研究经典的正道，那么很可能就陷入了庄子和荀子所批判的“一曲”之弊，也就是现代人所说的“绝对主义”。而如果采用黑格尔所谓“存在即合理”之说，均衡承认各家各派的价值与合理性，则无疑又陷入了“相对主义”，同样也是以更为细碎的“一曲”为准绳，结果当然更加混乱不堪。孰轻孰重的选择之中，的确让人为难。但我们不妨采用古今、内外和等级这三种方法来看待、排列和选择这些各不相同的方法和理论。当然，必须说明的是，这三种方法都只能是概要言之,不可能适用于所有的场合,毕竟凡事都有例外。

从时间上说,既然经典本身就是远古流传下来的东西,那么古人的注疏和解释应该比现代人的理解更为可靠。现代人的理解虽然集成了历代的智识成就而显得有"后发的优势",却存在更大的劣势,即经典的含义甚或大量"原意"已被时间冲刷带走,后人的解读更多时候都是望文生义,要么以后来才有的观念去附会甚至猜测经典,要么生吞活剥,胡解乱读。仅仅从字词句读这个简单而又基本的方面来说,越靠近古代的注疏和解读一般说来就越可靠一些。不过,正如"古今"并非仅仅是时间上的分别,而更多表示品质上的差别(classicus 本身最早就指品质),这种古今判别法也需要小心使用。

从形式上看,围绕经典本身来研究,更能深入其内部,显然比隔靴搔痒、隔岸观火和雾里看花的外在研究要靠谱得多。传统的学问方法多从小处入手,以经典本身为对象;现代学术多从大处着眼,以理论构建为目标。两者看上去各有所长,也都各有所短。不过,传统学术方法虽有"琐屑饾饤"之讥,却也不失为入门之正途。而如果只是为了验证某种(现代)理论,把经典仅仅当作证明材料,虽有宏大构建,却容易游谈无根。就像我们不能简单割裂"古今"一样,我们也不能把"内""外"截然对立起来,但要做到王国维《人间词话》(第 60 条)所谓"入乎其内,故能写之;出乎其外,故能观之。入乎其内,故有生气;出乎其外,故有高致",殊为不易,至少两者有先后之别。出入内外,可能还有高下之分,一般说来,"内"当然胜过"外",毕竟如骆鸿凯所说:"自非入乎其内,令神与物冥,亦安能传其真状哉?"[1]

从等级上可能就更不好说了,因为在现代平等精神的普遍浸润下,人们早就习惯了高傲而自豪的主体精神,绝不认为人类在理

---

① 见詹瑛,《文心雕龙义证》,上海古籍出版社,1989,页 1734。

性、德性、心性等天性方面有任何差别。其实,上述两种方法哪怕稍微能够成立,就已经很好地说明了物有不同、事见等差、理别高下。我们当然支持和信奉自由平等,但在具体的方法路径等细微而具体的方面,不妨更多地体会事物的差异,至少可以说,不同的方法进路会引导我们达到不同的境界。那么,如何看待这些档次不同的方法理论?简单地说,以经典为最高等级的方法无疑就是最好的方法,反之,如果我们的研究只是为了证明自己的伟大,甚至认为自己可以比古人更懂得他们本人,这种态度已经让其研究成果蒙上了阴影。我们当然不会认为经典就毫无瑕疵,但如果我们的研究只是拿着放大镜去寻找这些所谓的“瑕疵”,我们可能就与经典擦肩而过了。这样自证伟大的研究即便再“高明”,也没有多少意义,甚至只有害处。

有了上述方法论的准备,我们或许就不难判别和选择了。本书对古典学、语文学、人类学、社会学、民俗学、哲学等领域,以及结构主义、(结构)功能主义、实用主义、功利主义、社会心理学、文学批评等具体的方法,都给出了自己的判断,究竟孰优孰劣,端赖读者诸君自行抉择。

再来简单说说本书的主题。作者认为《伊利亚特》中已经有成熟而完备的政治系统,并批判了那些否认这一观点的学者。的确,不少学者从现代(或后起)的政治观念来看待《伊利亚特》,显得太过严格或严厉。实际上,人类从诞生之时起,就已经在“政治”领域中了,我们很难想象一种所谓的“前政治状态”。而现代学者所谓的“自然状态”,与其说是“前政治”的历史刻画,不如说是现代人的理论假设,更是一种想象的结果。[1] 舍勒对此更是一针见血地指出:

---

① 罗门,《自然法的观念史和哲学》,姚中秋译,上海三联书店,2007,页88-89。

> 有史以来关于“人的自然状态”的学说浩如烟海，它们无一例外地只是任意的图画；这图画出自各个不同时代利益的政策的手笔，它“解释”不了任何东西，本身却可以从历史和心理角度得到解释。①

但不少人还深陷其中不能自拔，以为这种理论能够构建出政治学的辉煌大厦。

此外，政治必然涉及权力、权利、权威、权势（might）、武力、暴力、精英、民众、领导者与被领导者等，这些概念实际上已经与现在的理解颇有不同。这些概念往往让人想起“集权”或“极权”，想到“威权主义”、“社群主义”等，但这些理论似乎未必适合那个时候的思想状态，因此我们把 community 一律译作“共同体”，而不是“社群”，以免让人产生不必要的联想。再比如说，一提到“权力”，人们自然就会认为必须把它关在笼子里，至少也要“分权”，以避免“集权”。这样的理解当然没有问题，但“集权”不等于“极权”，因为“分权”在历史上也往往导致“极权”，就如同希特勒的法西斯主义是在“民主”时代通过合法的途径走进政治和历史的。“集权”固有其弊，但它正是政治的本质所在，否则，政治也就变得既不可能，也无必要了。我们不是要为政治领域的某个主张辩护，而只是想提醒读者：时过境迁，很多概念的内涵已然发生了根本性的改变，与其用现代观念来生搬硬套，不如先多一些同情的理解。

最后交代一下翻译上的技术处理。正文中凡是希腊文字词皆保留外文状态（但附上翻译），以符合作者刻意如此的做法，尤其是 themis 一词，因为含义极为丰富，学者之间争论也非常大，故而不宜用某一个词来简单翻译。而如果把它各种可能的含义都附在该

① 舍勒，《论人的理念》，魏育青译，见刘小枫选编，《舍勒选集》，上海三联书店，1999，页 1283。

词每次出现的地方，则无疑太过涣漫。除非是首字母大写的 Themis，指那位古老而“现代”的女神，没有歧义，故译成汉语“忒弥斯”。而 basileus 在古风时期译作“君王”，在雅典民主时期则译作“王者执政官”。另外，作者在引用《伊利亚特》等著作的英文版时，多有改动，也在文中注明了，但我们既然是根据英语翻译（更多地参照了罗念生和王焕生的译本），也就不再一一标明其“译文有所改动”。

本书由王芳女士翻译出初稿，我再通校一遍，几乎每个句子都有改动，而大部分内容都重译过。即便如此，很多内容仍然觉得没有把握，比如 human agency，意思是凡人在神明安排之外的活动及其能力的范围，我把它译作“人类能动性”（而 human agent 相应地译作“人类能动者”），但思忖良久，也觉得没能很好地传达出该词的含义（有人把 agency 译作“施为”）。再如，vulnerable 或 vulnerability，本意是“易受伤害或影响”，引申为“脆弱”，几番改动后，最终还是决定用其引申义来翻译，但又觉得它很难与 fragile 或 fragility 相区分。诸如此类，多有不安处，切望方家不吝指教。

程志敏

2021 年 10 月于海南大学社科中心

致　谢

[ix]多年来，我从许多人那里得到了诸多宝贵意见和持续不断的鼓励。我谈论《伊利亚特》，始于和班克斯(Thomas Banks)的对话，他建议我在课堂上讲授。他在过去几年里也读过我的书，让我免于很多令人尴尬的谬误。唐兰(Walter Donlan)不仅在我最初涉足荷马学术研究时给予慷慨鼓励，还在这个项目推进过程中继续提出了很多有益的建议。他对学术充满热情，乐于慷慨建言，堪称典范。拉弗劳卜(Kurt Raaflaub)对荷马学术研究拥有百科全书式的学识，加上他论证清晰，的确令我自愧不如。我在将古典学家与政治理论家联系起来时，从他那里受益颇多。怀特西德(Kerry Whiteside)既是我的同事，又是我真正的朋友，他乐于参与我们的日常谈话，讨论所有的理论问题。我那些学生的价值怎么夸赞都不算过分，他们也与我一同思考《伊利亚特》。经年的课堂讨论激发了我本人对《伊利亚特》的思考，而我在著述过程中所做的工作反过来也激发我的学生们进行思考。有些学生为此书的部分手稿提出了意见，包括[x]基希(Michael Kicey)和路图瓦(Marina Lutova)。特别感谢瑞诺(Stella Reno)对全书的仔细阅读和批评，他还提出宝贵意见，使得本书更易于被学生们接受。在此，我也想感谢过去几年里阅读了此书部分手稿并提出建议的波

热利(Jane Borelli)、道格拉斯(Mary Douglas)、埃利斯(Richard Ellis)、康斯坦(David Konstan)、兰登(Ted Lendon)、马悌(William Marty)和帕斯瓦克(Kyle Pasewark)。

希腊研究中心提供的奖学金让我极为受益,它为我提供了大量的图书资料和不受打扰的、专注于研究的时间,其知识氛围亦堪称生机勃勃。富兰克林和马歇尔学院奖学金委员会也在持续不断地支持我。

我要感谢以下期刊的编辑允许我使用部分之前发表过的文章:《〈伊利亚特〉中的政治学》,刊于《古典学刊》1998 年 10—11 月第 94 卷;《〈伊利亚特〉中机会的文化建构》,刊于《阿瑞忒萨》(*Arethusa*)1998 年 1 月第 31 卷;《"谁应欣然服从":〈伊利亚特〉中的权威与政治学》,刊于《凤凰》1997 年第 51 卷;《作为流浪汉的阿喀琉斯:〈伊利亚特〉中的自治文化》,刊于《古典世界》1997 年 7/8 月第 90 卷;《荷马、僭政与民主》,刊于《希腊、罗马与拜占庭研究》1998 年(2000 年出版)第 39 卷;以及《〈伊利亚特〉的伦理学思考:政治学与怜悯》,刊于《阿瑞忒萨》2002 年第 35 卷。

引　言

[3]此书是我过去十年来在学术研究和教学实践中研读《伊利亚特》的成果。我原先在教授古典政治学理论的课程中，就用《伊利亚特》来为理解柏拉图和亚里士多德营造丰富的背景。然而，随着时间的推移，《伊利亚特》在这门课中显得越来越突出，这不仅因为我花了大量时间来讲这部史诗，也因为它对于我理解这门课所产生的影响。我完全没有意识到，无论在这门课上还是在我本人的思考中，《伊利亚特》已经从理解柏拉图和亚里士多德更为系统化政治理论的背景，变成了一部独立自足的政治思想作品。

极少人从这个角度来看待《伊利亚特》，其中的主要原因，是以柏拉图将荷马逐出其"理想国"(republic)为开端的那个哲学传统。柏拉图在史诗与哲学知识之间划了一道线，他主张，荷马史诗的问题在于它描述的是人类行为和情感的影子世界，是对现象外表的摹仿(mimesis)。罗柏(Robb)[4]有一部论述希腊社会文化起源的书非常有趣，他认为柏拉图从本体论、认识论和心理学层面批判了"摹仿"这一诗性行为。① 首先，柏拉图质疑了史诗的本体论地

① 见罗柏 1994。[译按]即《希腊社会的文化与教化》(*Literacy and Paideia in Ancient Greece*)，罗柏(Kevin Robb)著。

位，认为史诗与真理有着“三重差距”，因为诗人的技艺就是摹仿“表现出来的表象”(《王制》597e，598b)。其次，柏拉图拒绝史诗诗人的一切知识论主张，认为“表现的艺术”之所以“能够再现一切”，仅仅是因为它“几乎不把握任何东西，只能把握一丁点现象的外表”(598b)。在柏拉图看来，如果荷马对他所“摹仿”的事物有“真正的认识”，那么这位诗人就会专注于这些“真理”而不是真理的表象了(599b)。诗歌的问题在于它太轻易地创造，却对真理没有任何实际的认识(599a)。

最后，也是柏拉图对 mimesis[模仿]这一要素留下最激烈的话，即史诗诗人有“败坏(lôbasthai)最优秀人物的恐怖力量”(605c)。正是这种败坏让人想起荷马说的那种对荣誉的暴怒和对尸体的侮辱，就如同阿伽门农(Agamemnon)向佩珊德罗斯(Peisandros)保证的那样，他的尸体遭到“侮辱”(lôbên)是“惩罚你父亲的恶行”(11.142)。① 对柏拉图来说，诗人就在搞类似的侮辱，这次侮辱的是灵魂，因为诗人“放纵我们身上那部分本能的欲望”，包括“渴望流泪，放纵悲伤，不能自已”(606a)。诗歌触动了我们每个人怜悯、欢乐和悲伤的情感，创造了一个世界，人类在其中因失去朋友、恐惧死亡、境遇恶化而变得脆弱不堪。这些依赖性和脆弱性的情感颇具败坏性，从而让我们无法获得“美好生活”(387e)。因为在柏拉图看来，最好的生活是自足(autarkês)的，几乎无需他人(387e)。

近年来，人们既考察了哲学对文学的贡献，又研究了哲学的[5]文学基础，诗歌与哲学在认识论地位上的差别虽然有所缓和，却仍存在于我们对史诗的理解之中。哈夫洛克(E. Havelock)提醒我们，哲学的首要任务是从荷马语言的“叙述之流”中“逃离”，因这一洪流暴露了“思想的错误”。② 理论可以说具有反思性和理

① [译按]与罗念生、王焕生的翻译略有出入，这里据作者英文版原文翻译。

② 哈夫洛克 1983，24，19。

性，而这种反思性和理性则来自理论的命题逻辑（propositional logic）。另一方面，史诗能表达我们的情感和想象，却决不能说就知晓哲学真理或共同体组织的政治问题。经常出现的情况是，人们总是或明确或含蓄地把政治理论与史诗区别开来，前者是政治世界的系统性、理性、反思性和批判性的描述，而史诗的特性往往是对神话、传说、故事和迷信不加批判的挪用。① 评论者提出的证据就是：充满了神圣力量因而看上去非理性的宇宙论，史诗内部故事之间的不一致，以及史诗文本的口传性质——这个性质决定了史诗的目的是讲述一个特定的故事，而非分析思想的基础。埃德蒙兹（Edmunds）总结了这种学术观点，他认为：

---

① 认为史诗不具备批判性的观点非常广泛，因为政治理论家（沃林[Wolin]1960，28）、古典学家（哈夫洛克 1963，66；1978，14；1983，13；帕里[A. Parry]1956，3；阿德金斯[Adkins]1982；阿德金斯 1997，713；坦迪[Tandy]1997，第 7 章）、文学理论家（巴赫金[Bakhtin]1981，13，15-16，35；奥尔巴赫[Auerbach]1953，16）、黑格尔派对历史的解读（斯内尔[Snell]1982）、结构主义解释学（韦尔南[Vernant]1990，50）及后现代主义理论（利奥塔尔[Lyotard]1993，18-23；1989，321），都持这种观点。新老教科书也是这种观点。在卡特林（Catlin）的《政治哲学家的故事》（*The Story of the Political Philosophers*）一书中，荷马是作为希腊文化开始繁荣的“蛮族”先辈出现的（1939，40）。荷马不曾在萨拜因（Sabine）的经典著作《政治理论史》（*A History of Political Theory*，1950）一书中出现，这本书教育了一代学者；三卷本教科书《西方政治理论》（*Western Political Theory*）（麦克唐纳[McDonald] 1968）、洛斯科（Losco）和威廉姆斯（Williams）的《政治理论》（*Political Theory*，1992）、迈克伊尔温（McIlwain）的《西方政治思想的发展》（*The Growth of Political Thought in the West*，1968）、阿纳特（Arnhart）的《政治问题》（*Political Questions*，1993）、哈洛韦尔（Hallowell）和波特（Porter）的《政治哲学》（*Political Philosophy*，1997）等书中也没有出现过荷马。荷马史诗在克劳斯科（Klosko）的《政治理论史》（*History of Political Theory*，1993）中出现过几次。但是与荷马在柏拉图的《王制》中一样，荷马在这本书中出现时，要么是作为先于哲学的非批判性思考的代表（1993，1：2），要么是作为哲学不得不与之斗争的文化背景（1993，1：71-73）。荷马虽然出现在艾略特（Elliott）和麦克唐纳（McDonald）的《西方政治遗产》（*Western Political Heritage*）中，但作者也选择了柏拉图的立场，把荷马驱逐出政治领域。第勒（Thiele）的《思考政治学》（*Thinking Politics*）一书虽致力于融合不同流派以发掘“政治理论的艺术和技巧”，却丝毫没有提及荷马（1997，xv）。也存在一些重要的例外。把《伊利亚特》作为政治思想范畴来讨论的，有拉弗劳卜 1989、2000，弗莱格（Flaig）1994，31，唐兰 1973，罗斯（Rose）1992，奥斯本（Osborne）1996a，149-51，而教科书方面，见鲍尔（Bowle）1948，44，最近的加加林（Gagarin）和伍德拉夫（Woodruff）1995。

> 我们大多数人都认为荷马不是一位政治思想家。荷马学术研究如关注荷马的政治思想，那只是试图为公民大会、议事会、法庭这些政治机构的历史存在找到证据，因为这些政治机构可能在荷马的那个时代就存在了，他们将这些证据与考古记录、希腊后期历史的事实以及比较证据联系起来。①

本书试图“将荷马视作一位政治思想家”，或者换句稍微不同的话说，把《伊利亚特》理解为一部政治思想作品。我在论证这个观点时，实际上提出了两个主张：史诗具备批判性的反思，且这种反思的本质是政治性的。这两个主张都有争议，都需要解释。②

[6]首先看第一个主张。尽管这部史诗一直以其诗歌的优美

---

① 埃德蒙兹 1989，26。

② 这里需要解决几个与《伊利亚特》有关的断代和成书的问题。我相信《伊利亚特》是在公元前八世纪下半叶（可能晚至公元前七世纪上半叶）形成了现在的模样。我用荷马作为简称来指代《伊利亚特》这一作品的作者（们）。所谓“荷马问题”，现在主要集中于史诗的作者和创作时间上，这方面的概览见戴维森（Davison）1962，沙因（Schein）1984，1-44，以及特纳（F. Turner）1997。关于《伊利亚特》的成书时间在公元前八世纪下半叶的证据，见拉弗劳卜 1991，1993，1997b，1998a；基尔克（Kirk）1962，282-87；基尔克 1985，第 1 章；拉塔兹（Latacz）1996，77-90；扬科（Janko）1982，228-31；莫里斯（Morris）1986，92-94；罗斯 1997，171；坦迪 1997 和奥斯本 1996a，157-58。关于史诗的成书时间在公元前七世纪上半叶的证据，见韦斯特（West）1966，46-47；1971，205；995；伯克特（Burkert）1976；塔普林（Taplin）1992；范维斯（van Wees）1992，54-58；1994，138-46；克里拉德（Crielaard）1995 和迪基（Dickie）1995（帕帕多普洛斯[Papadopoulos]的评论版 1996）。我的论述并非依赖于后面这个日期。虽然荷马大量引用口传诗歌的传统（见纳吉[Nagy]1979，1990 和佩吉[Page]1959），但是史诗结构和形象的一致性，以及同一个情节发展过程中的创造性重塑，都表明（即使不能证明）了这部作品出自同一位诗人之手。我倾向于同意雷德菲尔德（雷德菲尔德 1994，58）的观点，即使“故事可能是借来，情节不可能是；创作情节是（叙事）诗歌创作的灵魂”（又见惠特曼[Whitman]1958）。最后，虽然史诗指向一个历史的、英雄的过去，但它在意义上“接近当代”（拉弗劳卜 1998a，181；又见拉弗劳卜 1993，44；1997b，628；莫里斯 1986；乌尔夫[Ulf]1990；范维斯 1992 和雷德菲尔德[Redfield]1994）。在创作这部史诗时，诗人很可能仿古、夸大、引用“观众集体记忆中仍能想起的”记忆和神话（拉弗劳卜 1998a，181）。但在表演中，成功的诗歌创作要让诗歌能被观众所理解。

和描述人类悲剧的力量而长期吸引着西方人的想象，但是这部史诗的批判性反思却很少得到承认。当然，认为《伊利亚特》不具备批判性反思的观点，至少可以追溯到柏拉图时代。但是帕里(Milman Parry)的观点及洛德(Lord)的后续工作却为这个观点提出了不同的理论基础，即《伊利亚特》不仅来自口头创作，而且"在口头表演'过程'中创作"的这种方法，还给荷马史诗强加了这样的结构，这种结构更加强调荷马诗篇的功能性，而不是荷马语言的可解释性。①

因为帕里及后来的洛德对诗人"如何"创作的技巧具有压倒性的兴趣，难怪他们后来会去寻找诗人的工具。在帕里和洛德看来，这些工具就是现成的套话和主题。② 具体来说，格律诗行和半行诗都是由套话和称呼组成的("神样的阿喀琉斯"、"聪明的奥德修斯"等等)，歌咏(song)利用主题来构建。这个套话系统的特点是高效，仅由两个要素组成："单一性"和"延展性"。③ 就"单一性"而言，帕里指的是在同一个韵律单位中，一种套话即使复制了另一种套话，表达的也不是同一个意思。而"延展性"指的是形式相同的所有套话表达都有不同的含义。这并不是说这个系统是静态的。但是套话的创造或修订往往发生在口传套话的系统内部，而在这个系统中，观点是"作为套话产生的"，符合简单和延展的要求。④ 这个结构上的运用(operation)对诗歌的创作及理解诗歌的意义都很重要。意义天然就存在于套话之中，由传统所固化。史诗诗人在运用口传语言系统时，利用套话"来表达既定的基本观点"。⑤ 对于那种在[7]这个套话系统中工作的

① 洛德 1960，5。

② 见帕里 1987a、1987b、1987c，洛德 1960 和翁格(Ong)1982。

③ 见帕里 1987b、6-7、16-17；1987c，276(使用了"长度"和"节约"等词汇)。

④ C. 爱德华兹(C. Edwards)1983，161。见洛德 1960，130。

⑤ 帕里 1987c，272。

诗人来说,“创作就是一个回忆的过程”,创作者在“此刻的压力”下,不得不“记住他从其他游吟诗人那里听来的词汇、表达和语句,那些游吟诗人曾经教过他英雄诗歌的传统文体”。此外,诗人还“必须记住复杂六音步模子中出现的那些传统词汇和表达法的位置”。① 实际上,摆在诗人面前的是一个“现成词汇和短语”的传统,“一旦幸运地发现它们,就能用于诗歌创作”。② “学徒游吟诗人”在学习诗歌创作时会沿袭这一传统,“少用或根本不用他自己的词语”。③ 颇有经验的口传诗人的技艺不是简单重复那些套话,而是要“有能力以基本的套话所建立起来的模型,来为当时的想法创作和再创出一些表达法”。④

人们重新发现了史诗创作的口传性质,这往往会得出一个不幸的、并非完全合理的结论:史诗的语言单调、不具备反思性以及非概念性。⑤ 在林恩-乔治(Lynn-George)看来,帕里和洛德对待史诗创作的方法论基础,乃是一种“语言与思想之间的传统二分法,这种二分法后来就分化为口头和书面”。⑥ 口传诗人的语言需要以恰当的节奏和韵律把一个个表达法组装起来,这种语言听起来完全就像配乐诗。诗人套话中的表达法并非用来传递“意义”,而是因为它们有功能之用。⑦ 从这个观点出发,观念成为了语言的一种功能,帕里把套话定义为“在同一个韵律中经常用来表达某一基本观念的一组词语”。帕里说,诗人只能表达“那种已经有固

---

① 帕里 1987b,332,195。

② 帕里 1987b,195。又见帕里 1987a,1987c,翁格 1982,20-27,33-42。

③ 帕里 1987b,195。

④ 洛德 1960,5。又见帕里 1987c,272。

⑤ 过去的几十年里,不少的学者都有过这种担忧。如见帕里 1971,博尔特(Bolter)1977,格里芬(Griffin)1980 和海恩斯沃思(Hainsworth)1992。

⑥ 林恩-乔治 1988,61。

⑦ 帕里 1987d,370。帕里区分了套话和日常语言(1987c,304)。关于对这个区分的批评,见巴克(Bakker)1995,100。

定表达方式的观念”。[①] 表达法与意义成为一个整体，就预先排除了对表演有不同解读的可能性。正如帕里写道，

> [8]但是在实践中，如果我们时刻牢记荷马文风最不容置疑的标志就是直接(directness)，并且坚决排除任何不是即时且轻易闪现在脑子里的解释，那么，我们就会发现，几乎就找不到什么例子，让五花八门的意见在其中大行其道。[②]

帕里和洛德关注的是口头创作如何将结构性需求加诸史诗，而哈夫洛克则分析了口头意识(oral consciousness)给荷马史诗带来的观念上的限制。[③] 哈夫洛克认为荷马史诗的特点是“代代相

---

① 帕里 1987c，272，270。拉索(Russo)指出帕里-洛德方法的“中心含混”，就因为它“希望把那种运用了套话的诗歌创作，等同于完全依赖套话的那种即兴表演”(1978，40)。

② 帕里 1987a，156。

③ 翁格(Walter Ong)对哈夫洛克的讨论作了一个重要的补充，他构建了一个更普遍的概念框架来理解口传文学的思考和表达模式。翁格提出了口头表达的若干特点，在此我挑出其中几个，因为他们对后续理解荷马史诗对政治思想的贡献非常重要。首先，翁格认为叙述是附加而非从属，类似于哈夫洛克的“部族百科全书”(翁格 1982，37-38)。也就是说，尽管书面文本可以创造从属结构，而这种从属结构可以用来强调基本主题，但口头文本则是将相邻的要素并置起来(这就叫 parataxis)。如此一来，叙述就是通过诗行和场景的累积而展开的。第二个特点与第一个有关，即叙事话语会利用冗余和重复来回忆并再次强调特定主题(翁格 1982，39-41)。这些特点暗含了一个假设，我现在简要提及并在后面详细阐述，那就是重复会自我生产：相似诗行的出现，或为此程式化地重复了尊号(epithets)，产生了相同的意思，进而导致这样的表现：史诗不可更改，也没有反思性。正如翁格所言，口传诗歌是通过概念化知识的记忆和重复来展开的，所以任何改变“都是套话和主题的重组而非用新的素材取代”(翁格 1982，42)。相反，书面文本将思维从记忆中解放出来，让思维转向“新的思索”(翁格 1982，41)。

口头表达另外还有三个方面值得一提：即知识是以故事的形式而非分析范畴的形式呈现的(翁格 1982，42-45)；口头故事引人共鸣，与人分享，而非像文本一样产生客观性和距离(翁格 1982，45-46)；故事是情景性的，而非抽象的(翁格 1982，49-57)。翁格小心地指出口头思维的智慧并不比书面思维逊色。两者的不同只在于我们组织和理解经验的方式。口传诗歌能出色地表现人类的经验，但是无法提出概念性或分析性的范畴来设定因果关系或从逻辑前提中衍生命题(翁格 1982，57)。

传故事的汇集”,是涵盖了习俗、实践和程序的“部族百科全书”。哈夫洛克的后期著作仍持续关注史诗最基本的“实用”功能。他还认为,荷马史诗的结构中包含了“大量适用于社会的指导性信息,史诗既针对社会,也引导着社会”。① 这是因为口述语言需要“神话”(mythos),需要讲述“人物行为和事件的发生”,对 logos 或“抽象和概念性的语词”“不大友好”。②

哈夫洛克在口头语言和哲学语言以及相应的口头意识和哲学意识之间设立了一系列并置(juxtapositions)关系,哲学意识是新兴的意识,与前苏格拉底(pre-Socratics)有关。口头文化中没有“适合描述外在世界的术语”,甚至也没有意识到“有这样一个需要被描述的‘世界’或宇宙存在”。但是书面文化中有概念性词汇,特别是创造了能假定永恒关系的“永恒的现在”。在口头文化中,环境被看作是由“人类能动者”(human agent)而不是“非人格的力量”所激发的。口头文化把事件看作特定开端与结局的“非连续多重性”,而不是提供“单一的综合性陈述,设法通过将事件分解为单一整体的多个方面来完全涵盖事件”。但哈夫洛克不仅仅阐述区别,[9]他更宽泛的结论是,“思想的错误和语言的错误是并行的”。③ 在哈夫洛克看来,前苏格拉底哲人所意识到的任务,不仅是批评荷马和赫西俄德(Hesiod)作品的内容,更是批评口头表达产生的思想错误。④ 哈夫洛克认为,前苏格拉底时期的人主张,“诗歌资源在表演中被普遍利用,不适合表达哲学”,因为“普通语词和思想中的习语讲述的是我们的经验,并把它重新阐释为生成

---

① 哈夫洛克 1963,66;1978,6,13。

② 哈夫洛克 1983,13。又见斯科尔斯(Scholes)和凯洛格(Kellogg),他们认为口传诗人“主要忠诚”的是“mythos[神话]本身——即传统中流传下来的、被史诗说书人重新创造的故事”(1966,12)。同样,他们认同哈夫洛克的解读,认为柏拉图是通过攻击诗人以“彻底将希腊思想从口述传统的‘语法’暴政中解放出来”(1966,25)。

③ 哈夫洛克 1983,15、14、21、19。

④ 见哈夫洛克 1983,15-21。

和毁灭的一系列事件”。①

所以，我们也不必惊讶，哈夫洛克将史诗中包括辩论和议事会在内的政治关系，视作“总结性和程式化的创作”，而且“只有在故事提示出现了政治关系”时才提供这种关系。② 这就让史诗有了一个“道德维度”。但那也并非由概念工具所引导，而是“对普遍规则的务实回应，这种普遍规则能产生‘责任’，而且也给实行者以‘奖赏’”。③ 叙事的情景性本质指概念不会事先确定，而是通过人的行为和互动产生，哈夫洛克似乎把叙事的情景性本质等同于实用主义和功利主义的伦理导向了。哈夫洛克从同时代或不同时代的虚构描写中，很可能也会得出同样的结论。在虚构描写中，情景及其反应定义了情节和人物。对哈夫洛克来说，其结果就是荷马的（虚构的）世界全无任何概念性的东西。因此，哈夫洛克在一个让人能回忆起柏拉图对诗歌和哲学所作的认识论区分的意象中，描绘了从荷马到柏拉图的正义概念何以“从影子过渡到了实质”。④ 现代政治理论的认识论偏见一个鲜明的例证，就在于抽象的、哲学的概念实质上使人类行为的具体细节看上去就像是影子。

我并不是说哈夫洛克集成了后帕里时代的所有学术成就，但他在这里确实很重要，[10]因为他专注于《伊利亚特》的政治层面。许多古典学家要么反对帕里在解读时区分口头文本和书面文本，⑤要么以帕里为出发点来探索荷马的艺术创造力。⑥ 其他学

---

① 哈夫洛克 1983，19-20。

② 哈夫洛克 1963，69。

③ 哈夫洛克 1978，8，9。

④ 哈夫洛克 1978，14。

⑤ 见海恩斯沃思 1992，帕里（A. Amory Parry）1971，芬尼根（Finnegan）1977，1-29，格里芬 1980，以及霍洛卡（Holoka）1991。

⑥ 见爱德华兹（M. Edwards）1987，马丁（Martin）1989，维万特（Vivante）1970、1982、1985，纳格勒（Nagler）1974，奥斯汀（N. Austin）1975，费尼克（Fenik）1968，拉索 1968，爱德华兹 1987 和里斯（Reece）1993。

者在重申荷马的艺术性时，某种程度上又常常脱离所有的社会政治背景，从纯粹的美学形式出发来讨论荷马史诗。因此，福特(Ford)在把“洛德、哈夫洛克和翁格(Walter Ong)的否定诗学”结合起来看时，提出史诗因其口述性质而不具备的特点：“诗不是修辞效果”，诗不是历史，诗“不是讲故事的艺术”，那种努力既不是为了创作“不朽的作品”，也不是为了留下什么，而是只存在于表演的那一刻。① 荷马呈现的史诗“毋须阅读，毋须解释”，因为他的史诗拒绝一切可持续的“物质形态”。② 史诗的表演维度应该让我们理解，史诗的目的并非成为“讲故事的艺术”，而“总是并只为了快乐”，甚至假装“不需要一位观众”。③

福特的分析具有反讽意味，因为他毫不妥协地提供了一种解读(实际上是一种阐释)，这种解读用上了大量现代的词汇，这些词汇放到荷马世界里，完全不可理解。我的兴趣不是指出这些反讽的含义，而是澄清我与这一特定的口述文化方法有何不同。虽然我同意翁格所说的通过“将知识嵌入人类的生活世界”，“口传的方

---

① 福特 1992，17，18，195，170。福特在这里不仅受到洛德、哈夫洛克和翁格的口头文化作品的影响，还受到布鲁姆(Harold Bloom)提供的理解诗歌创造性的框架的影响。布鲁姆在他称之为“修正主义”(Revisionism)的方法中(见布鲁姆 1982)试图更直接地理解诗人，他发现诗人们对他们的先驱有一种焦虑。布鲁姆在他的《影响的焦虑》(*The Anxiety of Influence*)一书中写道，“我关注的只是那些强大的、主要的诗人，他们锲而不舍地与那些强大的先驱们角斗，甚至直到死亡”(1973，5)。诗人们在角斗的过程中相互误解，“以便为他们自己清除想象的空间”，这个角斗的过程在布鲁姆看来是“诗史”(1973，5)。诗史即诗歌影响史，不应是“观念史”或“意象的图式化”，而应作为“诗人之所以为诗人的生命轮回的研究”(1973，7)。诗人最反抗的，“无论多么‘无意识’”，也是“意识到死亡之必然性”(1973，10)。诗人看上去像“反自然的或对立的人”，寻求“不可能的对象”(1973，10)。在寻求不可能实现的过程中，诗人试图摧毁之前存在的一切，挣脱先在和继承的“时间暴政”(1973，9)。

② 福特 1992，202，156。

③ 福特 1992，195，18，202。奥尔巴赫(1953)也类似地认为：“荷马诗歌毫无保留”(11)，因为“荷马的风格只展示前景，一个始终如一阐明的、客观的当下”(5)。结果就是荷马“不能被阐释”，因为并没有什么可以阐释的(11)。

式把知识置于斗争的语境中”,①但我不赞同认识论让位于这种经验描写。虽然口传诗歌是文化传承的一种重要途径(哈夫洛克和翁格也因此首先看重诗歌的工具性),但我认为,将知识置于或嵌入人类的斗争中,会引起一个反思性的方面,诗歌由此对人类经验的组织性提出疑问。史诗[11]由于是在表演中创作而成的,看上去像是公共诗歌,致力于反思那种组织共同体的活动。我将简要阐述史诗创作如何将批判性维度引入史诗之中。

首先,“公共表演活动”在讲述过程中将史诗与同时代更广泛的文化议题联系起来了。例如雷德菲尔德(Redfield)的观点就很有说服力,他认为虽然史诗引用了传统故事,但是诗人讲述的“并非那些故事,而是他自己创造了情节的故事”。在情节和人物的发展过程中,诗人“引用并说服我们相信关于剧情来源和条件的某种假设”。② 一首诗向听众传达了连贯性和意义,因此这首诗的创作基于文化的理解:基于让情节可信的观点和假设。③ 尽管诗人运用了史诗传统,诗歌和听众的互动却让诗人能够重新创造“过去,以满足当前的需要或剔除过时的套话和情节要素”。④ 如拉弗劳卜所注,“歌者和听众间的互动是必要的”,因为“听众需要认同歌手所描述的人类戏剧和伦理困境,以平衡幻想和古语”。杰出人物的英雄事迹与“反映社会、经济与政治环境、价值与关系这些听众

---

① 翁格 1982,44。

② 雷德菲尔德 1994,58,23。又见特纳 1988,21-22,42。这与雅可宾(Jacopin)1988,142 中讨论的神话的“直接论证”功能有关。

③ 《伊利亚特》并不仅仅是为贵族或代表可能的捐助人表演的,而是有更广泛的诉求,正如基尔克 1962,275,斯库利(Scully)1990,拉弗劳卜 1991,唐兰 1993,伦茨(Lenz) 1993,248-254 和达尔比(Dalby)1995 中所述。马丁指出了《伊利亚特》中的公共表演具有竞争性质,他写道“这类诗歌的目的是说服,在公共场合表演,由权威人士创作,在权威人士相互竞争的背景下,只有文体最佳的演说者才能获胜”(1989,238)。要讨论《伊利亚特》如何从口述传统中形成文本,结论依旧是诗人“在[他的]脑中与正在倾听的挑剔听众一起创作的”,见罗柏 1995,255-256。

④ 莫里斯 1986,87。

熟悉的材料”结合在一起。①

批判维度的第二种引入方式是“角色的表演”。史诗很大程度上靠角色的言行来创作。从表演者的视角中就出现了一种文化语法——即界定文化的那些边界，表演者在世界上到处走，通过“与社会的‘他者’对话、并置”而赋予社会现实以形式和意义。② 这些界限的轮廓并非来自外在于文化世界的“客观”角度，而是[12]随着人物通过语言塑造他们本身及他们所处的世界而在对话逻辑中产生并成形。③ 阿伦特(Hannah Arendt)在谈及政治行动的时候说“言行的特定启示，代理人的隐性表现，都与表演和演说的鲜活变化不可分割”，“只能通过重复”来再现，或是通过 mimesis[摹仿]与戏剧的重演相呼应。④ 这对我们如何理解史诗有重大的影响，因为它表明，虽然荷马的表演是 mimesis[摹仿]，但它并非封闭的或静态的。通过对话，我们可以判断重叠甚至冲突，以及隐藏在“价值复合体”之下的“价值中心”(巴赫金语)，这个“价值复合体”则是每个人物通过其独特的方式构造的世界。⑤ 也就是说，通过对话活动，我们可以看到界限之内和界限之间的对抗。这就说

① 拉弗劳卜 2000，26。

② 斯图尔特(Stewart)1986，43。

③ 怀特(James Boyd White，1994，xi)写道：“每一个言语行为都是在世界上存在和表演的方式，都享有正当权利，应当受到他人的尊重。我们的生命里有语言和他人，与永不停息地创造或好或坏、或成功或失败的权威有关。”又见巴特勒(Butler)1995，134 中对表演性的讨论。

④ 见阿伦特 1958，187。

⑤ 费尔森-鲁宾(Felson-Rubin)1993，161。虽然巴赫金在“史诗与小说”(Epic and Novel)中认为史诗是独角戏，但是我认为我们可以把他的观点延伸到《伊利亚特》中，《伊利亚特》“在解读宇宙的核心中将对话的多样性、丰富性和微妙发展到了极致，与单一构思的作者、读者或文本相反”(米勒[Miller]和普拉特[Platter]1993，118)。见巴赫金 1981，1985，1990。关于巴赫金“反语言学”的精彩论述，见斯图亚特 1986。近期将巴赫金的理论应用于荷马学术研究的著作，见，帕拉多托(Peradotto)1990、艾默生(Emerson)1993、鲁比诺(Rubino)1993、费尔森-鲁宾 1993 和爱德华兹(Anthony Edwards)1993。

明可能存在歧义、张力甚至冲突,因为荷马史诗中的人物通过援引和唤起文化语法来构建他们自己以及他们的世界,而这个文化语法又构建了他们的价值、信仰和社会关系并赋予这些以意义和影响。

最后,口头表演可以在思考共同体组织的本质和问题中起着至关重要的作用。正如莫里斯所发现的,“任何一种文体形式都是其所属的社会中起着作用的部分,而不仅仅是被动的反思,而口头诗歌似乎能起到一个特别活跃的结构性作用”。[①] 特纳(Victor Turner)的“社会戏剧”概念可以帮助我们理解这个角色。特纳将“社会戏剧”定义为“可为诸多故事提供素材的一系列客观的可孤立存在的社会互动,包括冲突、竞争或竞赛”。[②] 这类社会戏剧,包括《伊利亚特》在内,沿袭了特定的结构,其中有明显的违规,违规之后的危机,对导致危机及危机之后的事件进行反思的补救阶段,以及最后的重新整合或[13]承认分裂。[③] 这里最重要的是,社会戏剧并非简单反映和重新创造一个特定的“文化形态”。[④] 相反,表演是“相互的和反射性的”,是“对其所植根的社会生活的直接批评或影射”。[⑤] 社会戏剧呈现了对公认的规范、行为、信仰和社会结构的违背和颠覆,引入了一种“表演式反射”,艺术家在表演中提

---

① 莫里斯 1986,82-83。莫里斯认为史诗的角色是贵族精英的意识形态工具(1986,120-127)。我们可以接受莫里斯对史诗的积极角色的构想,不必接受他对这一角色的解读。我认为史诗还具有反思的维度,不仅仅是“王者们”的合法工具(124),而是这一权力基础的批判性审察。莫里斯确实承认其作为“社会形态”可能具备批判性(124)。

② 特纳 1988,33。“社会戏剧”的概念似乎赋予了林恩-乔治的“史诗戏剧”概念以文化维度(林恩-乔治 1988,第 2 章)。

③ 特纳 1988,33-35。关于《伊利亚特》中的风俗仪式,又见西福德(Seaford)1994 和拉索 1978。

④ 特纳 1988,22。又见特纳 1981。史诗中的“摹仿论”批判维度与哈夫洛克 1963 和奥尔巴赫 1953 中的解读相反。

⑤ 特纳 1988,22,又见特纳 1981,及摩尔(Moore)和迈耶霍夫(Myerhoff)1977,5。

出了“对‘现实生活’中被认为可接受的既定原则的质疑”。[①]《伊利亚特》中描绘的社会戏剧让人注意到了共同体组织的基本问题。

最后这句话预示了我的第二个主张，即《伊利亚特》是政治性的。我的论点建立在我对理解《伊利亚特》的社会和政治语境越来越强的兴趣上。我非常感谢芬利（M. I. Finley）和唐兰的著作，因为我认为是他们两位带头将史诗视为是在描绘正在运转的社会系统。然而，在史诗究竟在描绘什么这一点上，我的观点与他们不同。唐兰和芬利认为这部史诗描绘了大约自公元前850年至公元前760年这个“黑暗时代”的社会，而我认为《伊利亚特》在最重要的方面是由公元前八世纪下半叶城邦的出现而带来的一些思考和问题所塑造的。[②] 因此，我的观点基于越来越多学术成果（注意，也包括唐兰近期的一些著作），这些成果探讨了城邦作为《伊利亚

---

① 特纳1988，27。这与注意到荷马史诗内部的张力、不和谐甚至意识形态冲突因素的学术研究一致。所以爱德华兹（1993，54－55）发现了《奥德赛》（*Odyssey*）中的乡村有“异样的可能不和谐的声音”，“必然带来与主导荷马叙事完全不同的伦理和观点”。其他学者也在《伊利亚特》中的忒尔西特斯（Thersites）这个人物身上发现了不同的声音（见唐兰1973和罗斯1988，1992）。裘维乐（Qviller，1981）指出力图通过积累财富来获取地位的国王的言论，与要求分享财富的追随者们的“平等主义情操”（129）之间存在张力。结果是“城邦社会”的演化过程中发生了结构性冲突（裘维乐1981，134），国王的经济基础被弱化，贵族的财富被强化，因为国王必须用他自己的财富来购买贵族的支持。

② 见唐兰和托马斯1993，65。关于史诗如何描绘公元前八世纪下半叶（或公元前七世纪早期）的世界的讨论，见拉弗劳卜1998a，1998b，1997b，628，1993，44；莫里斯1986；乌尔夫1990；范维斯1992，1994；卢斯（Luce）1975；坦迪1997和雷德菲尔德1994。关于史诗描绘的是更早时期的观点，见芬利1979、1981，唐兰1997a、1989b、1985，唐兰和托马斯1993，安德鲁斯（Andrewes）1967，41－48和阿德金斯1960，1997。关于史诗描绘的是更晚近时期的论述，见斯坦利（Stanley）和西福德1994。有些学者认为《伊利亚特》的成文历经几个世纪，因此有太多不一致和不准确之处，不能被看作是描绘任何一个运转中的社会。特别是见斯诺德格拉斯（Snodgrass）1974、1971；基尔克1976第3章；科德斯特里姆（Coldstream）1977，18；库尔曼（库尔曼）1995；惠特利（Whitley）1991；瑞基（Ruijgh）1995，21－24和格迪斯（Geddes）1984。后面这群学者中包括试图发现诗歌的历史分层的“分析派”（Analysts）。对“分析派”的概述，见多兹（Dodds）1968；帕里1987；克莱（Clay）1983，1－7和沙因1984，10－11。关于“分析派”传统对“荷马问题”的重大影响见沃尔夫（Wolf）1985（原1795版）以及近期的佩吉1959。

特》的背景究竟有多重要。[①]

我所关注的并非是城邦组织的实体，而是整个城邦的组成如何反映政治生活这个更大的问题，结果发现这个观点要站稳脚跟首先需要重新思考政治性究竟是什么。在讨论《伊利亚特》时，人们经常假设，有时也会坦言，政治活动是城邦的副产品。也就是说，先有城邦，后有政治。因此，史诗中的情节要么被看作[14]政治性的，因为我们可以从中发现城邦组织的基本形式，要么被看作"前政治性的"，因为城邦这个机构在当时并不发达。[①] 这两种看法的问题是将活动即政治与制度即城邦混为一谈了。

城邦是政治学的前提，这个概念一部分来自亚里士多德，一部分来自人类学和政治学的框架，现已经过几代古典学学者去粗取精、解读阐释，人们强调从分析结构和功能、在政治和社会系统内部进行分类的途径去理解荷马史诗。随着时间的推移，政治观念与完全（或主要）是政治性功能的特定结构和机构的出现绑在了一

---

① 关于荷马社会存在城邦的证据可参照拉弗劳卜 1997a、1997b、1997d、1993、1991 和 1988；霍克斯冈（Hölkeskamp）1997、1994；帕泽克（Patzek）1992，129－135；莫里斯 1986，100－104；默里（Murray）1980；塞尔（Sale）1994；纳吉 1997；斯库利 1990；西福德 1994；萨克拉里欧斯（Sakellarious）1989；克里拉德（Crielaard）1995，239－247；格林哈尔（Greenhalgh）1972；托马斯 1966；卢斯 1975，1978；格什尼策（Gschnitzer）1991；范维斯 1992；卢斯 1992；唐兰 1989b；哈夫洛克 1978；汉森（Hansen）1993；裘维乐 1981 和法伦伽 1998。反对荷马社会存在城邦（这一具有政治意义的实体）的论证有芬利 1979；唐兰 1980，1985；奥斯汀和维达尔-纳盖（Vidal-Naquet）1977；朗西曼（Runciman）1982；斯塔尔（Starr）1961，336；阿德金斯 1960；霍尔沃森（Halverson）1985；曼维尔（Manville）1990，55－57；霍夫曼（Hoffmann）1956；施特拉斯布格（Strasburger）1982，495 和波斯纳（Posner）1979。霍夫曼（1956）注意到了城邦的证据，但是认为荷马笔下的英雄行为不受政治因素的影响。关于城邦出现在公元前八世纪下半叶的确凿证据见斯诺德格拉斯 1980，1991；默里 1980；芬利 1981；默里 1990；埃伦伯格（Ehrenberg）1960，1967；卢塞尔（Roussel）1976 和德波利尼亚克（de Polignac）1995。

① 见埃德蒙兹 1989，27；芬利 1979，34；芬利 1983，9，51－52；斯库利 1990；朗西曼 1982；波斯纳 1979；沃林 1960，28－29；奥斯汀和维达尔-纳盖 1977；卡尔霍恩（Calhoun）1962，432－433；斯诺德格拉斯 1980，44；德蒂安（Detienne）1996，101 和霍夫曼 1956。也有一些重要的例外。见拉弗劳卜 1989，1997c，唐兰 1989b 和弗莱格 1994。

起。以特定结构这个视角去定义功能关系，有助于我们理解为什么荷马社会的政治问题常常与城邦这一自治的结构性实体的出现联系在了一起。自治的城邦被认为包含了必要的制度，具有进行资源分配、价值灌输和争议裁定的政治功能。

我在第一章里阐述了政治既不是一种结构，也不是一种功能，而是一种活动。政治活动组成了我所说的“政治领域”，共同体组织的问题就是在这个领域中被提出、决定和执行的。这些问题包括但当然不限于“在共同体生活和组织的目标中我们看重什么？这些价值是如何表达的？”“是什么让我们聚在一起？”以及“社会关系包括领导和权威的问题是怎么组织的？”从这个角度看，城邦并不为政治活动提供条件，也不为其提供依据。

[15]我们将《伊利亚特》视作政治思想作品时，会碰到一个哲学上的障碍，即我们对荷马式宇宙论的看法。政治是“人们制定规则并在规则中共同生活以使自己有别于他人”的一种努力，常被看作不受生命和自然的必然过程所约束的领域。古典的理解是“政治事件和政治环境受参与者的意志支配，视参与者之间的相互作用而定”。① 但是，《伊利亚特》对这一政治的理解提出了一个特殊的问题，因为，简言之，神在史诗中扮演了非常显著的角色，是一股来自人类意愿之外且似乎可以作用于人类意志的力量。因此，沃林（Wolin）在他对政治哲学颇具影响力的讨论中，将“政治哲学产生”的时间追溯到公元前六世纪的前苏格拉底时代。在此之前，“人类将自己和社会视为自然的组成部分，受同样的自然和超自然力量所支配”。只有当自然被视作可理解的事物时，这一看法才能“为所有政治、社会及自然现象的理性解释铺平道路”。②

---

① 迈尔（Meier）1990，4，5。
② 沃林 1960，28，19-20，29。

第二章以相当非传统的进路挑战了这种对荷马式行为的看法。我考察的是神对人类事务干扰最多的时期——即那些人类行为看起来最受自然和超自然力量制约的例子。我认为,我们可以辨识出荷马笔下人物对诸神不可预测、看似不连贯行为的反应模式。简言之,勇士们通过维系(或者有需要的话,恢复)他们在共同体中的地位来回应神的干预。因此,神的介入揭示了共同体维系和个体的人类能动性(human agency)①的本质问题,凡人通过审慎和有意的行动来维系文化平衡。这一进路导致人类行为的概念更加完整:在这种进路中,不是说能动性能脱离[16]神的行为而存在,而是说神的概念具有文化基础,而且颇为反讽的是,神的概念既是人类行为这一概念必不可少的部分,又使这个概念更加完整。

在接下来的五章中,我更深入地讨论了前两章中提到的解读方法。我的论点以史诗思想的故事这种形式来表达。我这样说的意思是,我引用的概念问题,比如权威、统治力不是作为抽象的概念,而是在对话、表演和情节的语境下被赋予了特定的形式。因此,第三章讨论了阿伽门农和阿喀琉斯的争吵如何从关于战利品的争论,扩大为根本的权威问题。阿喀琉斯问谁会"愿意"服从阿伽门农,就挑起了冲突。对阿喀琉斯来说,要行使权威,就要有能力让其他人心甘情愿一起行动。但是对阿伽门农来说,行使权力就在于有能力强迫他人服从,如果需要,则可使用暴力。在前九卷中,《伊利亚特》描绘了阿伽门农"行使权力"的含义,因为他的行为削弱并最终危及政治领域。我们见证了领导人的悖论:行使权威似乎只会削弱自己的权力。

第四章讨论了奥德修斯、福尼克斯(Phoenix)和埃阿斯(Ajax)

---

① [译按]human agency 颇难处理,主要的意思是指(在神意为主的决定论世界)"凡夫俗子的力量",或"人类能动力",或可译作"人力",取"人力有时而穷"之意,但容易与 human power 相混。本书把agency翻译为"能动性"(偶尔译作"中介"),而把 agent 翻译为"能动者"。

使团如何试图说服阿喀琉斯回到阿开奥斯人军营。阿喀琉斯把自己描述成一个不被尊敬的外来者，他说出了自己离开政治领域和战场的原因(basis)：他不再认为自己得到勇士社会的嘉奖和保护。阿喀琉斯提出了以自足替代，不再将自己的价值寄托于获得尊敬和荣誉。

我认为《伊利亚特》给我们留下了一个政治问题，因为不管是阿伽门农的专权独断还是阿喀琉斯提出的自足，都危及阿开奥斯的政治共同体的生存。军事危机被化解了，因为阿喀琉斯重新回到了[17]战场，为死去的帕特罗克洛斯(Patroklos)复仇。但是阿喀琉斯提出的政治问题仍没有得到回答。我在第五章中指出，葬礼竞技重现了精英阶层的权威关系。在这个泛阿开奥斯共同体中，我们看到决策过程涉及在公共论坛上承认和调解各方的争论。因此，权威的有效行使并非以力量或任何个人财产为前提，而是基于由精英阶层组成的同仁空间(collegial space)。

第五章讨论了公共领域如何重新定义精英阶层权威关系的本质，第六章讨论了公共空间如何成为领导者和平民关系的基础。这一关系常常给解读带来难题，因为平民是作为臣民出现的，而非公民。引用韦伯(Weber)的观点，我认为我们可以从中看到一种平民表决政治的形式，领导者的合法性至少部分基于平民的拥戴或拥戴感。这对理解政治空间的不稳定性具有重大意义，因为它既出现在《伊利亚特》中，又是城邦发展过程中僭政与民主的历史张力的体现。

最后一章讨论的是《伊利亚特》对政治伦理的贡献。柏拉图认为史诗不可能涉及一系列伦理问题，因为史诗描绘的是人类经验的现象，而非本质，但是我认为经验为伦理反思提供了基础。经验不决定伦理，而是制定伦理自我——即人对他人的责任感和义务——的途径。伦理自我的核心是尊敬，或“人在与他人的关系中的自我形象”。我在最后一章中展示了阿喀琉斯的自我形象如何通过他受难的经验而改变。阿喀琉斯被剥夺了战利品之后，将自己视作[18]备受战争折磨的“受难者”。他以退出战争作为回应，相信自己不会受苦，反而可以让他人受苦。然而，帕特罗克洛斯的死亡让阿喀琉斯感受到自己也在和其他人一起受苦。承认这一点非常关键，因为阿喀琉斯开始意识到不仅他的行为在不可预见、不可逆转地影响着他人，他自己的价值感也因他给别人带来的痛苦而受到影响。

阿喀琉斯在史诗末尾的立场具有政治意义，因为它回答了一个根本的政治问题：人类相互联结本质上会让共同体变得脆弱，那么，又如何让共同体获得宽容。《伊利亚特》从一开始就通过阿伽门农和阿喀琉斯的冲突将这种脆弱性暴露无遗。《伊利亚特》立足于个体有能力也有责任共同行动，以规划自己的未来，从而回应这种脆弱性。在普里阿摩斯(Priam)与阿喀琉斯会面时，人类的栖居活动得以保留，因为《伊利亚特》的结尾所关心的，是要对抗这个往复无常世界的脆弱性。

第一章　政治领域

[19]*Δάρδανον ἂρ πρῶτον τέκετο νεφεληγερέτα Ζεύς,*
κτίσσε δὲ Δαρδανίην, ἐπεὶ οὔ πω Ἴλιος ἱρὴ
ἐν πεδίῳ πεπόλιστο, πόλις μερόπων ἀνθρώπων
聚云神宙斯首先生了达尔达诺斯，
他创建了达尔达尼亚，当时神圣的伊利昂，
有死的凡人的城市，平原上还没有建起。①

——20.215—217

虽然近期研究《伊利亚特》的著作越来越关注城邦在塑造史诗过程中所扮演的角色，但认为史诗中的行为是“前政治性的”这一经久不衰却往往未经检审的论断依旧存在。甚至那些最支持荷马时期城邦的重要性的研究者，也往往会接受荷马世界乃前政治性的这一说法。这个结论部分来自亚里士多德将“独立的城市-邦国(city-state)视作‘城邦’(polis)的典型形式”这一解释传统。② 但

① [译按]本书《伊利亚特》引文主要参考了罗念生、王焕生译本，北京：人民文学出版社，1994。

② 汉森 1993，22；又见汉森 1995。汉森(1993、1995)的观点很有说服力，他认为自治既不是亚里士多德说的城邦的“典型特征”(汉森 1995，37)，也不是经(转下页注)

是这些解释与人类学和政治学框架相融合，现经过数代古典学者的提炼和解读，在解释荷马史诗的方法中，重视在政治和社会系统内的结构分析和功能分析，还强调要发展出[20]分类学(taxonomies)。①

政治性的概念就这样随着时间的演化而发展，与特定结构和机构的出现相关，我们就能从这些结构和机构中辨识出完全(或者主要是)政治性的功能。从特定结构来界定功能的这个视角，将帮助我们理解为什么荷马社会的政治问题不可避免地与城邦这一自治的和结构性实体的出现联系在一起。学者们认为自治的城邦包含了实行资源分配、价值灌输和争议裁定这些政治功能的必要机构。②我在这章所提出的政治观念，不是由结构而是由活动来界定的。援引特纳的人类学著作中的观点，我认为政治是一种活动，共同体组织的问题就是在这一活动中被提出、决定和执行的。这样一来，我们不仅能在《伊利亚特》中考察“政治”，而且能将史诗中城邦的证据与整体的史诗形成如何反映共同体生活这一更大的问题联系起来。

结构与功能：社会人类学与政治学

哪怕稍微浏览一下荷马学术研究成果，也会发现，人们普遍认为荷马史诗描绘的是前政治世界。比如，芬利就提出了一个很有说服力的观点：荷马世界是一个运行着的社会系统。但他的结论却

(接上页注)验上的早期城邦的普遍特征。又见阿尔科克(Alcock)1995，331－334。更进一步的问题是，被定义为城邦的共同体并非总是有一贯的制度属性。例如泡萨尼阿斯(Pausanias)把帕诺佩俄斯(Panopeus)描绘成一座城邦，“虽然它没有地方行政官、体育馆、剧院、广场、公共建筑、由建筑改造而来的供水系统和在平地上建造的稍显复杂的普通房屋”(科尔 1995，295；见泡萨尼阿斯 1898，10.4.1)。

① 关于人类学和亚里士多德传统融合的例子，见曼维尔 1990，27－29，第 2 章。

② 将城邦定义为一个自治主体，见默里 1980，63－64；奥斯汀和维达尔-纳盖 1977，40；默里 1990，vii；朗西曼 1990；柴德曼(Zaidman)和潘黛儿(Schmitt Pantel) 1992，7；克莱门特(Clemente)1991，642－643；和杰弗里(Jeffery)1976，39。更多引文参阅汉森 1995，注释 1。

是:两部荷马史诗都没有"政治意义上的'城邦'的任何痕迹"。[①] 在芬利看来,"政治决策"必须"与社会绑在一起",而"政治单元"必须具备"政府机构"。[②] 对[21]波斯纳(Posner)来说,荷马所描绘的世界是前政治性的,因为这个世界缺少"一个国家或政府"。[③] 在霍尔沃森(Halverson)看来,史诗(这里特指《奥德赛》)中"没有显著的政治维度",因为共同体生活中既没有组织维度,也没有心理维度。[④] 霍夫曼(Hoffmann)认为荷马英雄的冲动与政治因素无关。[⑤] 埃德蒙兹在回应拉弗劳卜对《伊利亚特》进行政治解读的论证时,认为《伊利亚特》的根本情境是"非政治性的",是"个人问题",因为阿喀琉斯对阿伽门农以及对其他人的忠诚是"前政治性的或非政治性的"。[⑥] 而斯库利(Scully)在其最全面地讨论城邦在《伊利亚特》中的作用的一本著作中认为,虽然城邦的存在"不同于它的许多 oikoi[家庭]",尽管我们能够辨识出城邦意识形态的出现点——"陷入困境的城邦的集体需求"能够在这种意识形态中作出伦理抉择,然而,荷马世界依然是前政治性的。那时缺少的是之后出现的机构形式和角色:公民的概念、政府系统以及"个人和政治系统之间互相定义的过程",在这个过程中,政治作为自治的范围界定了人类生活。[⑦]

这些荷马世界的概念被一系列关于政治本质的假设联系在一起,这些假设通过社会人类学的早期工作进入了古典学术。古典学者中有两个流派尤其重要:一个是以拉德克利夫-布朗(Radcliffe-Brown)、福第斯(Fortes)和埃文思-普里查德(Evans-Pritchard)为代表的结构功能学派,一个是以瑟维斯(Service)、萨林斯

① 芬利 1979,34;又见芬利 1983,51-52。
② 芬利 1983,9。
③ 波斯纳 1979,27。
④ 霍尔沃森 1985,129-130。
⑤ 霍夫曼 1956,155。
⑥ 埃德蒙兹 1989,27。
⑦ 斯库利 1990,109,111,107,55,112;又见 56。

(Sahlins)、弗莱德(Fried)和科亨(Cohen)为代表的进化派。虽然这两个学派在重要的方法上有所不同,但是他们都试图用结构和功能词汇来界定政治并对其进行分类。政治的涵义大多受方法论的引导,即发展分类学和比较社会体系的兴趣,需要[22]可辨别的、离散的分析单元。因此,只有在独特的机构及其角色与独特的功能一同出现时,我们才能研究政治。

比如拉德克利夫-布朗写道,社会人类学的任务是"系统地探究社会机构的本质"以"使我们能发现所有人类社会——无论是过去、现在还是未来社会的——普遍而基本的特性"。① 在"抽象"中考察不同社会的方法论目标需要"标记一类现象",比如政治、经济或宗教,"将它们作为理论研究的单独对象,颇有益处"。② 如何界定现象,有两个相互关联的方向:第一,可以通过特定功能来界定政治学,比如是维持秩序还是合法使用暴力;或者,第二,可以通过政治系统中的群体结构来界定政治学。一方面,拉德克利夫-布朗更关注政治组织的功能,认为:

> 在研究政治组织时,我们必须研究,通过使用或可能使用物理暴力(physical force),有组织地运用强制性权威,在地域框架(territorial framework)上维系或建立社会秩序。③

另一方面,福第斯和埃文思-普里查德强调社会中不同社会地位与权力和权威的分配、政府官员的角色、臣民的权利和义务的关系,以及它们与政府团体的相应关系。④ 虽然功能主义最初是作为考察无国家社会(stateless society)政治关系的一种方法而发展

① 拉德克利夫-布朗 1940,xi。又见埃文思-普里查德 1952,5。

② 拉德克利夫-布朗 1940,xii。

③ 拉德克利夫-布朗 1940,xiv。

④ 见福第斯和埃文思-普里查德 1940,5-6。

起来的，但在不可避免要讨论这些功能的执行时，这种讨论就会转向特定的结构（比如作为政府机构）。[①] 结构和功能不是分离的，而是相关的，因为政治系统可以通过复杂性程度来比较：社会角色不断分化，同时结构也就越来越复杂。

[23]为了应对结构人类学的抽象形式主义，社会人类学的进化论学派应运而生，这个学派认为“一般结构和功能的相似性”经常会在非常不同的社会类型中出现。[②] 这些批评家在早期的比较-结构方法中，仍然强调了政治的制度性和组织性。然而，他们认为必须在社会的进化发展中理解结构的作用。这些进化论的方法认为社会通过政治各个阶段的发展而取得进步，每一个阶段由不同社会群体之间的功能平衡来定义。学术界争论的是这种进化的性质：结构日趋复杂，功能不断分化，究竟是群体为了应对更复杂的环境而进行更大规模社会文化整合的结果，还是群体之间争夺稀缺资源的结果，抑或两种要素的结合？[③]

社会人类学为荷马学术研究提供了强有力的工具，将荷马世界视作一个运转中的社会系统。作为对芬利的著作的延伸，唐兰和托马斯（Carol Thomas）认为荷马的诗歌重塑了“长长的几何时代中期（大致在公元前 850—前 760 年）实际的经济、社会和政治机构”。[④] 为论证这个观点，唐兰主要援引了弗莱德和瑟维斯的著作作为分类模型来审视荷马社会这一运作着的社会系统。[⑤] 在唐兰

---

① 见伊斯顿（Easton）1959，216-217。

② 萨林斯 1967，90。另参瑟维斯 1962，6。

③ 不断整合以应对复杂性，见瑟维斯 1962；萨林斯 1967，91-92；萨林斯 1972；以及萨林斯和瑟维斯 1960。整合乃是竞争的结果，参弗莱德 1967，230。整合乃是两种要素的结合，参科亨 1978a，15，以及科亨与米德尔顿 1967。

④ 唐兰和托马斯 1993，65。

⑤ 见唐兰 1993，155-156。需注意弗莱德、瑟维斯和萨林斯对一些基本问题的见解并不相同，尤其是对社会进化的本质。弗莱德强调阶层分化（获取资源的不同方式）对国家形成至关重要，瑟维斯则认为国家形成的动力来自早期城邦能提供保护和协调活动的整合因素，在瑟维斯看来，阶层分化是国家形成后的结果。有趣的是，唐兰的观点综合了以上看法。唐兰既关注 basileus［君王］的出现带来的整合功能（见唐兰和托马斯 1993，68），也关注隐藏在荷马社会反贵族偏见之下、作为“社会变革的基础”的阶层分化（唐兰 1973，154）。

看来，荷马社会与“等级社会”这个阶段相对应，“介于‘平等主义’和‘分阶层’（或‘分地位’）社会之间的进化阶段”。① 唐兰写道：

> 荷马的军事/政治领袖与人类学类型中的大人物和首领一致，他们拥有不同程度的权威，这种权威有时很大，但基本上都不是强制性的权力。②

坦迪进一步扩展了这个框架，他最近认为“城邦的产生是因为一个新组建起来的[24]政治经济中心开始将共同体边缘的成员驱逐出了经济主流”。③ 政治组织产生于经济组织的“转型”中，接着就发生了因引入市场而导致的分配危机。④

朗西曼也从进化的角度来研究荷马的社会系统。朗西曼引用了科亨的系统方法，即认为国家起源于对特定压力的“多层反馈系统”，认为“从无国家到有国家的进化”需要满足“特定的初始条件”。⑤ 特别是，“关键的过渡取决于为权力不断积聚所创造的条件能够让现在手握权力的人在未来政府中也可以起到作用”。⑥ 即，未来的国家官员手中必须累积了过剩的意识形态、经济和军事力量，在指定的领域内建立正式的规则和制度结构。国家的进化是政治出现的同义词，其特点是：

> 政府角色专门化，强制权威中心化，结构的持久性或至少

① 唐兰 1993，155。

② 唐兰和托马斯 1993，65。

③ 坦迪 1997，5。坦迪使用的理论框架援引了弗莱德、瑟维斯、唐兰和经济学家波兰尼（Polanyi，波兰尼反过来又是受马林诺夫斯基[Malinowski]的影响）的观点，详见坦迪 1997，第 4–5 章。

④ “转型”一词是坦迪（1997）特意从波兰尼 1944 中引用而来的。

⑤ 科亨 1978a，15；朗西曼 1982，351。又见科亨和米德尔顿 1967。

⑥ 朗西曼 1982，351。

长期稳定，从真正的或虚构的亲属关系中解放出来，使之成为政府角色担负者以及他们所统治的那些人之间的关系基础。

朗西曼使用这一国家发展的分类方法，在荷马诗歌中辨别出的不是政治结构，而是“半国家”，或者是不能潜在地发展为国家的那种共同体：因为它除了“父权控制”之外，没有任何政府性的角色；城邦更像是“具有居住中心的共同体，而非国家”；人民既不是公民也不是臣民，更像是“听众”；争议裁定只是就事论事（ad hoc），不具有制度化的“司法角色”。①

不足为奇的是，从荷马史诗研究中产生的“政治”问题，在人类学传统的引导下[25]很大程度上成了分类学问题：史诗反映了哪种类型的前国家社会，且这种反映是否与实际历史时期（以及哪个时期）相对应？在这一人类学传统的引导下，古典学者们首先辨识出荷马社会中的正式机构或群体，然后确定它们的不同职能。②从这个角度看，政治就等同于自治城邦的出现，等同于一系列分化的制度角色，等同于城邦内部统治者和公民之间的关系。③要么因

---

① 朗西曼 1982，351，358，355，360。又见芬利 1979，34。

② 例如唐兰最初讨论“希腊的前国家共同体”时“分析了‘家庭’、‘土地’和‘人民’的概念”，而这些概念构建了“古典时期希腊共同体的理论框架”（1989b，16）。朗西曼（1982）最初讨论的也是给不同机构所扮演的不同功能下定义。

③ 这一结构的谱系非常清晰，先是人类学结构功能主义的方法论，接着是朗西曼和唐兰在确定荷马社会组织的性质时大量使用的理论框架，后来发展为荷马社会前政治性本质的假设。在极少有古典学者关注人类学的时候，芬利就吸收了拉德克利夫-布朗 1952、马林诺夫斯基 1926 和毛斯（Mauss）1967 的观点。芬利呈现了一个有趣的案例，他在后期的论文中特别反对将结构功能主义应用于国家意义上的政治学（1975，115）。但芬利关心的是没有历史的人类学。他保留了政治学与国家结构相关的概念（见 1975，114）。朗西曼援引了科亨 1978a、1978b 和 1978c，萨林斯 1972，埃文思-普里查德 1962 以及芬利 1956（1979 年第 2 版）。唐兰参照了芬利 1979、1981，弗莱德 1967，瑟维斯 1962 和萨林斯 1968、1972。波斯纳受到了迈尔（Mair）1962、萨林斯 1967 和芬利 1979 这些关于“原始”社会著作的影响（波斯纳 1979，44）。斯塔尔（1986，42-46）最初引用了瑟维斯 1975 和哈斯（Hass）1982 来为国家的发展选择一个（转下页注）

为像阿开奥斯人阵营那样缺少一个城邦组织，要么缺少正式的政府机构，反正都会得出荷马世界是前政治性的这个观点。

这种方法造成了令人费解的情况：机构是政治性的，但形成这些机构的前机构性活动却不是。我认为，唐兰认识到了这一问题，因为他把过渡到“城邦-国家”过程本身视为一个“政治过程”，这个“政治过程”不是由制度化的角色所界定的，而是由“动态”的角色所界定——“动态”这个词指的是形成共同体的那种活动。① 但如果从唐兰所采用的那种进化论框架去看，政治也是可以量化的。因此，唐兰认为从某种角度来说，随着角色的融合和制度化（以及相应的“机械团结”这一领导阶层的基石的式微），“更确切地说”，关系才是“政治性”的。② 用引号标示“政治性”一词意味着承认该词的模糊性，它既指制度安排，又指进程。结构功能方法的困境在于，它不轻易承认这个框架内有某种与特定机构无关的政治进程。③ 这为理解《伊利亚特》的政治提出了一个重大的问题，因为拉弗劳卜写道“机构、体制和相应的术语得是新造的”，“政治领域”[26]本身必须通过思考、理解和解释而得到发现和渐渐渗透。④

（接上页注）更综合的理论。曼维尔 1990 引用了科亨和米德尔顿 1970、瑟维斯 1975、克莱森（Claessen）和斯卡尼克（Skalnik）1978 以及科亨 1978a 的观点。坦迪 1997 引用了弗莱德、瑟维斯和唐兰的观点，以及受到马林诺夫斯基的人类学著作影响的经济学家波兰尼（1944）的观点，而波兰尼反过来又影响了芬利。换句话说，我们看到了一个既引用结构功能主义学家的观点、又引用古典解释学家观点的趋势。结果就是经常不加批判地在论述中借用结构功能主义学派关于政治的假设。例如霍尔沃森 1985 引用了芬利 1979、唐兰 1981－1982 和朗西曼 1982。斯库利引用了朗西曼、唐兰和霍尔沃森 1985 的观点。关于人类学在古典学术研究中所扮演的角色，见卢塞尔 1976，99－103。

① 唐兰 1989b，5，12。又见唐兰和托马斯 1993，66；以及唐兰 1985，298－305。

② 唐兰 1989b，24。

③ 我想强调的是，在应用结构功能理论来发展分类学以及意识到这些理论的局限性这两个方面，唐兰似乎比后来用他的著作来作为两者的分界点的人更清楚。

④ 拉弗劳卜 1989，5。在这篇论文中，拉弗劳卜（1989）为《伊利亚特》中的“政治思想”做出了我所遇到的最明确的辩护。又见拉弗劳卜 1997c；霍尔韦（Holway）1989；伦茨 1993，254；法伦伽 1998；弗莱格（1994，31），他认为诗人获得的政治反（转下页注）

需要一个概念性的词库来定位政治，而又不通过它与自治区域或特定的机构的关系来界定。

作为表演的政治：政治领域的形成

为了发挥这一分析性的语言，我借鉴了特纳这位文化人类学家的政治观点。特纳从其早期试图发展出来的政治人类学，到他为了理解人类行为而对表演隐喻作出的经典探究，都在强调政治的涵义不是静态的结构，而等同于“社会进程”之“流”：接二连三的事件，不断追求的目标，各种关系的秩序，冲突和张力的产生，规范的颠覆，同盟的建立以及纠正和解决问题的尝试。[①] 从这个角度看，政治似乎是提出、决定和执行共同体组织问题的活动。我们可以看到政治分析单元的改变：从关注结构和功能，到特纳所说的“领域”。[②] 政治领域不是由机构性边界和区域边界来定义，而是由政治活动的诸多团体所组成。这让我们对政治的理解有一定的流动性，因为随着活动“可能在没有遇到任何阻碍的情况下越过团体间的界限”，“政治领域可以伸缩”。这也将我们的关注点从“审查家系、村庄或国家等群体来决定它们可能包含的过程”，转而追

（接上页注）思是非理论形式的（Der Dichter leistet politische Reflexion in atheoretischer Form）。麦基（Mackie，1996）区分了阿开奥斯人的“政治”语言和特洛亚人，特别是赫克托尔的“诗性”语言（1）。我认为这一区分并无多大帮助，主要基于以下原因。首先，这一区分是对雅各布森（Jakobson）的误读。在雅各布森（1960）看来，“诗性”描绘的是语言的一种功能。政治是由某一特定功能传达的一类信息。因此，需要有一条诗性的政治信息，正如需要一条情绪性的或表达性的政治信息（来为雅各布森所说的另一种功能命名）。在麦基的理论中，将“政治性”的特点定义为侵略性的，而将“诗性”的特点定义为反思性的（1-2）导致了“政治理论”和“政治思想”活动的矛盾。其次，麦基认为赫克托尔的诗性本质反映在他对自治的渴望和对诗性认知的向往之间的张力（117）。准确地说，就是这种在政治核心位置的张力吸引了我。

① 特纳 1974，37。

② 见斯沃茨（Swartz）、特纳和图登（Tuden）1966，8；以及特纳 1974。

踪"这个过程涉及到的任何团体的"政治活动。[①] 政治领域就像竞技场,[27]在此可以提出和表达身份和组织的问题。也就是说,政治领域不仅仅是为了解决问题而设立的机构,而是共同体不断定义自身的竞技场。

在思考"政治领域"一词的含义时,想象一下战场可能会有帮助。战场不是根据特定的界限来定义的,而是由活动组成的。当新团体加入和退出时,战场的界限可以扩展和收缩,战场的组成可以改变。"活动"定义政治领域的边界,而非由这个边界来定义活动,这与公元前七世纪末、公元前六世纪初如下两者说法并非全然不同,即阿尔开俄斯(Alcaeus)所谓"善战的男人是城市的塔",或者尼西阿斯(Nicias)对他的军队所说"你们自己本身,无论定居在何处,都已是一座城池"。[②]

用这个概念可以将许多活动定性为政治性的活动。这些活动包括提出权威和合法性的问题,运用劝说和暴力,出现对共同体的需求或主张,发生威胁共同体组织的冲突,以及遇到我们与其他人之间关系上、义务上和责任上的伦理问题。这些活动不一定指向功能均衡,而是作为"张力领域"存在,个人可在其中受到兴趣、对公共物品的关注、共同体生活目标的不同看法所激发。[③] 我们在研究这类活动中,也许就遇到了机构。但是这些机构应被视为政治进程的实例——一组通过政治活动产生、由政治活动组成并持续被政治活动所改变的特定正式关系。[④]

我们可以用表演的隐喻来描绘这一政治活动。这个形象预示

---

① 斯沃茨、特纳和图登 1966,8。

② 阿尔开俄斯诗集残卷,112 条,修昔底德(Thucydides)7. 77。关于希腊人如何以人而非以地域来定义国家的讨论,见汉森 1993。

③ 斯沃茨、特纳,和图登 1966,8。

④ 特纳 1974,37 写道:"其中,宗教和法律机构只有在一开始被看作是社会进程的阶段或动态的模式时才不再是死人的束缚或冷酷的规则。"

了人类学、古典学和政治理论之间可能存在的关联，[28]因为它既被特纳用于描写社会进程的“戏剧性”，又被政治理论家阿伦特用于描写政治行为。① 这个隐喻对我们理解政治有几个方面的影响。首先，表演的隐喻暗示了这是一个文化产物而非自然产物。这个文化内涵与采用自然进程语言的社会系统理论形成了一个很重要的对比。有机生长、发展和进化的自然系统“是客观的、不依附于人类的经验和活动而存在”，而文化系统“的意义和存在都依靠人类能动者有意识且自主的参与，依赖于人类相互之间持续存在且潜在变化着的关系”。② 人类的意义——“我”是谁以及“我们”是谁的问题——是由他人构成并与他人相互定义的。比如说“表演艺术家”，“表演的人需要其他人在场才能出现在他们面前”。③

这个表演隐喻的第二个暗示是让我们关注的焦点从政治结构的运作和进化，或是特纳所说的“结构性时间”，转向“历史性时间”，而政治在其中被赋予形式和意义，因为它是在叙事中构成的。④ 在这一点上，阿伦特再次提供了帮助，她认为人通过言行将自己嵌入一个“人类关系网”之中。把自己嵌进去，就开启了“一个新的过程，最终演变成新来者独一无二的生活故事，对他所接触到的所有人的生命轨迹都产生了独特的影响”。因为行为发生在这个网中，“充满无数相互冲突的意愿和意图”，行为“几乎从来达不到它的目标”。但“故事”却由此而诞生：生活故事在言语和行为中得以展露，而关于人类行动的故事就变成了历史。⑤

从结构性时间到叙事性时间的转变，意味着表演隐喻的第三个

---

① 特纳 1974，32；阿伦特 1968c，154 以及 1958，188。哈维尔（Václav Havel）在讨论政治学的时候也使用了这个剧院（theater）的隐喻（见哈维尔 1997）。

② 特纳 1974，32。

③ 阿伦特 1968c，154。

④ 斯沃茨、特纳和图登 1966，8。

⑤ 阿伦特 1958，184。［译按］即《人的境况》，又作《人的条件》，有中译本。

暗示,即与之对应的[29]方法论取向上的转变。正如我们所见,强调跨时空的审查和比较,会导致方法论上更偏向抽象、分化、客观定义的特征,而强调政治的表演维度,则会让政治的叙事模型分析显得很重要。因为"行为与言辞的特定启示性,以及能动者和说话者的隐性表现,都与行动和言说的鲜活流动不可分割","只能通过重复"或相当于戏剧重演的 mimesis[摹仿]来再现。① 至少从柏拉图时代以来,政治思想就一直致力于割裂政治生活中体制和沉思之间的关系,而这就恰恰表明政治活动和政治沉思之间存在着更为根本的对应关系。具体说来,重新叙述活动,也就是讲述一个故事,可以更好地显现政治的流变维度:共同体的形成,冲突的发生和解决,权威的争斗,权力的言说以及关于共同体资源分配的争论。我的观点很简单,即:对政治生活的思考不需要从抽象方面去想,相反,沉思,包括批评,可以通过政治表演的叙事模型而产生。

作为政治领域的考古遗址

在专门研究《伊利亚特》之前,我想转向公元前八世纪和公元前七世纪早期,这很有可能是《伊利亚特》现存文本成型的时期。这个时期是通常所谓"黑暗时代"的末期,直到近几年都被看作是"普遍贫穷和落后的时代"。② 但是这个[30]概念已经被多次修正,因为越来越多的考古发现,公元前八世纪是过渡甚至革命的重要时期。③ 这场转变有着深远的意义,包括居住地人口密度增加、对外贸易和交流增多、物质更加繁荣以及引入了一套字母。④ 近期在尤

---

① 阿伦特 1958,187。

② 凯利(Kelly)1976,19。

③ 拉弗劳卜 1997b,647。又见德波利尼亚克 1995;斯诺德格拉斯 1982,679;斯诺德格拉斯 1993;拉弗劳卜 1991,1993。有更强烈的观点认为这个时期是"革命的时代"(斯塔尔 1961)、"一场城市革命"(罗斯 1997,171-177)、"转型"的时期(斯诺德格拉斯 1982,679)和一次"社会革命"(莫里斯 1997,548)。

④ 见鲍威尔(Powell)1991;杰弗里 1990 和奥斯本 1996,107-112。

卑亚岛(Euboea)的勒夫坎地(Lefkandi)发现了繁荣于公元前十世纪和公元前九世纪的居住地,可谓非常壮观。那里发掘了大量品种多样、价值不菲的墓葬物品,一个纪念墓穴,制作三足铜器(这门技术被认为在“黑暗时代”已失传)的模型,在叙利亚的阿尔明那(AlMina)、意大利、西西里发现大量与阿提卡(Attica)、忒萨利(Thessaly)、塞浦路斯(Cyprus)开展贸易和交流的证据。[①] 一部分人将这些发现解读成确凿证据,表明荷马并没有把迈锡尼往事传奇化,而是描绘当时的“黑暗时代”。[②] 这些东西的相似程度很高,以至于学者们认为尤卑亚岛居民可能是荷马诗歌最早的聆听者。[③]

学者们还认为城邦结构出现在公元前八世纪,尽管还处在萌芽时期。尽管这一学术研究对洞察八世纪的结构革新有着不可估量的价值,但我们已经看到,关于政治演变的结论常常以初生城邦是否拥有足够的制度结构和分化为依据。问题在于,当一项——政治——活动的出现取决于体制形式的出现时,我们就把过程与形式混为一谈了。相比于寻求体制,我更感兴趣的是用我们的政治语言,在政治领域出现的考古记录中、在争论和调解的地方寻找

---

① 关于墓葬物品,见波帕姆(Popham)和萨基特(Sackett)与特米利斯(Themelis)1980,355-369;卡特琳(Catling)和莱莫斯(Lemos)1990;以及波帕姆 1995a,1995b。关于这个纪念墓穴,见波帕姆、卡林加斯(Calligas)和萨基特 1993。关于这个墓穴的功能存在大量的争论。有人认为这是用于表彰和崇拜共同体英雄的“英雄祠”(波帕姆、卡林加斯和萨基特 1993,100),也有人认为这最初是“英雄及其配偶”出于家庭用途而建的 anaktoren[神庙],他们死后被改造成了墓穴(克里拉德和德里森[Driessen]1994,264),还有人认为这是“为了纪念死者”,可能是某位首领,“而进行仪式性用餐的建筑物”(安东纳奇奥[Antonaccio]1995,14),不一而足。关于三足铜器模型,见波帕姆和萨基特与特米利斯 1980,96。关于贸易的讨论,见波帕姆和萨基特与特米利斯 1980,355-369;以及托马斯和科南特(Conant)1999,98-102。

② 见布洛梅(Blome)1984 和安东纳奇奥 1995。

③ 沃特雷(Wathelet)的语言学观点将荷马史诗与尤卑亚联系起来,最后他认为这是将尤卑亚视作一个商业中心的证据(1981,833)。韦斯特(1988,166-172)和鲍威尔(1991,231-233)进一步地发扬了沃特雷的语言学观点,更全面地引用了考古学证据,包括勒夫坎地遗址的一些发现。

证据,因为共同体生活的组织和身份之类的问题由此而来。

没有任何一项考古学证据能最终说明出现了政治共同体。其原因[31]在于考古记录不完整。极少有遗址显露出整个共同体在任何特定时候的空间外形,更别说是一段时期的了。这可能有很多原因:考古学家们倾向于发掘纪念性建筑(比如寺庙)和墓葬物品;要给这些建筑断代,难度太大,比如说,普通住所的建造材料(泥砖、茅草、木头等)无法持久;辨识这些建筑(如广场)的功能,难度也大;新建设破坏了旧的共同体,或者古城上面出现了新城,这使我们不可能触及古城。阿尔戈斯(Argos)城就是很能说明问题的例子。它是"黑暗时代"最重要的共同体之一,却因古城上方建造了新城,发掘工作仅限于神殿和寺庙遗址和墓穴。除了通过声波调查获得的资料之外,我们对公元前八世纪社区的布局几乎一无所知。

考古学证据本身不能展示政治共同体演变的另一个原因是:考古学发现为我们提供了物质遗存,例如墓穴遗址、陶瓷碎片、建筑遗迹、工具甚至常常有文字记录。但产生这些形式的活动却已不存在了,而不只是因为留下的物质记录太少才难以捕捉。这是在讨论政治的时候会碰到的一个特殊问题,因为正如我们所说的,政治不能还原为特定的机构形式或功能。政治是一种活动,其中产生了共同体生活的身份和组织问题。考古记录无法描绘这一活动,但是我们可以发现使政治得以可能的物质条件,以及反映政治存在及其重要性之实践的一些踪迹和线索。

在使政治成为可能的物质条件中,公元前八世纪人口的增长和居住地密度的提高似乎是特别有说服力的证据。① 人口[32]密

① 关于整个希腊的人口趋势,见奥斯本 1996,70-81;斯诺德格拉斯 1980,1993,31-32;斯塔尔 1986,38;罗斯 1997。关于特定地点的讨论,见库尔森(Coulson)、阿吉(Haggis)、穆克(Mook)和托宾(Tobin)1997(克里特卡弗西上的卡斯特罗[Kastro at Kavousi on Crete]);科德斯德里姆 1991(克里特的克诺索斯[Knossos on Crete]);弗拉萨基(Vlasaki)1991(克里特西北部);坎比托格鲁(Cambitoglou)、库尔顿 (转下页注)

度与社会复杂性和分化的加剧有关。共同体的支柱产业依然是农业，但财富越来越多地来自金属制品、陶器、建材、纺织品以及用于国内外交换的食品生产。这种生产和贸易大大地提升了居住地的物质繁荣，①并加剧了社会分层。② 财富、人口密度的增加，以及分化的加剧，对共同体的组织和协调产生了更大的需求，需要更高水平的领导力和调解能力。③ 组织和协调反过来又促进了这些居住地人口密度的增加和繁荣。

但政治既不能还原为一系列物质条件，也不仅仅是物质需求的表达。④ 重要的是，政治是人们将自己作为共同体来思考、把自

（接上页注）(Coulton)、伯明翰（Birmingham）和格林（Green）1971（扎哥拉）；罗巴克（Roebuck）1972（科林斯[Corinth]）；库克（Cook）1958—1959（老士麦那[Old Smyrna]）；波帕姆和萨基特 1980（勒夫坎地）；朗内尔斯（Runnels）和范安德尔（Van Andel）1987（阿尔戈利斯[Argolid]南部）；富丽 1988（阿尔戈利斯）和福西（Fossey）1988（维奥蒂亚[Boeotia]）。在维奥蒂亚，公元前八世纪曾有人重新到此定居，但是人口最多的时候是在公元前七世纪。对于根据墓葬数据计算居住地人口密度的方法论问题有一个警示，见莫里斯 1987，第 9 章。

① 一般论述见科德斯德里姆 1977，55；坦迪 1997，第 3 章，和奥斯本 1996b。关于公元前八世纪特定地区贸易增多、更加繁荣的证据，见波帕姆、萨基特和特米利斯 1980（勒夫坎地）；科德斯德里姆 1991，1994（克诺索斯）；希普利（Shipley）1987，42-48（萨摩斯[Samos]）；罗巴克 1972（科林斯）；萨蒙（Salmon）1984（科林斯）；以及坎比托格鲁、库尔顿、伯明翰和格林 1971（扎哥拉）。在阿尔戈斯，我们看到的不是大量的进出口，而是当地相对自给自足的陶器和金属制品的制造基地和市场的发展（富丽 1988，56-57，68，96）。

② 社会的分化大多以墓葬物品和供奉物品质的区别为依据。关于分化的一般讨论，见莫里斯 1987，93-96，140-155 和科德斯德里姆 1977，132-137。关于特定地点社会分化的证据的讨论，见黑格（Hägg）1983，1974（阿尔戈利斯）；富丽 1988（阿尔戈利斯）和科德斯德里姆 1991（克诺索斯）。也可以从建筑物的相对大小中推断分化。近期的著作见塔尔曼（Thalmann）1998，249-255 及其参考文献。

③ 见斯塔尔 1986，38-39；斯诺德格拉斯 1980，37-38；罗斯 1997；和坦迪 1997，第 4 章。

④ 这就是为什么我不赞同将政治纯粹解释为物质原因。例如坦迪认为“城邦是在一个新的制度化政治和经济中心开始将共同体边缘的成员驱逐出经济主流之时产生的”（1997，5）。罗斯把城邦看作是因转变为农业生产模式和随之而来的人口增长而“在土地上顽强挣扎”中产生的（1997，180）。我并非不赞同物质原因的重要性，而是认为物质原因不足以解释政治的全部内容。

己视作共同体的组成部分的一个领域。安德森(Benedict Anderson)用“想象的共同体”来描述个人如何自认为是绑在一起的。[①]物质需要在共同体的形成中当然是重要的(甚至是首要的)。但是同样重要的还有共同的昔日观、共同的信仰体系和价值观、共同制定的仪式、共同的未来观、对新的和具有威胁的挑战的共同回应。考古学记录无法让我们知晓人们是如何想象共同体生活。但是从某种程度上来说,共同体生活的组织、协调和调解成为了一种共同体活动,因此是政治性的,我们可以预见,政治活动与空间的集体定义和组织完全一致。

公元前八世纪似乎是一个过渡时期,共同体空间的定义和安排更加集体化。这一时期英雄崇拜和祖先崇拜的发展,意味着出现了对过去的共同看法。[②] 树立公共神(civic deities),以及修建城内外的相应神殿,就是要提供共同的宗教[33]身份,它们作为联结城市和乡村的象征,划分了共同体与其周边居住地的领地界限。[③] 伴随着城市神殿的兴起,共同体中的大部分开始越来越多

① 见安德森 1991。

② 关于英雄崇拜,见德波利尼亚克 1995,第 4 章;安东纳奇奥 1993;纳吉 1979,115;以及裘维乐 1981。这些英雄崇拜一开始常常是越来越多地向迈锡尼墓穴供奉,频繁地拜祭荷马英雄(科德斯德里姆 1977,346-352)。崇拜英雄的例子有雅典附近的阿卡德莫斯(Academus)崇拜、伊塔卡(Ithaca)的奥德修斯崇拜和斯巴达的莫内莱恩(Menelaion)崇拜。崇拜英雄创始人墓穴的例子有墨伽拉创建者阿尔卡图斯(Alcathoos)的墓穴和阿尔戈斯创建者达那俄斯(Danaos)的墓穴。

③ 见马尔金(Malkin)1998;德波利尼亚克 1995;苏维诺-英伍德 1993,11;1990;摩根 1994(科林斯),1993,19;以及斯诺德格拉斯 1980,33。

公共神包括雅典和斯巴达的雅典娜,阿尔戈斯的赫拉和宙斯,提林斯(Tiryns)和萨摩斯的赫拉,赫拉克雷亚(Herakleia)的赫拉克勒斯(Herakles),墨托涅(Methone)、以弗所(Ephosos)可能还有士麦那的阿尔特弥斯(Artemis),尼多斯(Knidos)的阿芙洛狄忒(Aphrodite),阿波罗尼亚(Apollonia)的阿波罗和勒托(Leto),科林斯和德尔斐(Delphi)的阿波罗,尤卑亚的埃雷特里亚(Eretria),埃托利亚(Aitolia)的特蒙和克里特的德莱洛斯(斯诺德格拉斯 1980,33;科尔 1995,295)。

斯诺德格拉斯写道,只有当这些献祭出于“有明显标记的持续偏见时,我们才能从中推断出更深层的政治意义”(1980,58)。关于辨别某一单个守护神的困 (转下页注)

地进行献祭。① 城墙的建造、②公共空间的设立③以及在城外建造公墓而非在家附近埋葬④,这些都表明共同体空间的定义越来越集体化。建造纪念神庙⑤、公共基础设施⑥、城市规划⑦、公共工程项目以及通过殖民来迁移人员⑧,这些都表明组织和管理集体资源能力的日益增强。而在诸如奥林匹亚、德尔斐和提洛(Delos)等地建造城邦之间的神殿,则显示了"共同体之间正式关系的建立"。⑨ 然而,在

(接上页注)难,见科尔 1995 和伯克特 1995。科尔(1995)认为共同体常常会向一群神祈求保护。关于城邦中的宗教生活在公民中的重要性的精彩论述,见苏维诺-英伍德1990。

① 一般论述,见斯诺德格拉斯 1993,30;斯诺德格拉斯 1980,33,56;斯诺德格拉斯 1982,680-685;德波利尼亚克 1995,第 1 章;科德斯德里姆 1977,317-319,346-347;摩根 1993,19;奥斯本 1996,92-95。

② 见斯诺德格拉斯 1980,28-33;克里拉德 1995,244-245;斯库利 1990;霍克斯冈 1997,5-7。

③ 关于公共空间的大致发展,见克里拉德 1995,范维斯 1992,28-31;斯库利 1990,18,101-102;霍克斯冈 1997。

④ 最重要的论述,见莫里斯 1987。

⑤ 见斯诺德格拉斯 1993,33-34(神殿),58-62(纪念神庙);德波利尼亚克 1995,16-17;斯塔尔 1986,39-41;奥斯本 1996,89-95。科德斯德里姆(1977,318-320)罗列了几何时期以来的 70 余处神殿遗址,而德波利尼亚克(1995,12)为这个名单中补充了近期的一些发现。在斯诺德格拉斯看来,纪念神庙工程证明了"自我主张"和"新建城邦竞争的发端"(斯诺德格拉斯 1980,60)。这些工程包括萨摩斯的赫拉神庙、埃雷特里亚的阿波罗神庙、克里特格尔蒂的神庙以及埃托利亚(Aetolia)特蒙的阿波罗神殿上建造的神庙(见斯诺德格拉斯 1980,58-59)。

⑥ 这类基础设施包括科林斯的一个储水室(威廉姆斯和费希尔[Fisher]1971,3-5),以及勒夫坎地(法格斯托姆 1988,138)被证实的谷仓。

⑦ 关于城市规划对理解共同体组成的重要性,见斯诺德格拉斯 1993,30。显示出城市规划痕迹的遗址包括扎哥拉的城市布局(坎比托格鲁、库尔顿、伯明翰和格林 1971,62;科德斯德里姆 1977,306);菲伊斯托斯(Phaistos)铺设的道路(科德斯德里姆 1977,278);维罗卡斯特罗(Vrokastro)的道路(海登[Hayden]1983,374);卡弗西的卡斯特罗上的房屋结构的规则化(库尔森、阿吉、穆克和托宾 1997,334)和老士麦那(尼克霍斯[Nicholls]1958—59,124)。

⑧ 见唐巴宾(Dunbabin)1948;格莱姆(Graham)1971;考克威尔(Cawkwell)1992;奥斯本 1996,119-129;罗巴克 1972(科林斯);萨蒙 1984(科林斯)和勒贡(Legon)1981(墨伽拉)。

⑨ 克里拉德 1995,242。又见德波利尼亚克 1994,5-15;摩根和怀特罗(Whitelaw)1991,84 和摩根 1993。

总结“黑暗时代”不断增长的发展清单时,很容易夸大共同体之间特征的一致性,也容易夸大任何共同体中这些特征的完整性。为了对抗这种倾向,我简要地考察了三个居住地:扎哥拉(Zagora)、德莱洛斯(Dreros)和科林斯。① 这三个居住地每一个都从不同的方面来让我们理解公元前八世纪政治领域的空间组织。② 这反过来也为《伊利亚特》中我们看到的政治活动提供了历史语境。

扎哥拉:空间的封闭

第一个遗址是位于基克拉迪群岛(Cyclades)的安德罗斯岛(Andros)上的扎哥拉。这个遗址对研究“黑暗时代”的考古学家和历史学家来说非常有趣,因为这个居住地在公元前七世纪被遗弃了。由于不需要对付遗址上方的新建筑物,挖掘者们能够更为完整地重建“黑暗时代”居住地的布局,还能重现那个布局的组织随着时间推移而发生的变化。

[34]扎哥拉最大的特点是有大量厚度达到 7 米的防御墙环绕在整个居住地周围。③ 城墙首先是功能性的,因为建造它是为了应对不稳定的环境。④ 但这并非意味着这些城墙无法告诉我们空间由集体决定的一些事实。城墙是(集体)决定的产物。在扎哥拉以及其他“黑暗时代”和“古风时期”的居住地,我们看到,对于哪些区域应该被圈起来,人们的决定各不相同。迈锡尼人和米诺斯人的做法是加固“宫殿”,把房屋留在城墙之外,而扎哥拉人则将房屋圈起来,构成城镇的中心。⑤ 将整个共同体圈起来的决定,哪怕仅仅出于防卫的目的,也

① [译按]从古希腊语原名来说,应该译作“柯林多”,这里从众。

② 托马斯和科南特近期的著作(1999)及时地描绘了黑暗时代 6 个不同共同体的草图。

③ 坎比托格鲁、伯查尔(Birchall)、库尔顿和格林 1988,237。

④ 比如在阿尔戈利斯,在一个相对稳定的环境中繁荣起来的共同体不会建造防御工事(富丽 1988,28)。

⑤ 一般论述见斯诺德格拉斯 1980,28-33。关于扎哥拉城墙的建造,见坎比托格鲁、库尔顿、伯明翰和格林(1971)以及坎比托格鲁、伯查尔、库尔顿和格林(1988)。其他在公元前九世纪和公元前八世纪建造的城墙包括老士麦那(库克 1958-1959,13-16;尼克霍斯 1958-1959)和东洛克里斯(Lokris,达克罗尼亚[Dakoronia]1993)。

都意味着是在为一个被视为共有、共享和重要的空间画出界线。

集体空间更进一步的组织发生在城墙内。房屋建于市中心，在标明了界限的露天神殿和石砌祭坛周围。祭坛附近有焚烧的痕迹，可能来自祭祀仪式。① 虽然这些证据并不能明确地告诉我们受崇拜的具体是谁，但是神殿的位置与公元前九世纪和公元前八世纪共同体崇拜的出现是一致的。正如苏维诺-英伍德（Sourvinou-Inwood）所说，"共同崇拜"是"希腊世界表达共同性"的一种方式。② 市区神殿的发展和共同体仪式的实施，表明人们在一个更广泛的社会进程中形成了共同的身份，在这个进程中，城市本身自然环绕神殿而建，城镇把自己等同于公共神，通过集体仪式来制定这些关系。③

居住地看上去也是有组织的布局。与资料显示的"黑暗时代"早期松散地排列在居住地的半圆形房屋不同，这里可以看到整齐排列的正方形和长方形建筑。在几座建筑周边会有一段连续的共有围墙。这段共有围墙并非[35]一次性建成，而是在新建筑慢慢增加之后分6个时期建造的。虽然这段共有围墙的选取可能被认为仅仅是为了提高建筑上的效率，但是在没有结构连接的地方依然有建筑物。正如发掘者所言，这意味着一个"重要的规划元素"。④

共同体内部的分化和阶层化似乎也在激增。多幢房屋经历了结构的变化，原有的房子要么拆分了，增加了新的房间，要么原先独立的房屋合在了一起。一居室、两居室的房屋改成了四居室、五居室的结构，专门开辟了储物空间，一般都有一个私人庭院。⑤ 两个定居点之间还修建了小型单元。这些变化是随着共同体内部财富的累计和社

---

① 坎比托格鲁、伯查尔、库尔顿和格林 1988，167-168。

② 苏维诺-英伍德 1990，301。

③ 斯诺德格拉斯注意到最早期的共同体常常是一个崇拜某个特定守护神或某些守护神的"祭祀共同体"（1980，33）。

④ 坎比托格鲁、伯查尔、库尔顿和格林 1988，158。

⑤ 坎比托格鲁、伯查尔、库尔顿和格林 1988，238。又见法格斯托姆（Fagerström）1988，63-66，138，160。

会分化的增大而产生的,而这些财富很可能是通过贸易而获得的。①

也可能存在一处“统治者的宅邸”。② 这栋建筑最大(虽然也大不了多少),③内有不少精美的阿提卡双耳喷口杯和科林斯陶器,很可能是当时象征声望的物件,④并拥有一个朝向神殿的庭院。发掘者注意到,虽然主房间不如他们最初想象的那么宏伟,但是“主房间在房屋中所处的位置可能是特权的象征,因为这个房间最靠近神殿”。⑤ 靠近神殿这一点与一些学者的观点一致,即早期统治者在领导和监督共同体仪式的表演中担任了宗教角色。⑥ 如果我们从建筑中寻找线索,那很可能发现这一领导地位基本出现在精英阶层之中(而非某个单一的世袭首领)。没有一幢房屋在共同体地形中占支配地位。更大的房屋全部位于居住地的最高处,规模非常相近。从储物区域的扩大和发展,可以看出财富是共享的。这些更大的房屋彼此[36]相似,都围绕一座庭院来安排自己的生活空间。安东纳奇奥在另一个语境中把勒夫坎地围绕着大型陵墓建造的精英墓穴,解释为精英阶层通过与祖先的联系及效仿祖先来争夺合法性的场所。⑦ 与此相似,扎哥拉效仿这种精心安排生活空间的做法,或许也显示了精英之间(通过共享财富)相互协同和(通过模仿炫富)相互竞争。⑧

---

① 坎比托格鲁、伯查尔、库尔顿和格林 1988,241。

② 见艾尼亚(Mazarakis Ainian)1997,287-288。

③ 关于建筑单元大小的比较,见法格斯托姆 1988,65。

④ 坎比托格鲁、伯查尔、库尔顿和格林 1988,100。

⑤ 坎比托格鲁、伯查尔、库尔顿和格林 1988,79。

⑥ 艾尼亚 1997,372。

⑦ 见安东纳奇奥 1993,1995。

⑧ 不幸的是,没有发掘出墓穴,许多物品很可能在居住地被遗弃的时候被带走了。发现的物品中有 3 个青铜搭扣、可能是某条链子的一部分的 3 个青铜环、1 个青铜“过滤器”、1 个铅像、1 个铁剑头、2 枚章和东地中海仿照早期埃及模型做的 1 只圣甲虫(坎比托格鲁、伯查尔、库尔顿和格林 1988,227-235)。这个“过滤器”与近期在勒夫坎地发现的“擦子”颇有相似之处(波帕姆和莱莫斯 1995,152)。而对早期圣甲虫的仿造与精英们以特殊物品彰显自己的身份地位相一致。

德莱洛斯：作为公共空间的共同体

德莱洛斯是个被荷马描绘为“有百座城池的克里特”(Krêtên hekatompolin, 2.649)的居住地，为我们提供了形成第二种共同体的证据：公共空间的发展。这并不是说扎哥拉或其他共同体不存在这种空间，可能只是没有被发现，也可能没有在考古记录中区分出来。德莱洛斯名声在外，是因为它这种公元前八世纪一系列公共空间的结构，后来也出现在公元前七世纪的拉图(Lato)和公元前六世纪的提洛。居住地中心两座山峰之间是长 40 米、宽 23 米的平地，已经被确认是集会广场。广场西南角是建在自然缓坡上的 7 级台阶遗迹。这显然是横穿广场南端的一大组台阶的一部分，台阶数量向四边逐渐减少，每一角有一个台阶。“这个原始的剧院”，如科德斯德里姆所言，“可能是宗教集会和政治集会的公共场所”。①

和广场在同一直线上的是神庙，有两条路从广场通向神庙，这座神庙被认为是阿波罗(Apollo Delphinios)神庙。有证据显示这里有过祭祀仪式、祈愿表演和(与阿波罗有关联的)山羊角。② [37] 这座神庙的意义不仅在于城市崇拜的发展，还在于它与提洛、德尔斐、特蒙(Thermon)和埃雷特里亚等地的公共集会场所有关。③

俯瞰广场，神庙的西南面是一座被称为 prytaneion[主席厅]的建筑(尚有争议)。④ prytaneion[主席厅]在希腊城邦的发展进

---

① 科德斯德里姆 1977，279。又见德马尼(Demargne)和范伊凡戴尔(van Effenterre)1937，10-11。

② 科德斯德里姆 1977，280。

③ 见法格斯托姆 1988，151-154 和霍克斯冈 1994，142。

④ 见德马尼和法格斯托姆 1937，15-26；米勒(Miller)1978，93-98(他对此建筑物为主席厅提出了质疑)；科德斯德里姆 1977，314；马萨拉基斯·艾尼亚 1977，389；威利茨(Willetts)1977，151 和米勒 1978。[译按]prytaneion，希腊城邦的公共建筑，主席团在那里开会(和处理司法案件)，并设宴款待外邦使节、有功公民(如奥林匹亚赛会的获胜者、杰出的将军)、战死的英雄的儿子。也可以译作“市政厅”或“政府大厅”。

程中扮演了重要角色。“黑暗时代”早期的共同体中，最大的建筑物很可能是首领的寓所，但随着公民的角色在统治过程中越来越强大，建在中心的市民建筑变成了公共“议事厅”。这个场所的功能是为外宾、领导人和尊贵的公民提供仪式性用餐。它也是一座法庭，并随着成文法的发展成为一个档案馆。①

在德莱洛斯发现的早期政治组织的一些证据，与这些公共空间的中心地位相一致。刻在一块公元前七世纪中叶的石头上的铭文应该是已知最早的成文法之一。② 这部法典的公共性显示在两方面。其一，正如之后在格尔蒂(Gortyn)等地发现的法典一样，这部法令是公开展示的。这一展示的意义在于，它表明法律不仅形式化了，而且不再只是通过某个具有特权的解释者来沟通。③其二，这部法令的公共性在于它的来源。它在开头写道 Ad'e Fade poli，即“这取悦了城邦”，说明这部法令来自公民主体，可能是公民大会。法令规定，任何人不得在十年内担任“秩序官”(kosmos)④这一最高长官超过一次，对个人手中的集权划定了清晰的界限。违反这一法令的处罚之一，就是对他“处以他当法官(dikaksie)时所处罚款的两倍”。这似乎说明了“秩序官”的功能之一是作为审判员并施行罚款。铭文结尾处要求“秩序官”、“财务官”(damioi)和“城邦二十人团”(ikati oi tas pol[io]s)宣誓。⑤

---

① 米勒 1978，4-18。

② 关于该铭文的日期，见杰弗里 1990，311。关于该铭文的讨论，见埃伦伯格 1943；威利茨 1965，68-69；梅格斯(Meiggs)和路易斯(Lewis)1969，2-3；科德斯德里姆 1977，315 以及霍克斯冈 1994。

③ 见霍克斯冈 1994。

④ [译按]kosmos，克里特岛上诸城邦的最高行政长官(《希腊语英语大辞典》LSJ 译作 ruler 和 regulator)，该词本意为“秩序”和“政府”“政体”。或可译作“秩序官”。张强译作“为官之人”(见《古希腊铭文辑要》，中华书局，2018，页 18)，似太笼统。

⑤ 埃伦伯格 1943，14-15。[译按]damioi，张强译作“土地所有者”(见《古希腊铭文辑要》，页 18)，但他在注释中引了梅格斯和刘易斯的译法：“财务监管”。学界至今似乎也没有搞清楚这个词的意思，猜测是来自 damos 即 dêmos，代表每一个区(dêmos)或村落的官员，所以更妥当的译法是“地方官”。

[38]我们不确定这些不同的职位究竟是什么，但埃伦伯格认为damioi很可能是财务行政官，而“城邦二十人团”则类似于议事会。① 我们无从得知公元前八世纪的政治形态，但是考古记录证实了公共空间的形式化，它为不断进行的关于谁应该在什么条件下统治的争论和商谈提供了一个讨论的场所。这些制度形式并没有创造政治，只是思考和行动过程的产物。②

科林斯：开始创建

正如荷马所述（2.570），“富裕的（aphneion）科林斯”反映了整个希腊世界在公元前九世纪和公元前八世纪人口和经济的大体变化。在“青铜时代”晚期和“铁器时代”早期，科林斯的居住地分散且规模不大。③ 有证据表明，更大和更稳定的居住地在公元前925—前875年重新出现，随后公元前八世纪人口稳步增长并扩张，④海上交通和贸易扩大，经济更加多样化，居住地逐渐繁荣。

一直存在的学术难题，是如何将“科林斯早期的成就和科林斯早期的遗址”相匹配。⑤ 也就是说，既然科林斯的商业地位如此重要，那么当时的科林斯人居住在何处？科林斯肯定存在一个类似于城市中心的地方，但从当时墓葬中辨识出的人口与我们的设想大相径庭。正如摩根（Catherine Morgan）所说，如果我们“仅仅依靠现存的遗产，那么公元前八世纪以前科林斯的人口常常显得太少以至于基本不可行”。⑥ 考古学家们发现越来越多新的居所分散在整片区域。威廉姆斯认为能够从不同的地方获取[39]水源以

---

① 埃伦伯格 1943，17－18。又见威利茨 1965，68；以及霍克斯冈 1994，147－151。

② 见霍克斯冈 1994，153。

③ 见罗巴克 1972，98。

④ 居住地的重现：萨蒙 1984，39；人口：罗巴克 1972，103；萨蒙 1994，63。

⑤ 里尔（Rihll）和威尔逊（Wilson）1991，76。对这一难题的充分论述见罗巴克1972。

⑥ 摩坦（Mortan）1994，115。

及广袤富饶的平原，使得“已建立的共同体可以得到有机的安排”。[①] 这能让该区域得以发展，而无须承担中央居住地过大的人口压力，还能满足相应的城市规划需求。但是我们在什么基础上能够合理地把科林斯及附近区域当作一个完整共同体来讨论呢？

“政治领域”这个概念在这里就有用了，因为它不是将政治置于永久不变的体制结构中，而是置于一个更加流变的、持续的关于资源的集体组织的协商过程之中。这一集体组织的努力有许多外在的表现。首先，科林斯逐渐扩大领导地位的模式，在希腊早期共同体中并不特殊。有一些确凿的(但需要小心运用的)历史证据证明，公元前八世纪中期的领导形式，从(自约公元前900年科林斯建立以来就沿用的)世袭君主制，变成了在巴克齐亚迪(Bacchiads)家族内部进行选举的寡头制。[②] 办公场所的扩大可以简单地解释成巴克齐亚迪家族随着血统的传承而增大，家族内部以此试图减少派系冲突。[③] 有一个由巴克齐亚迪家族成员组成的议事会来选举行政长官。[④] 人们可能在公民大会中担任一些名义上的角色，但是他们的正式权力很可能是受限的。[⑤]

---

① 威廉姆斯 1984，12。

② 见狄奥多罗斯(Diodorus)7.9；伍斯特(Oost)1972，10－11；罗巴克 1972，106；萨蒙 1984，56－57。寡头制的准确属性难以确定。一些学者认为是单个的君主被选出来的三位行政长官代替了：一位普律塔尼斯(行使王室功能)、一位巴塞勒斯(行使宗教功能)和一位波利马克(负责收缴罚款[Nic. Dam. 90 F 57.5]并很可能是军事长官)。见罗巴克 1972，106；威尔(Will)1955，298－306。另一些学者认为普律塔尼斯和巴塞勒斯指的是同一位执政官。见伍斯特 1972，10－11；萨蒙 1984，56－57。[译按]Nic. Dam.，即大马士革的尼古劳斯(Nicolaus of Damascus)，见 Felix Jacoby 编，《希腊史家辑佚》(*Die Fragmente der griechischen Historiker*)，Leiden：Brill，1961。

③ 罗巴克 1972，106。

④ 狄奥多罗斯 7.9；伍斯特 1972，11；罗巴克 1972，106；萨蒙 1984，56－57。

⑤ 见威尔 1955，303－306。早在公元前八世纪，公民或共同体成员的概念就已经可能与土地的所有权相关。这一关联与传说中的立法者斐多(Pheidon)有关，据说他固定了土地财产，因此家庭拥有了土地，而公民的人口将保持不变(亚里士多德《政治学》1265b12－16)。要区分历史和传说显然是困难的，因为共同体常常用这样一个过去来回答当代的问题(伊德[Eder]1986，266－267)。关于斐多，见萨蒙 1984，63－64。

其次，有证据表明，共同体空间的组织越来越受关注。在公元前八世纪中叶，墓葬从居住地内的家族集体墓穴，变成了城市的公共墓地，如城北公墓。① 如莫里斯所说，墓葬的意义在于，它们可"作为社会结构以仪式为中介来自我呈现的物质遗产"。② 也就是说，墓葬模式，包括墓地的位置、墓地中埋葬的人和物品，能告诉我们一些共同体关系和组织的信息。[40]房屋周边的墓葬更多地显示了分裂的关系，与此相比，在城外建造的墓地或许表明当时发展出（也许是实施）了一种同生共死的空间感觉。市内考古记录显示出商业空间的分化变得越来越突出。虽然科林斯（以及"黑暗时代"的其他希腊地区）依然是农业社会而非商业社会，但是这个证据让我们更关注生产过程的组织（甚至可能指向了这个方向）。③

---

① 布勒根（Blegan）、帕默（Palmer）和杨格（Young）1964，13。这一改变并非绝对的。居住地所在区域发现了一些公元前八世纪的墓穴（杨格 1964，13）。又见威廉姆斯 1984，11。关于墓葬活动变化趋势的讨论见莫里斯 1987，1997；奥斯本 1996，82－88；潘黛儿 1990，201－202；以及摩根和怀特罗 1991，86，94－95（阿尔戈利斯）。这些转变的时间不尽相同。在雅典和科林斯，这一转变始于公元前 750 年左右，而在阿尔戈斯、忒拜和维奥蒂亚则稍晚些（莫里斯 1987，第 10 章；摩根和怀特罗 1991，86）。在克诺索斯可以看到从青铜时代末期开始就一直有人居住，而家族集体墓穴从公元前十世纪一直延续到公元前七世纪。但是也可以看到，城外墓地早在公元前十世纪就已存在并形成规范了，葬于此的既有富人也有"较低级的人"（科德斯德里姆 1994，121）。

② 莫里斯 1987，8。

③ 科林斯的商业不应被理解为从商品生产和交易中获取共同体财富的早期资本家体系。但是在芬利（1979，67；1973；1982）所说的零散而投机的贸易中可以看到交易模式的发展。关于科林斯商业的讨论，见唐巴宾 1948；罗巴克 1972，116－118；萨蒙 1984 和摩根 1988。科林斯最早的商业区域是著名的陶匠市场（Potters' Quarter），由建于公元前七世纪末、65 米长的"南长楼"和建于公元前六世纪初、更精美的"北长楼"组成（斯帝威尔[Stillwell]1948，15，20－21）。这两座建筑物的后面是"小棚屋或仓储间"、用于储存黏土的深坑以及水管网络（斯帝威尔 1948，17）。还有一个在后期的学术研究中为人所知、可能有些被过度使用的发现，即"工业区"。这个区域由 9 个伸入地基的浅坑组成，很可能是公元前六世纪末用于铸造和熔炼铁及青铜的（威廉姆斯和费希尔 1973，14－15）。虽然科林斯铜器的流行在文字资料中得到了验证，但是没有任何重要的考古学证据可以证明。伊塔卡的一些三足器似乎来自科林斯（托马斯和科南特 1999，127）。科林斯也被认为是科林斯头盔的发明地（见斯诺德格拉斯 1964，27－28）。这一空间的区格进一步地显示了公元前七世纪和公元前六世纪存在"贸易（转下页注）

第三，科林斯在伊塔卡建立的贸易站（约780年）、在叙拉古（Syracuse，约733年）和科西拉（Corcyra，约709年）建立的殖民地，说明精英阶层愿意并且有能力为了追求商机而去组织共同体资源。位于科林斯湾入口处的伊塔卡，很可能作为发展中的科林斯市场通向西方的贸易站。[①] 据罗巴克所说，科西拉的殖民地，“似乎表明，人们意识到这个岛作为通往意大利的途中停靠港的重要性，也意识到它的土地有能力为定居者提供生计”。与伊塔卡和科西拉不同，他们建立叙拉古殖民地，很可能是为了缓解本土的资源压力，也是为了商业冒险。[②] 但这说明那就是科林斯为了内部城乡经济的融合而作出的政治回应。无论是哪个原因，周边地区都获得了足够的经济融合，以促进政治活动。正如罗巴克所认为的，

> 整个事业的特点在于，它是由科林斯国家组织的常规活动。有一位创始人（oekist）——巴克齐亚迪家族的阿喀亚斯（Archias），向定居者保证，他们到达叙拉古时就能得到土地。[③]

集体组织的最后一个证据是神殿和公共仪式的组织化，或者是摩根说的“神圣景观”，这是在分散人口中建立共同身份感的一个关键部分。[④] [41]德波利尼亚克（de Polignac）在他的经典论述中，讲到了为什么城邦的出现，常以建于广场附近或卫城之上的城

（接上页注）综合体”，由分隔为几个房间的建筑构成，集中了拥有类似地理布局的进口陶器（威廉姆斯、麦克因托什[MacIntosh]和费希尔 1974，23）。公元前六世纪中叶出现了布料染色装置，而这些布料用于生产服装和地毯（威廉姆斯 1986，134 和萨蒙 1984，119-120）。托马斯和科南特（1999，132）认为经济日趋多样化很可能需要一个“拥有权力分配结构的统一邦国”。

① 科德斯德里姆 1968，353；罗巴克 1972，112。

② 罗巴克 1972，112-113；萨蒙 1984，62-63。

③ 罗巴克 1972，112-113。

④ 摩根 1994，105。

内神殿以及在居住地区域边缘的神殿(一个郊区神殿)和/或市外的神殿(城外神殿)为标志。[①] 科林斯提供了一个有趣的案例,说明城外神殿先于城内神殿。摩根最近提出一个观点,认为科林斯东面伊斯忒米亚地峡(Isthmia)上一个早期的城外神殿,可能是公元前八世纪之前作为区域统筹的场所。这一神殿的活动"说明需要把广阔区域内的人们聚集(组织)起来",并"表明当时存在某种祭拜共同体",这个共同体允许包括妇女在内的各个共同体参与进来。[②] 公元前八世纪中期,科林斯打败了墨伽拉(Megara)后,在波拉考拉(Perachora)海岬为赫拉(Hera Limenia)建造了一座城外神庙,标志着科林斯的政治扩张和对该区域的统治。[③] 波拉考拉的大量祭品说明神殿可能具有多重意义。摩根写道:"神殿的建立

---

① 位于广场附近的神殿:科林斯、埃雷特里亚、德莱洛斯(包括阿尔特弥斯神殿)、格尔蒂(德波利尼亚克 1995,22)和扎哥拉(坎比托格鲁、库尔顿、伯明翰和格林 1971)的阿波罗神殿。位于卫城之上的神殿:雅典、斯巴达、阿尔戈斯、迈锡尼,可能还有提林斯、米勒图斯(Miletus)、佛卡伊(Phocaea)和罗得岛诸城(林多斯[Lindos],卡米洛斯[Camiros],伊莱索斯[Ialysos])的雅典娜神殿(德波利尼亚克 1995,21)。郊区神殿:忒拜、阿尔戈斯、海力厄斯(Halieis)、帕洛斯(Paros)和那科索斯(Naxos)的阿波罗神殿;斯巴达、忒萨利、斐莱斯(Pheres)、提洛和厄菲苏斯(Ephesus)的阿尔特弥斯神殿;德尔斐的雅典娜神殿;厄琉西斯(Eleusis)、科林斯和克诺索斯不太出名的得墨忒耳(Demeter)神殿(德波利尼亚克 1995,22)。城外神殿:阿尔戈斯、萨摩斯、墨伽拉、科林斯、比萨和厄里亚(Elea)的赫拉神殿(奥林匹亚的赫拉神殿和宙斯神殿一起);厄皮道罗斯(Epidauros)、斯巴达、阿克雷非亚(Acraiphia)、墨伽拉、基俄斯(Chios)、克洛丰(Colophon)和米勒图斯的阿波罗神殿;雅典(在桑尼乌姆[Sunium],和雅典娜神殿一起)、科林斯和卡劳里亚(Calauria)的波塞冬神殿;克莱奥涅(Cleonae)的宙斯神殿;伊吉那(Aegina)的阿法伊(Aphaia)神殿;以及尤卑亚的埃雷特里亚、穆尼奇亚(Mounychia)和布劳尔(Braur,河边)或(埃利斯[Elis]的康波忒克拉[Kombothekra]、拉康尼亚[Laconia]的维林努斯[Volimnos]、阿卡迪亚[Arcadia]的卢索伊[Lousoi]、卡拉波第[Kalapodi])山上的阿尔特弥斯神殿(德波利尼亚克 1995,22;科尔 1995,298;摩根 1994)。

② 摩根 1994,121。关于伊斯忒米亚地峡发现的物品的范围,见劳比什克(Raubitschek)1998 和摩根 1992。

③ 罗巴克 1972,108-109;科德斯德里姆 1968,353;以及马萨拉基斯・艾尼亚 1997,154-155。

似乎反映了复杂的趣味,包括家庭庆祝、贸易和对科林斯非常重要的土地控制。”①

公元前八世纪还出现了四个似乎小一些的神殿:索里吉亚(Solygeia)的一座城外神殿以及赫拉(Hera Akraia)、雅典娜(Athena Hellotis)和考提托(Kotyto)的城内神殿。无论在这些神殿中开展的祭祀活动源于什么,它们每一个都与科林斯神话历史的构建有关。其中的一组故事通过把科林斯与古老的埃非里(Ephyre)这个地方联系起来,赋予了科林斯一个神秘的过去。这一关联使科林斯的过去演变成了美狄亚(Medea)、西绪弗斯(Sisyphos)、柏勒罗丰(Bellerophon)的传奇和伊阿宋(Jason)的冒险。② 第二组故事中,科林斯的建立与多里安人(Dorian)的入侵和[42]赫拉克勒斯后裔(Heraclidae,赫拉克勒斯的后人)的传奇回归有关。根据后来的传说,阿勒特斯(Aletes,赫拉克勒斯的后人之一)率领多里安人对抗科林斯的原住民(爱奥利亚人[Aeolians])。索里吉亚是阿勒特斯获胜的地方。③

如果说赫拉(Hera Akraia)崇拜与前多里安人时期神秘的美狄亚和伊阿宋往事有关,④那么雅典娜(Athena Hellotis)、考提托和索里吉亚崇拜就与阿勒特斯创建科林斯密切相关。索里吉亚的神殿出现在多里安人征服科林斯的传奇地点上。⑤ 此时,在索里吉亚

---

① 摩根 1994,135。关于祭品的报告,见佩尼(Payne)1940 和唐巴宾 1962。对赫拉(Hera Limenia)的不同解读可参考辛(Sinn)1996 和法格斯托姆 1988,157(注释188)。

② 见赫胥黎(Huxley)1969,第 5 章。见泡萨尼阿斯 2.3。

③ 见泡萨尼阿斯 2.4.3 和修昔底德 2.40.2。这一传奇的完整描述见《品达注疏》(Scholiast to Pindar,“涅嵋凯歌”7.155)。将此传奇追溯至公元前八世纪,见帕尔克(Parke)1967,130-131;摩根 1988 以及摩根 1994,137。

④ 将美狄亚崇拜与早期的赫拉崇拜联系起来的传说有两个。其中的一个传说是,美狄亚的孩子在赫拉神庙被谋杀了。另一个故事是,美狄亚自己谋杀了她的孩子并用每年向赫拉献祭的方式来赎罪。见泡萨尼阿斯 2.3.11 和布伦涅尔(Broneer)1942,158。

⑤ 见维德利斯(Verdelis)1962 和摩根 1994,136-138。

城外建立一座神殿，可以象征性地将这一边远区域与赫拉克勒斯后裔建城的神话历史联系起来。雅典娜（Athena Hellotis）和考提托崇拜（和节庆），通过传说而与爱奥利亚国王之女赫洛提亚（Hellotia）和考提托因阿勒特斯入侵而死联系起来。[1] 赫拉（Hera Akraia）、雅典娜（Athena Hellotis）和考提托崇拜的共同之处在于，它们都是作为共同体对死亡的补偿而出现的。共同体的纽带既体现为承认共同体对公开的死亡（public death）负有罪责，也体现为共同体仪式性的净化行为上。这一基于共同体祭祀仪式活动的发展，

> 标志着具备自我意识的社会的出现，因为它重新占有了过去，赋予它以一个神圣的特征，以越来越公开的方式组织集体活动和神殿，而在神殿中的这些集体活动中，仪式就把全然不同的个人或团体的集合，转变为活跃而坚定的共同体，致力于特定的祭拜。[2]

因为与传奇性的往昔相关，人们参与这种祭拜，实际上也就是在参与创建一种神话。

结　论

在研究扎哥拉、德莱洛斯和科林斯时，我试图从考古学证据中找到[43]公元前八世纪政治活动日益重要的原因。我这样做并未

---

① 这个故事讲述的是爱奥利亚（Aeolian）国王之女赫洛提亚在阿勒忒斯入侵时将自己和妹妹扔进了雅典娜神庙的火焰之中。为了就神殿中的这一死亡向诸神祈祷，阿勒忒斯设立了赫洛提亚节（见《品达注疏》13.56 和布伦涅尔 1942，140，158）。关于考提托（Kotyto）崇拜的来源甚至考提托死于何时、如何死的都知之甚少。虽然和这一公共神殿相关的供油是典型的个人丧葬祭品（斯坦纳[Steiner]1992，403－406）。

② 德波利尼亚克 1995，152。霍尔通过类似的脉络讨论了“少数种族是如何积极地运用物质文化来在已构建的杂乱无章中划分边界的”（1997，142）。又见苏维诺-英伍德 1990 和科尔 1995，297－298。

将机构形式与进程等同，而是寻找这些进程的证据。我们一直在寻找政治领域的证据，或者说是在寻找集体目标的争论与调节之地。我们发现，政治的物质基础与人口密度的增大和物质的繁荣有关。这些人口和经济变化很可能增加了共同体对发展调解、协同和分配程序的需求。然而，考古记录却千差万别。扎哥拉的封闭空间，与科林斯分散的居住模式及德莱洛斯公共空间的组织，形成了对照。这些形象每一个都为理解政治领域复杂的构建方法提供了部分参考。创造建城传说、划定宗教边界、集体组织空间都从某些方面告诉我们，共同体组织和身份是以哪些复杂的方式来彰显其不断增加的重要性。

《伊利亚特》与政治戏剧

学者们在思考《伊利亚特》的政治时，力图将史诗提到的事情与考古记录相匹配。当然，《伊利亚特》也的确能验证这种考古的背景。事实上，人们大量提及公元前八世纪的发展，就是为了表明，这一背景构成了人们对诗人和听众的共同理解的一部分。比如说，人们大量提到，用于公共崇拜的神龛和祭坛是为了把公民紧密组织起来，[①]如特洛亚人选出雅典娜的女祭司忒阿诺（Theano）前往“位于城堡顶峰的”（polei akrêi）雅典娜神庙并祈祷“雅典娜，我们城邦的[44]守护神”（rhusiptoli）来拯救城邦。[②] 可能还存在英雄崇拜。[③]《伊利亚

---

① 1.39，1.440（阿开奥斯阵营），2.303-307，2.549-551，4.445-448，6.297-310，7.83，8.47-48，9.404-405，22.169-172，23.144-148。见范维斯 1992，28-31。

② 6.297，305. 伯克特注意到是特洛亚人共同体（而不是某一特定的家族）让忒阿诺成为了特洛亚的雅典娜女祭司。他认为这个行为是城邦控制宗教这一假设的证据（1995，203）。

③ 见 2.603-604，10.414-416，11.166-169。见皮尔斯 1973。

特》暗指的城市布局，有街道、广场、公共洗衣池，以及包围整座城邦的城墙，这些城墙把“平地”与“城”（polios）划分开来（22. 456）。①

然而，正如我们仅仅用正式机构和团体为系统来定位政治，就不足以完全理解政治一样，我们试图寻找一个正式的系统，同样也会限制我们对《伊利亚特》的政治的理解。这里提供的理论框架会让我们看到，《伊利亚特》不只是一件人造物，仅仅为了证明城邦结构何时出现。《伊利亚特》叙述的是政治戏剧的故事。它讲述的不是已建成的机构，而是在形成、冲突和变迁中的共同体。开场的叙事结构指明了《伊利亚特》这部戏剧的政治语境，我们在看到战场之前就遇见了政治领域。这部史诗在政治领域和战场之间建立了一种强有力的关系，因为战争的骚乱暴露了共同体内部的裂痕，而这些裂痕需要得到修补，否则共同体就有解体之虞。在后续的篇章中，我要审视这些共同体是如何陷于危险的，这些危险是如何让我们去反思政治活动的。我在本章最后讨论了《伊利亚特》如何描述这些政治共同体的最初形成：一方面来源于阿开奥斯人，另一方面来源于特洛亚人。

《伊利亚特》的开端是原本独立的贵族家庭被阿喀琉斯召集起来开会（agorênde，1. 54）。人民（laos）被召集到一起来，应对为期9天的那场摧毁阿开奥斯人的大瘟疫。阿喀琉斯担忧很可能造成阿开奥斯人死亡的厄运，便召唤占卜师来“告诉我们为何福波斯·阿波罗（Phoibos Apollo）如此愤怒”（1. 64）。占卜师卡尔卡斯（Kalchas）解释说，是因为阿伽门农拒绝接受阿波罗的祭司克律塞斯（Chryses）为赎回他的女儿克律塞伊斯（Chryseis）而

---

① 街道：2. 12，4. 52，5. 642，6. 391，20. 254。广场：2. 788－789，7. 345，18. 497。洗衣池：22. 153－155。城墙：2. 529（提林斯），2. 646（而格尔蒂直到公元前八世纪才有城墙），3. 141－155，6. 373，7. 449－453，12. 28－32，36，121－123，258－266，390，397－399，424，453－462（城门），16. 702－703，18. 274－276，514－515，22. 4，35－89，455－465。

献上的赎金,[45]因此导致阿波罗用瘟疫的形式给所有阿开奥斯人送去“悲痛”(1.96)。这个开场之所以重要,有以下几个原因。第一,它指明了一些共同身份的要素,阿开奥斯人就用这种共同身份在公共场合上,在阿波罗的眼皮底下,要求他们的首领为自己的过失行为作出赔偿。例如,卡尔卡斯提到阿伽门农时,称他“有力地统治着阿尔戈斯人,阿开奥斯人全体归附”(1.78-79)。当大家听到阿伽门农是他们遭受劫难的原因时,“其余所有阿开奥斯人都大喊着支持/祭司应受到尊重,接受闪亮的赎金”(1.54,376-377)。

第二,开场明确了阿伽门农和阿喀琉斯产生冲突的公共语境。这个语境涉及资源分配的问题,并明确了阿伽门农威胁说要拿走并真的拿走的,乃是阿喀琉斯的战利品。阿喀琉斯对此的回应是将阿伽门农的行为置于共同体的语境之中,宣称“人(Laous)不宜拿回已分出去的物品”(1.126)。但是在接下来的章节中,我们可以看到,这场集会的作用也是一种语境,阿喀琉斯借此提出关于权威的本质这一根本问题,这个问题最终归结为政治空间内部关系的转型。

随着故事的展开,一个相互依赖的社会组织更加清晰地浮现在眼前,其中有政治集会、社会阶层、宗教仪式、专门划定的祭祀空间。① 由这些集会组成的空间中,我们看到一系列更广泛的关于共同体生活的问题“贯穿了公共的决策过程”。② 比如提到了集会在阿开奥斯首领已建立的区域内进行决策时所起的作用,提到了

① 关于阿开奥斯共同体是一个临时城邦的讨论,见默里 1980,64;拉弗劳卜 1991,244-245;拉弗劳卜 1997b;拉弗劳卜 1997c,23;拉弗劳卜 1993,47-48 和奥斯本 1996,150。关于阿开奥斯人阵营内对祭坛的讨论,见 1.440,448,11.806-807。关于阿开奥斯人共同体内的集会之处,见 1.53-325,2.53-397,7.381-412,9.9-178,11.806-807,15.283,19.34-276。

② 拉弗劳卜 1997c。关于公元前八世纪及史诗中祭祀场所界限的讨论,见苏维诺-英伍德 1993。

军事战略的决策，提到了“权利”的管理，提到了如何在有关他人伤害的赔偿判决中作证，提到了资源如何公有化[46]以及如何分配，提到了由共同体来埋葬帕特罗克洛斯，而不是把帕特罗克洛斯送回故乡。① 这些公共集会被认为对个人非常重要，甚至可能对个人提出了要求。因此，奥德修斯要求阿喀琉斯考虑他的行为对“其他的/阿开奥斯人”(Panachaious，9. 301－302)的影响。② 此外，集会的重要性还突显在它被视作阿开奥斯人“分配/权利”(11. 806－807)以及“男人们获得荣誉”(1. 490)的地方。③

《伊利亚特》这部戏剧的政治语境，在我们第一次看到特洛亚人时得到了进一步彰显。虽然战争之火燃烧了十年，但荷马实际上打乱了时间顺序，将我们带回到特洛亚联盟最初形成的时期。我们第一次遇到特洛亚人时，他们正“在普里阿摩斯门前举办集会(agoras agoreuon)/ 老老少少聚集在一个地方”(2. 788－789)。当特洛亚人聚在一起时，普里阿摩斯之子从“老埃叙埃特斯(Aisyetes)古墓高处”俯视阿开奥斯人，这座墓葬表明，人们围绕着英雄祭拜之地建起了一个共同体(2. 793)。伊里斯(Iris)幻化成普里阿摩斯之子波吕忒斯(Polites)的模样——Polites 这个名字的意思是“公民”，伊里斯对赫克托尔(Hektor)说出了紧急情况：“我曾经参加过多次男人之间的战争，/但我从未见过像这样多的人马”，他们“穿越平原来到城下战斗”(2. 798－799，801)。但是，要守卫这座城池，需要组织特洛亚周边的共同体，即他们口

① 阿开奥斯集会：1. 490(阿喀琉斯)、4. 400(狄奥墨得斯[Diomedes])、9. 441(阿喀琉斯)、16. 387(一般论述)、18. 106(阿喀琉斯)和 18. 497(盾)。军事战略：2. 53－397。“权利”的实施：11. 806－807。目击与判决：18. 497－508，23. 573－611。资源：23. 543－554，1. 126；将 1. 161 比作 23. 544；见纳吉 1990，269。葬礼：23. 111－112；23. 160，163，23. 258；见伯克特 1985，191－192。

② 这个观点反驳了格林哈夫(Greenhalgh)“《伊利亚特》中没有对泛阿开奥斯责任的表述”的论述(1972，533)。

③ 又见 9. 441。

中"成分各异"的人(2. 804)。伊里斯告诉赫克托尔,"让他们的每一位首领发号施令,/让每一位首领有序地组织他的公民(polietas),并领导他们"(2. 805–806)。裘维乐在解读这一节时认为赫克托尔的言论是"对早期'城邦'形成过程的最佳总结",在这个过程中,polites 或公民"获得了新的政治意义"。[①] 我不大赞同将这一节说成是一种转型。但是,[47]这几句诗最起码指出了,通过共同的目的把操不同语言和不同城镇的人团结起来,组建成一个共同体,就如同这里的例子所示,是为了抵抗阿开奥斯人的攻击。

在这个城邦之间的联盟内部,每当必须做出重大决定时,都会组织公共集会。有时,人们会在特洛亚城内一个相当完善的制度背景下召开公民大会。[②] 但是,无论什么时候(以及什么地方)需要做出重大决定,也都会召开这种公民大会。[③] 因此,赫克托尔在战场的空地上召开了"全体特洛亚人的集会",讨论继续猛攻阿开奥斯人之前是否休息一晚(8. 489)。而特洛亚人为了应对阿喀琉斯重返战场,也在战场上"召开集会"(18. 245),决定是否返回"城里"(astude,18. 255),在"广场"(agorê)、"城墙"(astude purgoi)和"城门口"(pulai)等地守卫这座城池(18. 274–275)。

荷马在这里描绘了共同体空间的物质组织:它的城墙、城门和广场。然而,正如荷马所阐明的,这些物质形式是集体身份的表达方式,我们可以看到,这种集体身份由特洛亚这个政治共同体的建城传说所阐发。这个城市有神圣的起源,其谱系能追溯到创立了达尔达尼亚的宙斯之子达尔达诺斯。但是诗人在达尔达尼亚和"神圣的伊利昂"之间作了重要区分,达尔达尼亚的居民

---

① 裘维乐 1981,144。

② 见 2. 786–810、7. 345–379、7. 414–420、11. 139。

③ 见 8. 489、18. 245 和 12. 211。

生活在一个与自然无异的区域（20.218），而伊利昂则是“平原上的一座城，能说话的凡人的城市”（polis meropôn anthrôpôn，20.216-218）。[①] 建城行动是要在自然之外塑造一个属人的空间，这一行动因为向建城者伊洛斯（Ilos）修建了一个祭坛而显得令人敬仰，而且当时聚集在现场的特洛亚人也回想起了那场建城行动。[②]

对于形成共同体空间和身份的那些考古证据，《伊利亚特》在叙述中赋予它们以生命。我们看到的不是[48]既定政治机构的残留——一个体系，而是政治的表演：一个共同体（阿开奥斯人）得以创建，另一个共同体（特洛亚人）因战争而岌岌可危。在后面的章节中，随着史诗开始反思共同体生活的组织和目的这个政治问题，我们会研究这种政治空间如何受到威胁、得以扩张、发生转型和得到重建。但是在讨论这些问题之前，我们必须提出一个哲学问题，这个问题阻碍了我们将《伊利亚特》理解为一部政治思想著作：即，我们是否能在史诗中辨识出“人类能动性”这个概念。那就是下一章的主题。

---

① ［译按］王焕生译作“有死的凡人的城市”，本书此处原文为 the center of peoples，可能误解了这里的 meropōn 一词，它本意是“发出声音”“能说话”，而不是“中心”之意。

② 见 11.166，371-372（tumbô Ilou），24.349。

第二章 人类能动性与神明

[49]*μὴ μὰν ἀσπουδί γε καὶ ἀκλειῶς ἀπολοίμην,*
ἀλλὰ μέγα ῥέξας τι καὶ ἐσσομένοισι πυθέσθαι.
我不能束手待毙,暗无光彩地死去,
我还要大杀一场,给后代留下英名。

——22.304-305

自亚里士多德以来,政治思想中就长久持存着一个传统,即:政治是独立于生命的自发进程而存在的领域。在亚里士多德看来,政治是一种与劳动完全不同的活动。劳动和获得是为了满足生存的日常需要,而政治只考虑共同体福祉(wellbeing)的大问题。亚里士多德认为,区别在于活动的本质。生产的要点是安置了一种手段-目的关系,人们在其中努力获取一个特定的目标。但是政治本身就有价值,因为它为 logos[逻各斯]的运行提供了场域,而逻各斯是人类特有的语言和理性能力。人们在运用理性时,就要求摆脱必然性的支配,而在政治中运用理性,就会提出何谓正义和非正义的问题。在亚里士多德看来,[50]乞丐、奴隶、劳工和妇女不能成为真正的公民,因为他们的行为受必然性统治。乞丐被饥饿控制,奴隶和劳工是生产工具,而妇女一方面

被情感所统治，另一方面被家庭的需求所统治。结果如一位学者在谈论希腊“发现”政治时所说，

> 一个几近理想的政治模型是：政治事件和政治条件服从于参与者的意志，服从于他们互动时发生的任何事情。①

沃林主张，政治思想发展的基础在于自然和神法所统治的现象与那种创造了人类联合的活动之间的差异。②

在许多评论者看来，这一差异却不见于荷马世界。简言之，荷马史诗特别是《伊利亚特》中的诸神，可谓无处不在。他们俯瞰众生，选边站队，给人托梦，提出建议，干涉物质世界，甚至参与战斗。早期的评论者会纠结于荷马史诗中诸神的本质，怀疑诸神是否是伦理的、寓言的或错误的诗歌创造。③ 但是当代的争论更关注这个神的世界对人类能动性的意义。这场争论的术语很大程度上是由一个后笛卡尔（post-Cartesian）和后康德（post-Kantian）范式所推动的，这个范式认为能动性的基础是自主意志和自我意识。从笛卡尔的角度来看，自我是单一、“有意志”的行动者，“独立而有意识的行为意志先于并且引发了”行动。④ 在更具备伦理意义的语境下，康德意义上的能动者，要求个体的道德自主性，他们受自身理性决断而来的价值和自由选择的价值所引导。这是一个“道德价值领域……全然不受运气的滋扰”。⑤ 就其最一般的形式来说，能动性依赖于一种特定的意志观念，这个意志不受[51]机会、偶然或运气等外力的控制。从这个角度来

---

① 迈尔（Meier）1990，5。

② 见沃林 1960，28-33。

③ 对荷马著作中诸神的角色的早期评论，见菲尼（Feeney）1991 和朗格 1992。

④ 吉尔（Gill）1996，37。

⑤ 纳斯鲍姆（Nussbaum）1986，4。

看,《伊利亚特》中的诸神是作为外在于并高于人类意志的力量而行动和出现的。我们马上就能看出问题了。在荷马世界这个不受外部偶然性支配的政治国度中,能动性只能通过弱化或协调诸神的角色来赢得。①

本章的目的是通过相当不常规的途径,即通过重新思考共同体是如何理解机会,来挑战这种权衡(trade-off)的本质。我们可以像纳斯鲍姆(Nussbaum)那样界定机会或运气,即,事件的发生"不是通过他或她自己的能动性,'发生'在他身上的事与他的所作所为相反"。② 但是,如果把机会定义为无法预见、意想不到、不受人类控制的事件,这种定义就不完整,因为这并不能帮助我们理解为什么我们会从每天发生的无数意料之外的事件中挑出一些事件来关注,而不是关注另一些事件。我的看法是,我们最好把机会理解为一种文化建构。我们究竟关注哪些事件,以及我们赋予这些事情什么意义,是由我们所生活的文化所决定的。这就让我们得到这样的观念:机会并不脱离人类能动性而存在,而是可以相互界定,因为"机会"和"能动性"这两个概念可以通过文化而得到调节。

神抑或人:人类能动性的学术构建

虽然不可能公正地看待不同观点的细微差别,但是大多数学

① 需要注意的是,诸神并非理解荷马式能动性的唯一阻碍。在一些学者比如斯内尔和韦尔南看来,《伊利亚特》中缺少的是来自自我意识决定的行动概念。许多学者对这一观点提出了重要的批评,他们在荷马笔下的人物中发现了有意为之的、出于自身意志的自我的概念。尤其参见威廉姆斯 1993、吉尔 1996、加斯金(Gaskin)1990、夏普勒斯(Sharples)1983 和纳斯鲍姆 1986。我赞同加斯金认为诸神的干涉并未转移"个人在行动中的自治性或责任"(1990,6)的观点。但我不赞同他所说的这个观点已被其他学者"毫无争议地论证"(1990,6)。正如我所说,这些结论往往是作为通过展示神明的干涉如何完成本来就会发生的事件来使世界变得和谐——即消除机会的概念——的前提。

② 纳斯鲍姆 1986,3。

者在思考荷马史诗中人类能动性与神的行为时，都受到了后康德和后笛卡尔框架的指导。

其中一极的学者认为不可能有能动性，[52]就因为神明起着重要的作用。在多兹(Dodds)看来，荷马笔下的人物缺少任何统一的"灵魂"或"性格"概念。缺少了这个内在性的东西，

> 所有背离正常人类行为者，如其原因无法通过主体自身的意识或他人的观察而立即被发觉，均归于超自然的能动性，正如天气背离了正常的行为，也如弓弦的状况很不对劲一样。

在一个具有启发性的段落中，多兹说出了经常会让荷马学者不知所措的一个问题：为何"一个像伊奥尼亚一样如此文明、头脑清晰而理性的民族"，无法消除"对超自然持续不断的日常依赖感"。多兹为了回答这个问题而走进了人类学领域，并用上了如今为人熟知的耻感文化与罪感文化的区别。在荷马社会的耻感文化中，引起众人蔑视或嘲笑的那些情况，会被推断为是神明的能动性(divine agency)所致。①

斯内尔(Bruno Snell)对希腊自我概念的产生作出了黑格尔式的解读，认为"在荷马史诗中，事件的任何新转变都是由神推动的"。结果是"人类的主动权(initiative)完全不是来自它自己，所有计划和执行都是神的计划和行为"。② 确实，在斯内尔看来，荷马笔下的人正在失去意识：(也就是不能)意识到"意志、冲动或情感的决定都来源于人类自己"。③ 斯内尔确实认为，荷马史诗中自我的观念，不同于"原始"的观点，因为荷马笔下的人不是完全受神

---

① 多兹 1957，15，13，18。

② 斯内尔 1982，29，30。

③ 斯内尔 1982，31；又见斯内尔 1930。

束缚,而是受神提升:神让“人自由、强壮、勇敢、自我肯定”。但是这还不足以把荷马笔下的人提升到人类能动性这一自由的高度,而仅仅足以让我们在荷马史诗中看到“奠定我们西方文明”的人类自由的种子。[①] 厄布斯(Erbse)近期对斯内尔这一观点作出了详细的阐述,认为“人类的活动”以及他们的“愿望和决定”,只有在[53]神明的行为这一框架中才得以可能。厄布斯说,(这两部)史诗中人类的行为和思想的源头完全在神明那里。[②]

最后,韦尔南(Jean-Pierre Vernant)在一系列论文中指出,公元前五世纪的雅典戏剧发展出来的对责任的悲剧意识出现于这样的时刻:个人日趋发展出充分的自主性,开始作出自己能为之负责任的选择,但他们仍然被系于一种神秘莫测的神圣秩序之上,这种神圣秩序束缚甚至限制了他们的决定。韦尔南继续论述道,史诗中没有行动,因为“人类从未被设想成能动者”,[③]即,“一个负责任的自治主体,在且通过可以归因于他的行动来展示自己”。[④] 只有具备了意志的自主性,才能有韦尔南所指的自我意识的和负责任的主体。

站在荷马学术研究另一极的学者,则在史诗中看到了人类能动性的运作。然而,只有大幅度削减神明的作用,我们才能辨识出这种能动性。因此,冈内尔(John Gunnell)认为,荷马在重塑各种各样的神话和传说时,小心翼翼地限制了神的力量,以便让人类的行为成为新的关注点。[⑤] 阿德金斯(Adkins)在他颇具影响力的论著《品行与责任》(*Merit and Responsibility*)一书中总结自己对人类伦理和道德的理解时,说“我们现在都是康德主义者了”。阿德金斯并不是要把荷马变成一个康德主义者,而是为了显示,对于希腊人来说,

---

① 斯内尔 1982,31-32。
② 厄布斯 1986,297,299。又见厄布斯 1990。
③ 韦尔南 1990c,44。
④ 韦尔南 1990b,50。
⑤ 冈内尔 1987,77-78。

“为什么道德责任的概念如此无关紧要”。然而，阿德金斯把有关命运的说法，与有关人类行动经验的说法区分开来，还能挽救某种“能动性”的观念：宙斯的预言所涵盖的情况，以及来自人类行为的同样情况，都是“完全从两个不相交的层面描述”的“事件”。甚至在那些特别归因于什么的行为而产生的事件的紧要关头，“这些人物依旧‘出于他们自己的自由意志’来行动，因为对于诗人来说，这两种情形并非不相容。常识性的[54]粗心大意再次保留了个人的责任”①。深思熟虑的康德式的荷马并不是那样的诗人。

这两种观点之间还有一大群荷马研究者，致力于在人与神的世界之间寻找平衡。在绝大多数情况下，人们通过把神视为文学手法来实现这种平衡。比如，格林尼(Greene)认为多神论有“艺术优势”。“故事的需求”决定了是用“更抽象的”命运还是用宙斯这位“更生动形象的能动者”，来“表述人类无力改变的事件的起因”。然而，命运没有掌控人类行动的所有方面。“神明们相互冲突的意志”使“人类有机可乘，获取一定程度的自由”。②

伯克特(Burkert)在对希腊宗教的经典论述中，提炼了这个艺术要素，他认为《伊利亚特》在创作过程中以“神明机制的双舞台”(Doppelbühne des Götterapparats)映射人类的行为，以加强人神世界的对比。神明机制也被用于为人类的行动提供神圣的动因。③ 布雷默(Bremer)在阐述“神明机制”(Götterapparat)的含义时，认为诸神以三种方式起到诗学手法的作用。第一，神用于延迟剧情来加强张力。第二，神充当与人类行动相平行的镜子，通常以神明为准绳来显示人类行动和情感的幅度，要么是要为了从神的层面放大人类的行为和情感，要么是为了让人类世界的严

① 阿德金斯 1960，2，3，22，23。
② 格林尼 1944，13，14。
③ 伯克特 1985，122(1977，195)。

肃与神明世界的轻浮形成对比。第三，神似乎就是聚焦器，神明用它来凝视人类行为并作出反应，以此把我们的注意力引向有死者的世界。把神当作旁观者之后，观众“被邀请来分享”神的“聚焦结果”，“并同时感受到这个焦点仅仅是对将来要发生事情的部分认识”。①

布雷默并没有排除对神的其他理解，包括宗教理解。相反，他的兴趣在于证明神不会干预——甚至增强——史诗的叙事结构。但其他学者[55]把这个观点推得更远，试图将神明的行为解释成一种文学表达。爱德华兹（Mark Edwards）将这些神的干预活动视为辅助“情节顺利发展”的手法。在神的干预下，英雄们可以免于不必要的死亡，“希腊人可以在不失颜面的情况下被打败，因为这是宙斯的意志”，神“可以直接帮助更强者，并给他带来额外的荣耀”。② 比如，爱德华兹认为宙斯手持天平根据悲惨的宿命论来决定人类命运的形象“显然是艺术性的，而非宗教的”，从而拯救了阿喀琉斯对宙斯的印象。③ 同样的，虽然雷德菲尔德（James Redfield）小心翼翼强调诸神变化无常的品性，但他也意识到诸神作为文学形象，“常常被迫去干涉；诸神知道故事将如何发展，并有某种责任让故事保持在正轨上”。④

哈夫洛克认为，对于无法解释的事件来说，诸神的作用有如“一种简略表达”。哈夫洛克认为，诸神之所以承担这一功能，是因

---

① 布雷默 1987，33－42。关于《伊利亚特》中“焦点”概念的运用，见德荣（de Jong）1987a，1987b，和 1997。

② 爱德华兹 1987，134。在讨论诸神的角色时，爱德华兹（1987，134）列出了诸神的不同功能。如果说这种罗列有一个组织原则，那就是神明行为的轻率与凡人所受苦难的对比。这是完全正确的，但没有为人们理解这些人物为何以及如何回应这一表面上的对比提供一个基础。又见阿德金斯（1960，15）：“显然阿波罗的存在让帕特罗克洛斯的失败显得不那么不光彩，而减少这种不光彩正是后面显得尤为重要的内容。”

③ 爱德华兹 1987，136。

④ 雷德菲尔德 1994，229。

为口头创作的本质更需要“叙事的句法而非分析的句法”，来试图用一系列因果关系解释各类事件。① 普契（Pucci）分析神的行动的关键时刻，认为“神的作用并非是扩大人类的决定、愤怒、军事才能等，而是作为一种叙事手法、一种使某一文本重点合法化的叙事策略”。② 巴内斯（Hazel Barnes）将神看作是一种隐喻，甚至看作那些无法解释事件的拟人手法，以免让荷马笔下的人物变得“无力”。相反，巴内斯的结论是，这些人物相信他们自己就是能动者，即使神的干涉实际上与我们自认为有自由意志却“依赖我们无法掌控这个世界上的偶发事件”无异。③

文学手法的一个问题是，诗人及其笔下人物似乎都严肃对待神明。正如格里芬（Griffin）所说，“荷马史诗是关于英雄的行动与宿命的诗歌，[56]但是如果我们不以诸神和逝者为背景，那么，我们就会错误看待英雄身上的一切”。史诗中出现的是神的世界和人的世界的对比，在神的世界里“诸神行事无须负责，不需要害怕造成灾难性的后果”，而在人的世界里，凡人的英雄行动尽管是“神样的”，最终都必须死去。④ 沙因（Seth Schein）也写道：

> 荷马要对贯穿整个古风和古典时期的独特宗教观负责，它强调的是在面对更高的宇宙秩序时人类的无知和无助，哪怕这一宇宙秩序已经将人类作为所有有意义的行为、苦难和推想的主体和对象。⑤

---

① 哈夫洛克 1978，50，42。普鲁塔克（Plutarch）也在“年轻人如何学习诗歌”（《道德论集》[*Mor.*]23F-24C）中说道，“那些关于因果关系的、困扰了我们的思维的词汇”，在“命运”一词出现之前都已被荷马归因于诸神。

② 普契 1998，198。

③ 巴内斯 1974，123。

④ 格里芬 1980，162。

⑤ 沙因 1984，62。

格里芬和沙因的贡献在于，他们描绘荷马世界的矛盾性，以此来挑战人类行动和神的干涉之间的平衡(trade-off)。人类的行为存在于神圣的宇宙中。然而，这些表述中尚不清楚的是，荷马笔下的人物如何在一个神明如此活跃的世界中，把自己理解为能动者。尤其是这些人物在行动时，如何理解他们因神明的操纵而完全无法掌控这些行为?

这一问题已经有了一些答案，学者们质疑自治性是人类能动性的必要特征，来试图打破能动性和机会之间的平衡。① 因此，比如说纳斯鲍姆认为对人类的卓越性和能动性的描述与“脆弱性密不可分”，并“重视开放性、可接受性和奇迹”。② 这一平衡的另一面，即机会概念，讨论得更少。机会常常被认为是客观存在着的。我的意思是说，机会本质上被看作是与人类定义之外发生的事情存在着普遍的相似性。个人和文化在解释或适应这些偶然事件的过程中是不断变化的。[57]我认为机会本身就是一个文化构建，并非存在于人类能动性之外，而是由能动者所处的文化环境构成。将机会和文化联系起来的就是风险这个概念:文化由共同的信仰和价值组成，对一般而言的危险，尤其是对机会产生威胁的东西，提出了解决办法。

这一观点来源于道格拉斯和维尔代夫斯基(Aaron Wildavsky)的著作，他们在论述对风险的认知时，认为“承担冒险和规避冒险，分担信心和分担恐惧，都是关于如何最好地组织社会关系这一对话的一部分”。③ 也就是说，风险既非不证自明，也不是以世界的客观观察为前提。相反，对风险的感知是社会关系的产物，“社会互动在其中把意义赋予其对象或事件”。④ 由于人们在围绕

① 见威廉姆斯 1993，吉尔 1996，加斯金 1990，夏普勒斯 1983 和纳斯鲍姆 1986。

② 纳斯鲍姆 1986，20。

③ 道格拉斯和维尔代夫斯基 1982，8。

④ 维尔代夫斯基 1987，4。

“共同价值”构建文化时会“导致共同恐惧”，文化就会发展出自身的“风险组合”，强调特定风险，忽略其他风险。社会关系的组织反过来通过在习俗、仪式以及更正式的法律和制度中表达惯例和禁令，来保护文化免遭这些已然感知到的危险。①

我们将他们的工作加以延伸，就可以把机会理解为一种风险的形式。因为我们无法对“厄运”做好充分准备，它就会以各种方式影响我们，指向生命中我们认为有威胁(或至少在文化层面上不稳定)的方面。究竟什么算作风险，也就是视为恐惧和防范的东西，这与我们的价值和信仰相关，毕竟我们不会对无关紧要的事产生恐惧。因为这些是普遍认同的价值，我们期望看到的社会安排，既以对机会的特定理解为前提，又能控制厄运带来的不良后果。另一方面，“好运”在文化价值和期待中兼具了“好”和“运”两个属性。

[58]这表明对机会的理解要比人们普遍认识到的程度远为复杂得多。机会本身在不同的语境中有不同的含义：在一个文化中是机会，在另一文化中却是应得的回报。而且在这个概念中，人不仅仅只是“回应”机会或者“在面临”机会时“行动”，而往往会具备一些特点。毋宁说，如何行动本身与对机会的感知有关，也就是与呈现出的危险类型有关，这种危险既是个人的感知，也在文化中得到强化。

在荷马世界的勇士文化中，机会打破了地位等级时，就被认为效果最为显著，引起了最大的反应。将机会视为文化的构建，就让我们看到了荷马笔下的人物对诸神不可预见的、看似不连贯行为

---

① 道格拉斯和维尔代夫斯基 1982，8。道格拉斯(1966，1978，1982)的著作虽然没有特别谈到机会这个话题，但是它们在帮助我思考这个话题上非常有益。又见汤普森(Thompson)、艾莉丝(Ellis)和维尔代夫斯基 1990。这一文化理论并未假定人类的感知是命运注定的。恰恰相反，文化理论认为，虽然我们进入了一个对社会关系具有共同价值观和回应模式的文化环境，但是我们在某种意义上是介入了对这些共同意义的“测试”中而非反对一个目标，真正去“冒险”、去反对一种生活方式是否能在“它所产生的期望中”实现(汤普森、艾莉丝和维尔代夫斯基 1990，3-4)。又见道格拉斯 1978，5-9。

的回应模式。我们会看到，勇士们对机会的回应是试图保持（或有必要的话去恢复）他们在共同体中的地位。因此，机会既揭露了共同体的维系问题，也解释了人类能动性的本质，个人通过慎重、刻意的行为来维护文化的均衡。这使人类行为的概念更为完整：并不是说这个概念中除了机会之外还有能动性，而是说在这个概念中，机会既有文化基础，而且颇具反讽意味的是，机会是人类行动观念不可分割的部分，并且要与后者融为一体。因此，能动性与机会并非分别存在，而是相互定义，因为它们通过文化而得到调解。

等级制度与荷马社会

在研究荷马社会中的机会如何运作之前，我们需要对《伊利亚特》中的主流文化体系，或者说是共同体生活的组织方式做一些解释。虽然人们用许多不同的术语，[59]诸如贵族的、半等级的、以地位为基础的，来描述这一文化，我们还是可以看出学术界对这一文化轮廓有着普遍的共识。接下来我简要谈谈把阿开奥斯文化划分为等级文化的理由。这个讨论之所以重要，有以下几个原因。首先，它为不熟悉荷马学术研究的读者提供了对荷马社会文化组织的理解。其次，它论述了阿开奥斯文化的不同方面——它的信仰、社会关系和宇宙观——如何相互关联。这让我们能够将荷马社会视作一个运行中的社会系统。第三，它为理解后面阿喀琉斯如何离开等级文化的价值和实践提供了基础。

等级文化的特点是根据相应的职责和角色而来的地位分级。关键是个人的身份和荣誉感（或是我在第七章中提到的"尊严"）是由这一社会系统所定义的，这个系统根据个人社会角色的履行情况进行赏罚。芬利认为，在英雄的行为中，"身份可能是主要的制约因素"。

一个人的工作和他的技能的价值，在获得物品及处置物品时他做了什么和不能做什么，在 oikos[家庭]范围之内还是之外，这些都与其身份有关。这个世界有多重标准和价值，允许和禁止的东西也各不相同。①

在地位等级最顶端的是 agathoi，即“贵族”，这是武士们的阶级头衔。一个人生下来就是 agathos[贵族]，②但人们期望这位身为 agathos[贵族]的人展示出 aretê[卓越]，也就是与其社会地位相称的卓越之处。对于勇士来说，这些卓越之处包括勇气、战斗技巧、善谋和力量。③ 但 aretê 不仅仅是一系列的能力，它还是获得尊敬(timê)和荣耀(kleos 或 kudos)的基础。共同体通过[60]在物质上承认勇士的地位和成就来表达对勇士的尊敬，包括分配战利品。在萨尔佩冬(Sarpedon)和格劳科斯(Glaukos)的著名对话中，萨尔佩冬描绘了如何“用荣誉席位、头等肉肴和满斟的美酒敬重”他们，以及他们如何被给予最好的土地(12.310-311)。如果说尊敬是这一生活的报酬，那么荣耀就是不朽的纪念，用纳吉(Gregory Nagy)的话说，荣耀是“‘自然’过程的‘文化’否定”。④也许没有哪一个战士比赫克托尔更深刻地表达了这种对不朽的渴望。在为白天的战役悲伤和次晨重新开战之前的短暂间歇之中，赫克托尔表达了这一渴望：“但愿我在自己的日子里能不朽(athanatos)和不老(agêraos)，像雅典娜和阿波罗那样受敬重(tioimên)”(8.538-540)。每一位勇士都意识到不朽最终是无法得到的，因为凡人必有一死。但是，如萨尔佩冬在总结他和格劳科斯的对话时所说，人类在“人们能赢得荣耀的”(kudianeiran)战争

① 芬利 1979，75。

② [译按]agathos 本意是“好”“善”，该词的最高级 aristos 就是“最好”。这里指社会地位，即贵族(noble)，有如 aristocracy 意为“贵族制”。

③ 见山形(Yamagata)1994，203，189，202-207，187，236。

④ 纳吉 1979，184。

中冒着死亡的危险，就是因为他们不是不朽的（12.325）。对赫克托尔来说，正如萨尔佩冬一样，他们的价值与他们将获得的荣耀紧密相关。同样，“对于勇士阶层来说，最不光彩的就是得到一个胆小懦弱、缺乏ἀρετή[aretê，卓越]的坏名声”。[①] 然而，共同体提供的荣誉就包含了在战争中勇敢战斗的责任。相反，“不光彩（akleées）”会带来耻辱（aidôs，12.318）。如果不持续以aretê[卓越]来证明自己，agathos[贵族]的特权似乎就不是共同体所承认的地位，而是表明精英需要寄食在共同体上。

韦尔南注意到了地位分级如何渗透到阿开奥斯社会。人们不仅看到了财富、出身、卓越品质与地位的对应关系，就连身体也呈现出“一种纹章图案的形式，刻着每个人的社会地位和个人地位，并且能被解码为：[61]他所激起的崇拜、恐惧、渴望和敬意，他所具有的尊严，他赢得的荣誉”。[②] 我们只需要想一想荷马对忒尔西特斯（Thersites）的刻画，这个家伙顶撞了阿伽门农。忒尔西特斯被惩罚不是因为他说了谎（实际上他说的是正确的），而是因为他地位低下，不能用这种方式顶撞国王。荷马为了强调忒尔西特斯地位低下，把他描述成“是所有来到伊利昂的人中最丑的：腿向外弯曲，一只脚跛瘸，两边肩膀是驼的，在胸前向下弯曲，肩上的脑袋是尖的，长着稀疏的软头发”（2.216-219）。

仪式和典礼，包括赠礼，都与地位分级有关。赠礼在阿开奥斯社会是普遍现象，起着重要的社会功能，即承认他人的荣誉，或在必要时作为从此人身上剥夺荣誉后的补偿。[③] 重要的是，赠礼所处的背景是等级化的社会结构：“没有人能随意给其他任何人赠礼。赠礼的行为以及物品的级别和档次有很严格的界限。”[④]如穆

---

① 山形 1994，236。

② 韦尔南 1991，36。

③ 唐兰 1993，160 和冯雷敦（von Reden）1995。

④ 芬利 1979，98。又见唐兰 1993，160。

尔纳(Muellner)所说,

> 社会/宇宙等级在共同体分化中不断被重构和重新定义,而不管这种分化是关乎献祭还是别的什么,因为史诗所表现的这个社会没有价值的观念,只有相对价值,而且也没有相对价值的观念,只有被公开见证和允许的交换价值,比如那种在共同体分化过程中所定义的价值。①

荷马宇宙观有助于证明社会行动需要谨慎管理社会行动。等级文化中的身份等级、惯例和禁令依据的是一种宇宙论,这种宇宙论奖励那些维护这样一种秩序的人,而常常严厉惩罚破坏这种秩序的人。我们看到无数精心设计的仪式和典礼,都是为了协调,或者用道格拉斯的话说,为了"让文明与神及自然的目的明确匹配起来"。② [62]因此,举例来说,举行百牲祭是试图融合神和人的目的,以使得神在战争中偏向某一方。我们也可以把死去的英雄的葬礼解读成是为了让尘世和神的国度和谐,这样一来,共同体中的地位分级就在纪念英雄的生命中获得了永恒。③ 正如穆尔纳所述,我们可以理解,阿喀琉斯的愤怒,以及降临到阿开奥斯人头上的灾难,都是由于阿伽门农破坏了社会秩序和宇宙秩序所致。④

《伊利亚特》中的机会

我们确定了阿开奥斯社会的等级本质后,现在就可以研究这

---

① 穆尔纳 1996,34。

② 道格拉斯 1978,23。

③ 见韦尔南 1991,68。其引申义是这些葬礼仪式与神明的秩序一致,即宙斯确保他死去的儿子萨尔佩冬的尸体受到了照顾并得到了合适的安葬。

④ 见穆尔纳 1996。

种文化如何界定机会的运作。我们在讨论《伊利亚特》中的"机会"时需要小心谨慎,原因如下。首先,荷马笔下没有与"机会"对应的名词。我们确实看到荷马用了动词 tunchanô,它有"发生"或"偶然遇到"的意思,通常有成功或好运之意。① 赫拉在一段话中向我们提供了这个词的某种含义,她在那段话中决定不再与其他神明一起帮特洛亚人或阿开奥斯人打仗。赫拉对雅典娜说,"我不想让我们为了凡人的缘故去同宙斯斗争,让他们按照命运的安排(hos ke tuchêi),一个死亡,一个生存"(8.427-430)。乍一看,赫拉似乎是在把命运从诸神的干涉中区分出来。但其实并非如此,赫拉继续解释道,在谈到任何一位奥林波斯神时,说"让神按自己的权利以及内心所喜,对阿开奥斯人和特洛亚人颁布他所愿意的任何法令"(8.429-430)。② 因此,机会并非存在于神明意图的范围之外。

机会与神明行为的关系,与荷马笔下的人物把宇宙理解为人格性的[63]而非客观的东西相一致。在这些人物看来,神的意图灌注在每一个行为及其结果中。我的意思不是说荷马史诗的特点可以被称为"双重动机",可以从重要行动背后看到神和人的意图,颇具讽刺意味的是,这两种意图往往相反。③ 我的观察还可以把这一点向前推一步,因为我觉得,在我们看来完全随机的即与意图完全无关的那些结果,在荷马笔下的人物看来却包含了意图。④

比如说,《伊利亚特》里的抽签都发生在积极的和个人性的宇

---

① 埃德蒙兹(1975,191)写道,"从前修昔底德的希腊文学观来看,机会是客观的、与神明相关的。机会来自外界,是降临到人身上的"。又见 J. H. 芬利 1942,312-314 和巴里(Berry)1940,第 1 章。需要重视的是,在《伊利亚特》中,机会并没有神明的身份,比如后来"命运"的形象。但是 tugchanô 确实有降临到某人(或某物)身上的含义,《伊利亚特》中最常见的是指用弓箭或标枪击中或射中某物。但是正如我们将会看到的,诸神并非与机会的含义完全无关。

② [译按]这里与罗念生和王焕生的译本差异很大。

③ 见 M. 爱德华兹 1987,135。又见莱斯基(Lesky,1961)对荷马史诗中"两面性"的讨论,他认为人和神的国度对行动有不同但相互关联的看法。

④ 康福德(Cornford,1907,107)也指出了这与现代"客观的"机会观的对比。

宙中。在第3卷中，他们用抽签来决定是墨涅拉奥斯(Menelaos)还是帕里斯(Paris)先投矛。签还在头盔中摇晃时，双方都向宙斯祈祷，“他们两人谁给双方制造麻烦，就让他死在枪下，阴魂进入冥府”(3.321-322)。当后来阿开奥斯人抽签看谁与赫克托尔对决时，人们再次祈祷最好的、有能力击败赫克托尔的勇士能抽到签。我们可能一开始就会把这两位祈祷看成是仅仅为了自己的希望表达。但在两个例子中，签都不是由个人抽出的，而是从头盔中“跳”出来的。[①] 那么，祈祷看起来就不仅仅是为己的愿望了。因为神的意图被认为注入到了事件中，这些人物就将偶发事件(至少从我们的角度看来如此)与责任和能力联系起来了。[②] 这一点很重要，因为它指出了我们如果试图撇开或贬低神明的重要性，我们就会让荷马世界变得多么不可理解。它也表明，难以将现代机会概念用于荷马世界，因为现代机会概念依据非人格性的宇宙。

谈论荷马世界中的“机会”时，必须把讨论小心地限制在从人类视角看来无法解释和无法预料的事件上。我指的不是[64]那些可以归于心理现象上的情况，比如阿伽门农坚持认为他对阿喀琉斯采取的行动可归因于“迷乱”(19.88)。[③] 我感兴趣的也不是个人的特定决定或愿望所导致的那些事情。[④] 相反，我要研究的那四类事件，是这些人物无法解释并始料未及的。选择这些例子有两个原因。一是它们描绘了人物对机会的不同反应。这很重要，因为常令荷马学者感到沮丧的是，神“通过自己那对人类而言神秘莫测的逻辑”来干涉和改变人的运气。[⑤] 也许的确神秘莫测，但荷马笔下的人物似乎从

---

① 7.182中使用了thrôskô的不定过去时，而3.325中使用了orouô的不定过去时。

② 这与后来希腊人用抽签的方式来接受建议一致。

③ 见多兹(1957)对荷马史诗中非理性的含义的讨论。

④ 我的理解是在这种语境下决定的回应是针对更宽泛的渴望层面的，而非针对狭义的、现代意义上的思想层面的。见韦尔南1990b。

⑤ 山形1994，187。

未像我们想象的那样不知所措。二是这些场景马上就可以辨认出来,并在其他关于神明角色的讨论中被提到。因此,我想在他人所建立的基础上阐述我的观点。我主张找到一个更好的阐释方案。

对机会的四种回应

我且回头看看韦尔南的观点,他认为荷马笔下的人物既然系于神圣而神秘莫测的秩序上,他们就会把自己的行为和意图归结于这个另外的领域。这让我们感到疑惑:如果荷马笔下的人物试图将他们的生活与神的秩序结合起来,那么,借用其中一个人物的话,当"神明破坏了人类的计划"(epi mêdea keirei,15. 467)时,他们该如何回应那些情况?[①] 根据韦尔南的观点,我们期望荷马笔下的人物会尽力调整人类的目标,以适应神的目标。但事实并非如此。在要讨论的四个例子中,这些人物将机会归结为神意,但他们并不总是相应地调整自己的行动。[65]这章的首要任务就是讨论其中的原因。

例 1:在战斗之时,(宙斯掷出的)一道闪电惊吓了狄奥墨得斯的马,让涅斯托尔(Nestor)马车缰绳滑落了。涅斯托尔大声呼唤狄奥墨得斯,说这道闪电是"宙斯的力量不再庇佑你"的标志(8. 140)。涅斯托尔建议调转马车逃走,因为"没有人能违逆宙斯的想法(noon)"(8. 143)。狄奥墨得斯犹豫不决,担心赫克托尔会告诉特洛亚人狄奥墨得斯因害怕而逃走,但是涅斯托尔有能力说服他相信这个行动计划是明智的。在这个例子中,涅斯托尔和狄奥墨得斯的行为与神的意图一致。

例 2:在战斗中,透克罗斯(Teukros)刚要射向赫克托尔,他的

① 拉铁摩尔(Lattimore,1951)把 mêdea 翻译成"意图"。我选择"计划"(plan)一词,避免一开始就的假定了"能动性"这个概念。

弓弦突然绷断了。这导致他的箭"完全射偏"(15.465)。为了强调运气的改变本质上不可预见,透克罗斯甚至提到他那天早晨刚刚重新搓好了弓弦。透克罗斯看着埃阿斯说道"天哪,肯定是那位神明在破坏我们的作战意图"(epi mêdea,15.467–468)。埃阿斯劝告透克罗斯,"放下你的弓和箭吧,既然神明跟我们作对,使它们无用处"(15.472–473)。但是埃阿斯接着说,透克罗斯应该拿起长矛继续拖住特洛亚人,"即使他们打败了我们,也难以占领排列整齐的船只。让我们继续作战"(15.476–477)。埃阿斯说服透克罗斯继续他们的行动方针,即使这似乎与神的目标相悖。

例3:赫克托尔在独自面对阿喀琉斯时,他的长矛没有击中目标,并且发现他的伙伴得伊福波斯(Deïphobos)不在身旁(递枪)。他得出结论,自己被诸神欺骗了,[66]诸神"命令我来受死"(22.297)。虽然他现在相信诸神肯定一直在和他对着干,但也决定,既然"死亡的命运"(moira)已降临他的身上,"我不能束手待毙,暗无光彩(akleiôs)地死去,我还要大杀一场,给后代留下英名"(22.303–305)。人们常常注意到每个人都渴望被人铭记,却没怎么注意到,赫克托尔表达了伟大的行动可以是精心制定的,即使与诸神可感知的意图相反。

例4:在葬礼竞技的马车比赛中发生了一系列意外。在马车掉头返回终点时,狄奥墨得斯开始拉近与领先的欧墨洛斯(Eumelos)的距离。阿波罗让马鞭从狄奥墨得斯手中飞出,结果欧墨洛斯超了过去。雅典娜看到阿波罗"犯规"(23.388)后,把马鞭还给了狄奥墨得斯,并愤怒地打断了欧墨洛斯的车轭。狄奥墨得斯重新驶入赛道并遥遥领先后,看到雅典娜给他的马注入了力量,并"给他本人以荣耀"(23.440)。安提洛科斯(Antilochos)在叫马快跑时,也意识到雅典娜给狄奥墨得斯的马长了精神(spirit),给狄奥墨得斯增了荣耀。安提洛科斯并不想达到这种速度,他只希望追上墨涅拉奥斯,不至于因为被一匹母马打败而遭到嘲笑。在马返程之前，伊多墨纽斯（Idomeneus）相信欧墨洛斯的马肯定“会悲伤”（eblaben，23.462），因为再也看不到欧墨洛斯了。在猜到欧墨洛斯身上可能发生的事情之后，伊多墨纽斯认为“可能他缰绳已经脱手，在拐弯的时候未能（ouk etuchêsen）灵活控制马匹，出了险情”（23.464-466）。比赛结束后，阿喀琉斯试图把二等奖颁给欧墨洛斯，而欧墨洛斯事实上是最后一名。阿喀琉斯与其他参赛选手一番争辩后，最终给欧墨洛斯单独颁发了一个奖项，但这个奖项对马车竞赛选手来说还是很珍贵的。他们对这一系列意外的回应既没有顺从也没有违背神的意图，反而纠正了机会导致的结果。

[67]上述每个例子都有人作出学术解释。但是每个解释似乎只能针对人们对一个事件的反应，而不能解释他们对其他事件的反应。库尔曼（Wolfgang Kullmann）区分了《伊利亚特》和《奥德赛》中那些人物的反应，认为神的作用“是要解释生命的悲剧本质，而不是一种保证正义的力量”。库尔曼以雅典娜欺骗赫克托尔为例，认为赫克托尔对诸神的意志是“顺从的态度”。《奥德赛》中人物对神的行为颇具反思性，与此不同，“在《伊利亚特》中，英雄们承认神的行动是命中注定、无法避免的”。① 但是这个解释无法涵盖所有人物的反应。虽然赫克托尔确实顺从他的命运，但他也表达了继续创造丰功伟绩的意图。此外，我们在透克罗斯身上没有看到这种宿命论，阿喀琉斯似乎也不愿意完全承认马车竞赛中有神的意图。

这些例子也有不少文学解读。比如雷德菲尔德把宙斯向狄奥墨得斯掷出闪电的例子理解为情节的需要。② 诸神知道故事会如何发展，就会让情节保持在正道上。然而，把神明的干涉当作诗歌的简略表达，是成问题的，因为它存在一种风险，会把神降格为缺乏实质内容的文学形式。这种说法有问题，原因很多，最重要的就是，

---

① 库尔曼 1985，8。

② 雷德菲尔德 1994，230。

即便那是情节设计和文学虚构(如果我们接受这一说法的话),也必须让观众觉得可信。也就是说,仅仅把神对人的意图的干预,归结为机会的拟人化,或归结为对无法解释事件的解释,还很不够;此外,我们还必须探究如何去理解机会或那些无法解释的事件。

威尔科克(Willcock)在论述希腊诸神的重要论文中,某种程度上就是在说,人类[68]行为与神明在机会中灌输自己的意图之间其实有联系,因为他认为虽然马鞭掉落、车轭断裂是"竞赛中完全可以解释的意外事件,而且如果我们愿意的话,可以使之变得很合理",雅典娜重新给他马鞭,"这才是超自然的,如果不是神明在物质上的干预,就无法解释"。然而,这种干预与其说是成功的原因,不如说是在解释何以成功。"雅典娜的干预,包括神奇地将马鞭还给狄奥墨得斯,只不过是达到了任何情况下都会有的恰当结果。天生的胜利者最终获胜了。"另外,威尔科克认为,胜利者与神的联合,合于古风时期"人类无法控制成功"的信仰;相反,"成功意味着必有神助"。①

威尔科克的观点有两个方面导致他未能完整解释荷马笔下人物的看法或反应。首先,神明究竟站在他们哪一边,这些人物的看法各不相同,这就让"天生的胜利者"这一范畴成为只有事后才可能知晓的事情。② 我们在马车竞赛中就能看到这种含混性,狄奥墨得斯在比赛一开始就被诗人刻画成"他们所有人中最

---

① 威尔科克 1970,6-7。沙因(1984)在概述荷马思想时,实质上同意,诸神并不是因果的操纵者(agents),而只是一种手段,为的是让人注意到胜利者有多伟大。沙因(页 58)认为虽然对许多"超自然干涉""没有合理的解释",但是它们"在诗歌的诗学结构和对雅典娜及英雄成功的描述中是可以解释的"。但是沙因没有在他的讨论中涵盖威尔科克(1970)中的神的干涉这一经验的精神性含义。施密特(1982)认为诸神的干涉倾向于匹配人类的能力。因此,加斯金也认为神的干涉"与受影响的能动者身上自动呈现出来的能力和习性相匹配"(1990,6)。

② 见 3.439-440,8.141-143,15.724-725,22.279-286,虽然赫克托尔在最后这个例子中被误解了。

杰出的”(aristos,23.357)。但阿喀琉斯却把欧墨洛斯刻画成“最优秀的人”(ôristos,23.536)。这并没有对威尔科克的说法造成无法挽回的伤害,因为可以说,任何人都会相信他或她有机会赢。奋斗总是好的,如威尔科克所说。但由于成功乃是神明的恩赐,一旦“自然的”或神明认可的结果已清晰可见,我们就会期待人们普遍接受人类竞赛的结果。然而,实情并非如此。竞赛结束时,神究竟偏爱谁,已然清清楚楚,而阿喀琉斯这时才说出了那番话。

其次,阿喀琉斯的回答指出了威尔科克观点中的一个漏洞:如是厄运,会发生什么?虽然参赛者承认好运降临在狄奥墨得斯身上——甚至连阿喀琉斯也无法修改这一结果,[69]但阿喀琉斯并没有同样接受降临到欧墨洛斯身上的厄运。尽管欧墨洛斯是最后一名,他在阿喀琉斯看来却是“最优秀的人”,而且阿喀琉斯决定给欧墨洛斯二等奖,“因为这才适宜”(hôs epieikes,23.537)。① 也许有人会问,既然欧墨洛斯是最后一名,给他二等奖在什么意义上是“适宜的”。实际上,真正第二个到达终点的安提洛科斯就正好提出了这个问题,他认为欧墨洛斯“本应该祈求不朽的神明,便不会落得最后一个”(23.546-547)。阿喀琉斯既没有否认神明掺和进来了,也没有试图夺走胜利者的奖杯。但是,阿喀琉斯似乎也并非完全心甘情愿地接受这一“自然的”结果。阿喀琉斯不能完全控制成功,但他确实试图在无人获胜时分配成功。

机会的文化构建

阿喀琉斯的行为令人费解,倒不是因为他想分配一个更好的

---

① 拉铁摩尔(1951)把这翻译成:“他当然值得拥有”。我选择不使用“值得”一词,因为它在现代具有道德层面的涵义。特别是很难辨别为何欧墨洛斯没有赢却值得拥有这个奖项。

奖项来安慰同伴，而是因为他这样做的前提是，他说尽管欧墨洛斯是最后一名，但他应该获得二等奖，“才适宜”。阿德金斯哀叹道，这一场景显示了“让人绝望的价值混乱”。① 阿喀琉斯这一立场的道理（rationale）会帮助我们开始理清这些价值，这个“道理”在他先前说欧墨洛斯是“最优秀的人”（ôristos，23. 536）时就能发现。二等奖“适合”欧墨洛斯，不是因为他在竞赛中表现优异，而是因为他被阿喀琉斯视为“最杰出的”（aristos，即 agathos 的最高级）。

荷马笔下人物引发的问题是，虽然如威尔科克所述，诸神可以授予 aretê[卓越]，但是他们也可以剥夺个人的 aretê[卓越]，让最优秀的人沦为乞丐和流浪汉。事实上，我的论点是，[70]意外或机会对一个人的 aretê[卓越]有最深远的影响。威尔科克断言，机会是一种契机（moment），可以让神与“天然的胜利者”结盟，以确保一个人的命运，②但与此相反，机会也能破坏这种一致性。在这些情况下，这些人物的回应是要寻求恢复 agathos[贵族]和 aretê[卓越]之间的平衡。

这个视角能够让我们更好地理解，为什么阿喀琉斯会那样回应降临在欧墨洛斯身上的厄运。竞赛中的意外给阿喀琉斯造成了一种不平衡，即一方面，欧墨洛斯的地位是 aristos（“最杰出的”，agathos 的最高级），另一方面，众人要承认他的卓越性。为了加强这种不平衡性，欧墨洛斯不仅被说成输掉了比赛，还被说成到达终点时手肘皮肤撕裂，嘴、鼻子和前额也受了伤。欧墨洛斯年轻的面容被毁了，他“颤抖（thalerê）的嗓音……紧紧抓住他”（23. 397）。③ 正如韦尔南在另一个场合中所论述的，毁损敌人身体的欲望，来自剥夺敌人 aretê[卓越]的外在表征这一欲望。一个

---

① 阿德金斯 1960，56。

② 威尔科克 1970，7。

③ [译按]罗念生和王焕生译作“失去了原有清脆悦耳的嗓音”，陈中梅译作“悲痛噎塞了畅通的喉咙”。

人的 aretê[卓越]与韦尔南所说的"美妙的死亡"紧密相关,因为英雄的尸体让人想起他年轻时的美貌和辉煌。① 在葬礼竞技中表现战争中的这些仪式时,欧墨洛斯回来时却狼狈不堪。因此,阿喀琉斯的行为似乎是在恢复欧墨洛斯的 aretê[卓越],因为他公开认可了欧墨洛斯的卓尔不凡。从这个角度来看,阿喀琉斯并不是说欧墨洛斯真的应该获得二等奖;毋宁说,颁发更高的奖赏,适合或匹配欧墨洛斯的地位。这样一来,(以阿喀琉斯作为颁奖人的)共同体就恢复了地位与卓越性认可之间的均衡,这种均衡因机会的干涉而暂时被打乱了。

我们可以把其他三个例子中的这些人物的反应,理解为类似的尝试,即在地位和共同体对某人杰出贡献的认可之间保持一种平衡。[71]因此,从赫克托尔的角度来看,他遇到的厄运,包括白白掷出标枪和误认为同伴就在身边,都没有改变他的命运(moira),而是让命运实现了。这点通常被勇士们所接受,这似乎就是库尔曼所指的《伊利亚特》中描绘的生命悲剧观念。但是赫克托尔不愿承认运气的改变会导致永远丧失 aretê[卓越],丧失它就会让他耻辱地死去。因此,赫克托尔并没有改变他的 moira[命运],而是为了纠正他的勇士地位与其 aretê[卓越]之间的不平衡。赫克托尔决心做最后一件伟大的事,不是为了赢,而是让他的共同体记住他。就像阿喀琉斯代表欧墨洛斯进行干涉一样,赫克托尔求助于共同体而非诸神来恢复他的地位和卓越之间的平衡。

当透克罗斯的弓断裂时,埃阿斯催他继续战斗。这一恳求似乎是出于生存的需要,至少一开始如此。实际上,当埃阿斯大声对阿尔戈斯人呼喊"现在或是战死,或是得救,但得把特洛亚人赶离船舶"(15.502-503)时,就有这个含义了。但埃阿斯认为即使阿开奥斯人不能获胜,也要继续战斗,他的理由是"或是保全性命,或

---

① 韦尔南 1991,50-74。

是顷即倒毙”也好过从“弱于我们的对手(kheiroteroisin)”前逃走(15.511-513)。不战而从比自己差的人身边逃走，太可耻了，破坏了自己的 aretê[卓越]。人们必须为命运的改变而战，这不是为了改变自己的命数或 moira[命运]，而是要保持自己的卓越和荣誉。

最后一个例子中，涅斯托尔建议狄奥墨得斯，要他们自我调整，以符合宙斯的意图，然后逃走，这与赫克托尔决定继续战斗的决定相去甚远。但是这种差异恰恰证实了我们的观点。当涅斯托尔建议他们撤退时，狄奥墨得斯表示反对，担心赫克托尔会向其他特洛亚人吹嘘，说狄奥墨得斯[72]因害怕而逃跑了。在这里，我们看到与赫克托尔渴望开展最后一次行动相对应的是：狄奥墨得斯担心如果他最后一次的行动是逃跑，那么他就会因缺乏勇气而被人记住。涅斯托尔为了让狄奥墨得斯听从他的建议，就必须说服这位年轻的勇士相信：绝不会有人会信赫克托尔，说他(狄奥墨得斯)“胆怯，软弱无力”(kakon kai analkidaphêsei)，因为狄奥墨得斯已经把那些特洛亚人“男人气的骄傲扔进了泥土”(8.153，156)。这场交流再次表明，机会在地位和声望之间创建不平衡时，起了作用。只有在这种情况下，对厄运的回应才是暂时接受它，但这只是因为即便失去 aretê[卓越]，都还不足以要求正名。

如果将这些例子与我们先前讨论的联系起来，即人们对机会的认知和回应如何以文化价值和社会互动为条件，那么，我们就可以看到，荷马的机会概念何以看上去反映了人们在文化上对等级分层不稳定的关注。尽管机会能给人以 aretê[卓越]，但更重要的是它也可以破坏 aretê[卓越]，在人们的等级和公认的卓越之间造成不平衡。这给等级社会提出了一个特别的问题，因为缺乏 aretê[卓越]，就威胁到勇士们的阶级特权和地位要求。个人和共同体都不会简单接受机会的结果，而是把 aretê[卓越]恢复到与其地位相匹配，以此去控制机会。因此，对机会的回应，其目的在于重申阿开奥斯人和特洛亚人社会的地位等级。

如果像我们所说，机会这个概念是文化性的构建，那么，似乎就可以合适地比较一下，机会在另一种文化中是如何构建的，这种文化的特征用道格拉斯和维尔代夫斯基的话说，就是竞争性的个人主义或自由个人主义。① 自由个人主义的特点是相信个人在经济上和政治上的自由。在自由个人主义中，机会的威胁在于会破坏个人平等，而竞争市场或法律对平等的保护之类的个人主义经济结构和政治结构，[73]其前提就是个人平等。罗尔斯(John Rawls)在他颇具影响力的关于社会正义之基础的理论著作中，就提出了对机会的这种理解。罗尔斯一开始提出了一个原初状态的假设，在这个状态下没有人知道“自己在自然资源和能力分配中的运气”。罗尔斯的关键之处是，正义原则应建立在平等的基础上，以确保“没有人在原则的选择上，因为自然机会的结果或社会环境的偶然性而处于有利或不利地位”。② 在等级文化中，机会被视为会破坏自然差异或不平等，而在自由主义中，机会则被看作是创造了不应得的不平等。机会违背了等级制中身份差异性这一指定规则；它侵害了自由社会中机会平等这一程序规则。③

然而，这种罗尔斯式的原初状态无法维持：机会总会发生。在机会的作用下，有些人占了优势，另一些人处于劣势。因此，我们期望自由主义会在文化上为机会提供一个回应，以确认个人主义的、竞争性的社会结构和经济结构。确实，因为机会被视为随机和非人格性的，厄运就更多地被理解成一种暂时的现象，可以通过持续努力就变成好运。在企业性的个人主义文化中，我们看到有些故事被轻描淡写，比如不幸最终使人穷困的故事。另一方面，我们

① 见道格拉斯1978和汤普森、艾莉丝和维尔代夫斯基1990。

② 罗尔斯1971，12。[译按]中文参罗尔斯，《正义论》，何怀宏等译，中国社会科学出版社，1988，页10。另见谢延光译本，上海译文出版社，1991，页13。

③ 见道格拉斯和维尔代夫斯基1982，97。

看到乞丐变富翁的故事得到证实，而个人无法避免在某个关头碰到厄运。然而，随着不断的冒险，努力工作最终得到回报，人们会收获努力所带来的回报。① 一个良性宜人的宇宙不会积极挫败人类的意图和努力，而在以此为背景的竞争性和个人主义的文化中，人们就会为了财富而奋斗。然而，正如《伊利亚特》中所描绘的那样，[74]机会从来不会起到这样的作用：一个不是 agathos[贵族]的人，突然获得了 aretê[卓越]。个人（地位）会下降，但向上的流动性不大可能出现，哪怕有的是机会。

机会与人的能动性

荷马笔下的人物会控制机会，或至少控制机会的结果，这种观念对我们来说应该非常有趣，原因很多，最重要的就是斯内尔所谓荷马笔下的个人缺乏自己能与必然性抗争的意识。② 也就是说，能动性的一个方面，就是要认识到，自己的行为何时受到自己无法控制事件的限制。然而，这一必然性并没有反过来约束人的意图。正如韦尔南所说，“在行动中，能动者被看作是杰出的人；人类主体是他所发起的所有行动的源头和动因”。此外，“能动者在与他人及与自然的关系中，把自己理解为决定的中心，拥有一种既非来自情感也非来自纯粹智力的力量”，这种力量来自意志的“不可分割的力量”，“可以接受或不接受，默从或拒绝”。③

---

① 我在研究这个问题时看到了微软公司的创始人兼首席执行官比尔·盖茨发表在一本航空杂志上的一句话：“进行冒险的意愿是美国文化所支持的，即使被打败也是勇气可嘉。美国让人们可以绝地反弹。美国对待失败的态度是‘再试一次’”（盖茨 1995，61）。令人侧目的是，盖茨既界定又肯定了个人主义文化中机会的构建。

② 斯内尔 1930，150-151。

③ 韦尔南 1990b，49-50。

实际上,我们在很大程度上就是因为这个形而上学的传统,才会问道"荷马笔下的人物是自由的吗?"这个问题的答案不可避免充满了限定条件,因为我们承认,诸如自由意志和决定论之类的概念都是较晚才有的范畴,只能部分地适用于荷马世界。问题在于,我们以这种方式提出这个问题时,就在人类能动性与那种被称为"偶然性"的东西之间引入了一种关系性的观念,那就要求我们要么减弱诸神的作用,只是把他们当作这个世界上不那么严肃的演员,要么限制行动的可能性,仅把它当作人类意志的表达。我一直在强调机会事件(incidents of chance),[75]以此来面对这一困境,但很多人却把这种事件当作最明显的例子,表明完全反复无常的神明把他们的意图强加于人类世界。然而,我想进一步提出一个颇有讽刺性的主张,即,我们正是在这些偶然的时刻,可以看到创造了一个"行动的空间",[①]这个空间本身就是文化性的建构。回到前面那四个例子的每一个上,我们都可以开始让荷马的能动性意义重新得以概念化,其中,能动者的信仰基于这种荷马式的空间,而非基于西方形而上学传统。这不仅会帮助我们理解《伊利亚特》中人类能动性的本质,还会帮助我们理解人类对荣耀的追求,如何与荷马社会的等级需求相互联系。

威廉姆斯(Bernard Williams)为了反驳斯内尔关于荷马笔下的人物缺乏"内在性"的观点,认为"人类生活中当然有足够多关于行动的基本概念:思考、总结、行动、自我发挥、主动行事、忍耐的能力"。[②] 本章节对四个例子的上述研究为这个看法提供了有力的支持。涅斯托尔建议狄奥墨得斯撤退,因为宙斯当时似乎在与他们对着干,在那一幕中,他们两人都接受了涅斯托尔对宙斯目的的

---

① 威廉姆斯(1993,142)把这个空间描述成在各种结果聚集起来显示"具体目的"之前个人可能拥有的选择时刻。因此,行动仍发生在荷马世界的目的空间之外。

② 威廉姆斯 1993,40。又见加斯金 1990 和吉尔 1996,第 3 章。

猜想，但他们依然在争论，撤退还是战斗，哪个行动方式更好。此外，这场争论从两个人物之间的交流，变成了狄奥墨得斯一个人内心的挣扎。[①] 涅斯托尔更毫不动摇地坚持撤退，狄奥墨得斯则“在条道路之间犹豫不决”(diandicha mermêrixen，8. 167)[②]，“他的心灵来回徘徊了三次”(tris men mermêrixe kata phrena kai kata thumon，8. 169)。这种有意识的深思熟虑，既非出于情感也非出于理智，而是出于心灵，即使从韦尔南的标准来看，也是人类能动性的特征。

所以，在透克罗斯的弓意外折断的例子中，埃阿斯告诉透克罗斯放下弓，“既然[76]妒忌阿开奥斯人的神毁坏了弓”(15. 473)。尽管意识到这一点，似乎也没有阻止行动。相反，埃阿斯告诉透克罗斯用矛战斗，以保护舰船，并最后说道，“我们必须记住(mnêsômetha)战争的狂怒”(charmês，15. 477)。如果没有能动性这一概念，似乎就很难理解埃阿斯的劝告，因为埃阿斯虽命令透克罗斯去战斗，但这个劝告诉诸能动者的内在品质，诉诸战斗的记忆。

接下来的场景是埃阿斯对其他阿开奥斯人说话，对日益暗淡的局势作出了自己的评估。在埃阿斯看来，阿尔戈斯人面临的选择是，“现在或是战死，或是得救，但得把敌人赶走，以免他们毁了船舶”(15. 502-503)。然后，埃阿斯叫他的同伴们去想想战斗失败的后果：“你们想想(elpesthe)吧，要是头盔闪亮的赫克托尔把这些战船夺去，你们能徒步回家园？”(15. 504-505)

相反，埃阿斯建议他们继续近身搏斗，喊道“我们现在没有(比这个)更好的办法(noos)和计策(mêtis)”(15. 509)。甚至在混战

---

① 吉尔所说的“对话中的自我”一词在加斯金 1990 第 1 章和吉尔 1996 中讨论过。其他关于这些人物的刻意性的例子出现在 11. 403-410，17. 90-105，21. 552-570，和 22. 98-131。

② 拉铁摩尔(1951) 把这个词组翻译成“疑惑地徘徊”。

中,埃阿斯也提出了能动的观点作为决策的中心,他们的深思熟虑关乎生死。

这种行动观也暗中出现在另外两个例子里。我们看到,赫克托尔在最后关头仍决心作最后一搏,哪怕他知道自己必死无疑。阿德金斯认为在荷马社会中,“意图几乎无关紧要”,而这一事件是一个重要的反例。[①] 如果结果才最重要,那么我们就完全无法理解赫克托尔的行动,因为赫克托尔把(自己)被人铭记的希望寄托在他的斗争而不是他的成功之上。他最后的行为就是去尝试,他因此被人铭记。[②]

我们最直观地看到行动的空间,也许就是阿喀琉斯试图在马车竞赛结束后试图找到一种公平的颁奖方式,因为有神明干预,这一努力显得很有必要。这个空间不是与诸神对立,[77]而是以对诸神的特定文化理解以及对诸神的回应为条件。我们没有可以自由活动(free-floating)的人类能动者,在这个世界上试图维护他们的“自由”;相反,由荷马文化构建的行动,会发生在人类命运这个领域内。[③] 但在这个领域中,这些人物却像在马车竞赛中一样争论(23.542)、评判(23.574)、安抚和被安抚(23.606)。

我们很容易看出,神明行动的其他例子如何为荷马笔下人物争论、决定和行动提供语境。雅典娜叫阿喀琉斯不要刺杀阿伽门农,问他“但是你是否会听从我?”(ai ke pithêai,1.207)阿伽门农对宙斯托来的欺骗性梦境的回应,是在把梦告诉他的臣民时,不明智地做了修改(2.5–141)。雅典娜被描绘是在劝说,而不是命令,潘达洛斯(Pandaros)愚蠢的心破坏了誓言,射向墨涅拉奥斯(4.85–126)。雅典娜让箭射偏,没有杀死墨涅拉奥斯,但却伤到了

---

① 阿德金斯 1960,47。

② “尝试”作为荷马伦理的一部分,关于其重要性的讨论,见朗格 1970,124。

③ 这帮助我们理解为何 tugchanô 的过去完成时形式与已完成某事有关。比如见 14.53 和 14.220。

他，然后阿伽门农传唤马卡昂（Machaon）来治疗他的兄弟（4.189-219）。在很多情况下，勇士们即使感觉到神与他们对立，也会去战斗（11.317-319，16.101-129，17.421-422）。当伊多墨纽斯说道"无人应为此负责（aitios）"时，波塞冬（幻化成托阿斯[Thoas]）回答说，"如果今天有谁故意逃避作战，让那样的人永远不能从特洛亚回家，留下来成为野狗的玩物"（13.222，232-234）。甚至当阿波罗从背后袭击帕特罗克洛斯并把他打昏时，欧福耳玻斯（Euphorbos）以及后来的赫克托尔必须作出决定把帕特罗克洛斯打死（16.784-850）。

有两个例子表明，神明如何亲自限制自己的干涉，以给人类留下可以行动的领域。当阿瑞斯（Ares）在肉体上杀死人类时，他的作战已被赫拉形容为"超出应有秩序"（ou kata kosmon，5.759）。她担心神这种直接的屠杀会很快让人类世界灭亡。出于这个原因，雅典娜[78]（在赫拉和宙斯的允许下借助狄奥墨得斯）出手了，防止阿瑞斯过度杀戮。在第二个例子中，宙斯碰到了相反的情况。他必须决定是否让他的儿子萨尔佩冬复活。赫拉成功说服他放弃这个做法，认为如果宙斯让萨尔佩冬起死回生，那么其他神明也会这么做（16.440-449）。阿瑞斯杀死了那些本该活着的人，威胁到了人类的行动空间，而宙斯因让那些本该死去的人复活，也威胁到了这个空间。在第一个例子中，人类的行为是徒劳的，因为大地变成了死人的国度；在第二个例子中，正如萨尔佩冬自己所说，如果所有人都可以长生不死，那么人类的行动就变得毫无必要了（12.322-325）。

斯内尔和其他人一直拒绝荷马社会的能动性概念，部分原因在于这样的假设：意志是一种伦理意志，自主性自我的道德决定在伦理意志中指导人们行动。威廉姆斯在一定程度上同意这种道德评价，认为荷马的行动观"并'没有'围绕道德动机和不道德的动机之间的区别而改变"。[1] 比如，荷马笔下的人物因其持久忍耐或足

① 威廉姆斯 1993，41。

智多谋而受到赞扬，即使这些行动是受环境所迫，而不是受更高法则的绝对义务感所引导。但正如威廉姆斯所述，我们如果像这样关注环境，就能开始理解荷马的决定如何受伦理决断所引导。这并不是为荷马式道德概念辩护，而是主张一种伦理观念，它在共同体角色和实践的语境中考虑到了心理动机。正如我在最后一章会更充分论述的那样，伦理自我开始作为社会参与者出现——意识到角色和期望，拥有社会过往行动的记忆，并针对各种情况推导出潜在的回应策略。

在发展这一行动观的过程中，我们并不像阿德金斯一样仅限于解释他认为与 aretê[卓越]相关的“竞争价值”[79]为何没有撕裂共同体。阿德金斯提出了所有的理由，让我们相信这个竞争模式会对共同体产生异乎寻常的作用力，不仅是因为一个 agathos[贵族]的要求最终能推翻共同体的所有其他要求，还因为荷马社会缺乏任何组织来调解一个 agathos[贵族]相互冲突的要求。①

我们现在可以看到，荷马社会为何要以这种方式来构建那个行动观念，以便把阿德金斯所说的那种卓越性与共同体的维护问题联系起来。荷马社会得以维系，并不是靠那种旨在调解竞争风气的发达政治机构。② 相反，荷马社会的基础在于这种风气在等级社会中本身是如何界定的。这不是一个小问题，因为它告诉我们，虽然卓越性看似创造了竞争性的个人主义，但是这种卓越性却小心翼翼地把地位的内在分级，与共同体之内的责任联系起来了。在这个背景下，我们能更好地领会朗格(A. A. Long)对阿德金斯的批评，“用来责难 agathos[贵族]某些不足的那番言辞，也常用来声讨他有些过度”。③ 这种文化限制能起作用，是因为它们已内化

---

① 见阿德金斯 1960，37-38，40，50，52。又见阿德金斯 1997。这个问题并非荷马文化独有，而是所有等级制度文化都面临的。见道格拉斯和维尔代夫斯基 1982，90-91。

② 关于荷马共同体中离心力的讨论，见唐兰 1980 第 1 章和芬利 1979。

③ 朗格 1970，138。

为荷马式有意行动的一部分。机会的后果就是丧失 aretê［卓越］，因而恢复勇士的名声就成了个人意图和共同体利益的产物，而不管我们究竟是在说——如赫克托尔所在乎的那样——如何让人记住自己的功绩，还是在说阿喀琉斯单方面代表共同体积极认可欧墨洛斯的卓越性。我们必须假设一个能动性的概念，本身与荷马社会的文化语境相关，在荷马社会中，一个人的命运不是去反对而是去界定行动的范围。否则，如果要求我们搞出一种形而上学的自由概念，实际上就是要求我们用一种荷马笔下人物不理解的语言把他们弄得晕头转向。

第三章　权力、武力与权威

[80]πῶς τίς τοι πρόφρων ἔπεσιν πείθηται Ἀχαιῶν

阿开奥斯人中今后还有谁会热心地听你的命令。

——1.150

人们在理解《伊利亚特》中的权威时，常常把权威放在已成型的关系系统语境中去。从这个角度看，《伊利亚特》中的权威似乎不是政治性的，因为那时还没有任何成型的城邦制度。相反，权威被看作前政治性的，因在芬利看来，权威来自家庭制度。芬利对荷马社会结构的讨论颇具影响力，他认为权威看上去好像“权势”(might)，也就是“权力”的家庭形式，它“靠的是财富，个人技艺，由婚姻和结盟以及家仆组成的大家族”。① 忠诚更多地“集中在亲属和随员这个狭隘的范围内”，而不是针对更大的共同体，正义是“纯粹私人的事情”，而像公民大会之类的政治体制，“更注重决策本身，而不重视决策的原因，因而更注重权威的力量”。② 正如埃德蒙兹所说，认为《伊利亚特》中的冲突同样是[81]“个人问题，而非

① 芬利 1979，82-89；1981，81。

② 芬利 1979，110，82，115。这似乎也是塞尔(Sale)对阿开奥斯政治的理解(1994，9，29，60)，他后来将此与更发达的特洛亚政治体制作对比。

政治问题”，因为阿喀琉斯对阿伽门农和其他人的忠诚，“建立在φιλία也即一种友情（philia）的原则上”。稍微换句话说，在埃德蒙兹看来，冲突本质是个人性的，因为冲突发生在个人关系的既定系统。甚至在阿喀琉斯把权杖扔到地上这一场景中，用阿喀琉斯的话说，这根权杖是“行使宙斯的正义”的人用来“施行正义”（dikaspoloi）的（1. 238-239）。[①] 但埃德蒙兹却说，这样使用权杖就证明这场冲突并不是政治性的。在他看来，这一冲突不是政治性的，因为它只关乎“勇士们的战利品分配”，而这“谈不上是城邦的制度”。[②] 简言之，这场冲突的本质取决于它在系统中的位置——在这个例子中，这个系统牵涉的是个人性的关系，而不是制度性的关系。

当然，一直都有人试图把这场冲突置于一个政治框架内。卢斯（Luce）把 dikaspoloi 一词当作“熟悉形式化法律程序”的证据。[③] 但是他并没有试图表明，这个场景中的言行本身所引发的问题可能就是政治性的。我们把政治看作是动态的，也就是说，政治这个领域是由政治活动的本质所构成，而不是由政治活动的本质所决定，从而让这种联系更易理解。我认为，阿伽门农和阿喀琉斯的冲突，一开始是共同体的一场公开讨论，商量应该如何对付阿波罗送来的灾祸，这场讨论本身构成了一个政治领域。在这个公共讨论的背景下，阿伽门农和阿喀琉斯的冲突看上去就像是一出社会戏剧。当阿伽门农决定拿回已经分给阿喀琉斯的战利品时，这场冲突就开始呈现为破坏规矩。但冲突迅速升级，从一个特定的违规，升级为更广泛的权威危机，威胁到共同体的稳定（甚至存亡）。

---

① ［译按］dikaspoloi，本意为“维护正义的人”，也就是“审判者”，罗念生译作“捍卫法律的人”。

② 埃德蒙兹 1989，27-28。

③ 卢斯 1978，3。

暴力与政治领域的碎片化

[82]阿伽门农和阿喀琉斯的冲突表面上就有着直接的政治性。争端发生于公共场所：发生在阿喀琉斯召集到大会(agorê)上的人民(laos)中间(见1.54)。尽管最初的问题——阿伽门农是否应该收下赎金并释放克律塞伊斯——已足以造成分歧，而阿伽门农提议并随后宣布他将带走阿喀琉斯的战利品布里塞伊斯(Briseis)以作补偿，这场冲突迅速升级。阿喀琉斯的回应当然是愤怒，但是他很快让这场冲突变得更有条理，也就是针对阿伽门农权威的本质提出了一个更广泛的并且明显带有政治性的问题。①

阿喀琉斯问阿伽门农，“你这个一心想着利益之徒，阿开奥斯人中今后还有谁会热心地(prophrôn)听从(peithêtai)你的命令?”(1.149-150)阿喀琉斯承认阿伽门农拥有芬利所说的“权势”。但是领导力需要的不仅仅是权势。领导力需要权威，或者他人愿意服从。在荷马社会中，这种权威既取决于硬性认定的特征，比如出身于贵族家庭，也取决于后天获得的特征，比如作战勇猛。阿伽门农要想维持权威，特别要管辖其他那些为了战争而聚到一起的强势领导人，就不仅需要拥有硬性认定的以及后天获得的特征，还必须有能力利用这些特征来获得其他人的支持。② 阿喀琉斯警告

---

① 穆尔纳(1996)认为这场危机的背景就是阿伽门农因侮辱阿喀琉斯而破坏了秩序。阿伽门农的行为导致的后果就是导致阿喀琉斯 mênis[愤怒]的“精神制裁”(cosmic sanction，1996，131)。我这里提出的观点，可以理解为从政治意义来看待这场秩序破坏。罗斯把这一危机视作反映了公元前八世纪“统治要素的内部争斗，即究竟该是一人之治，还是应该由那些自认为地位相当的贵族们集体行使权力”(1997，181)。罗斯认为《伊利亚特》宣扬的是“‘最好的’那一个人来统治”(1997，185)，但我发现“最好的人”这个观念恰恰来自更加集体化的领导观念。

② 关于相互作用和权威之间的关系，见唐兰 1997b 和 1998。关于“地位和立场”的摩擦，见唐兰 1979。

说，如果阿伽门农继续搞那一套，即把勇士们送往战场，自己却拿走最好的战利品，那么，阿伽门农的领导权就不可能获得积极的支持。因此，阿喀琉斯增加了修饰语 prophrôn，将这个问题从“服从”扩大到了那些命人服从的人的举止上。这很重要，因为它不仅让领导问题延伸到了家庭之外，而且用芬利的话说，阿伽门农对“权威的力量”的理解也受到了直接挑战。① 对[83]阿伽门农来说，权威的力量表现在他强迫别人服从的能力上，如有必要甚至可以使用武力。而对阿喀琉斯来说，领导者的力量在于其他人随时准备“去出行或是同敌人作战”(1. 151)。

在《伊利亚特》一开始，阿伽门农显然将权威的力量与通过武力迫使他人服从的能力联系在了一起。当阿波罗的祭司克律塞斯试图从阿伽门农手中赎回他的女儿时，阿开奥斯人欢呼着同意这个提议。但是阿伽门农不满这个恳求，粗暴地(kakôs)赶走了祭司，并警告他：如果他再回到阿开奥斯人的阵营，伤害都会落到他头上(1. 25-32)。祭司因恐惧(eddeisen)而服从(epeitheto)了阿伽门农的命令。阿伽门农让敌人(即使是阿波罗的祭司)感到恐惧，这未必就一定让我们惊恐，除非阿伽门农还把这种恐惧转移到自己的人民头上。当阿喀琉斯召唤先知卡尔卡斯来解释这次灾难，卡尔卡斯一开始表示不愿如实说出瘟疫的真相，因为他害怕他会让“一个人发怒，他有力地统治着阿尔戈斯人，让全体阿开奥斯人归附”(peithontai，1. 78-79)。尽管卡尔卡斯没有解释阿开奥斯人为什么服从阿伽门农，但显然至少在卡尔卡斯看来，阿伽门农有能力让人服从，就建立在[他人]对惩罚的恐惧上。② 卡尔卡斯接着说“国王对地位低下的人发怒更有力量”(kreissôn)，他虽然暂时把郁积的怒气(cholon)压抑消化，却还会怀恨(koton)，“直到仇

---

① 芬利 1979，115。

② 塔普林(Taplin，1990)讨论说阿伽门农的这一面是非常不公正且残酷的。

恨在胸中消失”(1.80-83)。

虽然恐惧会让人顺从,甚至可以持续很长时间(正如前苏联集团的经验所示),不过,一旦那种恐惧得以消除,恐惧就不会带来相应的服从意愿。在卡尔卡斯的例子中,服从成为一个沉默的问题,不(公然)反驳国王而已。① 恐惧并不足以替代权威。原因在于,[84]一旦恐惧失效,服从的意愿就消失了,阿喀琉斯的所作所为就让恐惧失效了,他保证没有任何人,哪怕是阿伽门农,伤害卡尔卡斯。对那些像阿喀琉斯一样并不惧怕阿伽门农的人来说,他的权威并不是敬畏的对象。因此,阿喀琉斯同意保护卡尔卡斯,指出阿伽门农“宣称(euchetai)是阿开奥斯人中最高的君主”(1.91),在这个语境下,暗示那只是没有实质内容的自夸。②

阿喀琉斯表明,以恐惧为权威的基础,太有局限性,然后就把视线落在了更可怕的目标上:阿伽门农因为继承了财产和权杖,他的王位才有了基础。阿伽门农和涅斯托尔在很多场合都说过,这些继承物本身就是“最适合君王”(kingliest)的头衔。比如说,涅斯托尔很早就训斥过阿喀琉斯,因为后者试图与君王相较量,哪怕这位君王“却更强大,统治着为数众多的人”(1.281)。然而,对阿喀琉斯而言,这种继承仅仅造就了王权的假象,不足以成为他听从或服从阿伽门农的理由。相反,阿喀琉斯嘲笑阿伽门农从没有通过勇敢的行为赢得自己的权威。“从不敢武装起来同将士并肩战

---

① 与苏联的比较在这里非常引人注目。东欧对苏联统治的日常回应是静静地服从,将公共行为和言论降至最少。所有认为这一服从指的是积极同意苏联的统治的想法都会因这些国家在消除恐惧后蔑视苏联的遗留问题而受到一记重击。

② 阿喀琉斯回答说要保护卡尔卡斯,这在一定程度上指出了坦迪认为“大人物”掌控歌者的主题这一说法有问题。坦迪特别指出包括先知,包括卡尔卡斯都服从于这同一掌控(1997,188)。贵族们当然有影响。但是我和坦迪的不同在于,他假定贵族本身只有一种观点。这个假定对坦迪来说很有必要,因为他认为史诗是“人为地为建立和支持具有自我意识的贵族阶级而作出的一部分努力”(152),他还认为社会控制的范式是从“大人物”到歌者再到听众(175)。

斗，从不敢同阿开奥斯人的将领一起打埋伏”(1. 225-227)。在阿喀琉斯看来，阿伽门农只是躲在他的权势后面，不是用权势来帮助他的人民，而是贪婪地吞食他们(1. 231)。

阿伽门农意识到，阿喀琉斯的言语已远远超出了特定的不满，也不仅仅是违背了习俗，而涉及到更根本的问题：谁应统治。在这个问题上，涅斯托尔这位长老试图沿用一种对政治关系更传统的理解，来缓和争论者的怒火，他指出，阿喀琉斯虽然在战场上非常重要，但阿伽门农却有权势，他作为“掌握权杖的国王”，“比你统治更多的民众”(1. 279,281)。虽然涅斯托尔在其他场合能明智地岔开话题而成功达到自己的目的，但是在这个例子中，[85]阿伽门农看到了阿喀琉斯观点的内涵。

> 老人家，你发表的这篇讲话完全正确，可是这个人很想高居于众人之上，很想统治(krateein)全军，在人丛中称王(anassein)，对我们发号施令，可是会有人不服从(peisesthai)。(1. 286-289)

因此，阿伽门农想通过向阿喀琉斯展示自己的权势，来证明他权威的力量。他带走布里塞伊斯，“好让你知道(eidêis)，我比你强大，别人也不敢自称和我相匹敌，宣称和我相近似”(1. 185-187)。普契在评论这一节时，认为“阿伽门农并未否认阿喀琉斯有说话的权利，他否认阿喀琉斯与他享有同等的地位、同样的指挥权、言辞的同样权威”。正如eidêis[知道]一词所指，阿喀琉斯看到阿伽门农才能行使的权势，就要学会向后者表示尊敬，认识到正确的秩序。确实，在普契看来，阿伽门农有能力强迫他人服从，从来没有人提出过异议。正如普契所说，

> 阿伽门农只要说“我才是那个更强大的人”就足够了，事

实也的确如此，因为这道命令既体现又汇聚了他人的顺从和默许。存在与语言相结合，就保证了君王的权威与共同体权威的同一性。这就是为什么他才是“至尊首领”（anax andrôn）。[①]

阿伽门农为了加强他的命令的威力，吩咐他的护卫：

> 你们到佩琉斯（Peleus）之子阿喀琉斯的营帐里，抓住那美颊的布里塞伊斯带来这里；要是他不肯交出，我就要亲自带着更多的士兵去捉拿，那样对他更不利。（1.321-325）

在普契和芬利看来，权力、权威和武力在阿伽门农身上是一致的，而且从来没有人反驳过这种一致性。

但阿伽门农实力的展示是否证明了他的权力并成功挡住了阿喀琉斯的挑战？虽然[86]阿伽门农能够宣称布里塞伊斯是他的，但是在《伊利亚特》接下来的几卷中，正如普契断定的那样，“言词与权力之间的简单等式”被戏剧性地破坏了。[②] 在前九卷中，《伊利亚特》追溯了阿伽门农领导权的后果，揭示了一个看似矛盾的情况，即阿伽门农行使了权威，却让他丧失了权力。

阿喀琉斯最先做出这样的暗示：言词与权力并不一致，他描绘了一位“残酷的国王”（basilêos apêneos，1.340），其行动就是“说话威胁（êpeilêsen）我”（1.388）。阿伽门农的行动不仅暴烈，而且在骗人，正如阿喀琉斯诉说，阿伽门农和共同体收回了他们承诺过的东西（1.126）。阿喀琉斯后来正是在这个意义上对奥德修斯说：“有人把事情藏在心里，嘴里说另一件事情，在我看来非常可恨”

---

① 普契 1998a，189，183。

② 普契 1998a，191。

(9.312-313)。阿喀琉斯后来描述了那种“被欺骗”(êleten,9.375)的感觉,而正是这种感觉让他在一开始拔剑出鞘时,突然产生如此激烈的反应(1.194)。最后,阿喀琉斯退出了公共空间,宣布拒绝成为阿伽门农的无名小卒:

> 如果不管你说什么,我在每一个行动上都听命于你,我就是懦夫和无用的人(outidanos)。你且把这些命令发给其他的人,不要对我发号施令,我不会服从(peisesthai)你。(1.293-296)

阿喀琉斯把用来行使正义的权杖丢在地上,就象征着他退出了(1.245,238)。但他的退出指向的不只是一位勇士的不满,还暗示了权力的限度。阿伽门农可以胁迫克律塞斯和卡尔卡斯带走布里塞伊斯,但他无法让阿喀琉斯出战。事实上,正如阿喀琉斯所说,凭借武力会慢慢大大降低阿伽门农的地位,因为最后留下来服从阿伽门农领导的人,也仅仅是一帮无名小卒(outidanoisin,1.231),这些人不再说话,也不再行动。

[87]阿喀琉斯离开之后,阿伽门农召集了一场大会,来准确地测试阿喀琉斯所宣称的那种东西是否已缺失:阿开奥斯军队是否乐于服从。荷马在展开这一幕时,小心地阐述了阿伽门农权威的基础,即他从父亲手中继承了宙斯的权杖:

> 阿伽门农站起来,手里拿着权杖,
> 那是赫菲斯托斯(Hephaistos)为他精心制造。
> 匠神把它送给克罗诺斯(Kronos)之子、大神宙斯,
> 宙斯送给杀死牧人阿尔戈斯(Argeïphontes)的天神[赫尔墨斯],
> 赫尔墨斯(Hermes)王送给策马的佩洛普斯(Pelops),

> 佩洛普斯送给人民的牧者阿特柔斯(Atreus),
> 阿特柔斯临死时传给多绵羊的提埃斯特斯(Thyestes),
> 提埃斯特斯又交给阿伽门农,使他成为
> 许多岛屿和整个阿尔戈斯的国王。(2.100-108)

作者重新阐释了具有神圣血统的人(divine genealogy)才能统治的道理,这个道理尤其突出地体现在宙斯给阿伽门农托来的一个虚假的梦(他很快会打败特洛亚)上。阿伽门农进一步篡改了这个梦,他告诉集会的勇士们:宙斯说他们不会赢得战争。阿伽门农靠在权杖上——它象征他继承而来的权威,重述了九年的战争中遇到的困难,并总结道:“你们要按照我的吩咐服从命令(peithômetha),让我们坐船逃往亲爱的祖国的土地,因为我们攻不下街道宽阔的特洛亚”(2.139-141)。阿伽门农受到阿喀琉斯的挑战后,第一次宣示自己的领导权,结果却是残酷的讽刺,因为他的建议受到人们的热情拥戴。但当参加集会的阿开奥斯人从有序变成“骚乱”时,他的权力几乎消失殆尽:人们逃离[88]集会,相互叫喊着要把船拖下海(2.149-154)。公共领域碎裂了,因为人们再也没有意愿或渴望在战争中携手行动。

奥德修斯重新修复了这个破碎的(公共)领域,靠的不是阿喀琉斯所说的自愿服从,而是靠武力。奥德修斯用阿伽门农的愤怒来威胁其他领袖,说阿伽门农可能会“伤害阿开奥斯人的儿子们”(2.195)。他自己则动手打了其他人(2.199)。奥德修斯还代表继承而来的王权传统,向勇士们宣布“我们阿开奥斯人不能人人做国王;多头制不是好制度,应当让一个人称君主,当国王,是狡诈的天神克罗诺斯的儿子授予他王杖和特权,使他们统治人民”(2.203-206)。我们一眼就能看到奥德修斯这番话的讽刺意味:奥德修斯虽然表面上是在代表阿伽门农说话,但是他手里却拿着权杖,那是他从阿伽门农手里接过来的。奥德修斯在维护阿伽门农作为君王的权威时，实际上是当时唯一以君王身份来行事的人。阿伽门农显然无能为力，他无助地站在一边，而他的权杖被粗暴地用来重申他的权威。[①]

正是在此处，我认为学者们的如下说法并不正确：奥德修斯成功维护了阿伽门农的权力。[②] 比如伊斯特林（Easterling）就认为，我们通过解读“叙事发展的方式”就能看到，奥德修斯对阿伽门农权力的强调，在君王“令人振奋的演讲”和其他领袖的赞同中达到了顶峰。[③] 拉索（Russo）认为我们在史诗的叙事设计中，会看到“正常胜过反常”。[④] 从这里提出的视角来看，奥德修斯能够恢复秩序，阻止人们逃跑。但奥德修斯恢复了秩序，却并不必然就恢复了阿伽门农的权力。因为现在凝聚政治领域的，不是人们携手行动，而是武力。

[89]阿伽门农对阿喀琉斯行为具有的施暴和欺骗的意味，到第 9 卷时已变得很清晰。阿伽门农虽然保住了他作为阿开奥斯人领袖的权威，但是他的权力现在岌岌可危：阿开奥斯共同体面临着迫在眉睫的毁灭。阿伽门农自己现在也似乎认识到，他的权力与对自己人民的维护密不可分。[⑤] 他哀叹道，现在宙斯“叫我损失许多将士，忍辱还乡”（9. 21－22）。阿伽门农意识到自己被宙斯（这个他权杖的来源）欺骗了之后，召集沮丧的军队开会，向他们坦言

---

① 芬利（1979，111）认为忒尔西特斯的爆发为荷马提供了一个机会，“去写关于社会阶级和相互之间合适行为模式的文章”。其他学者却没有这么乐观。就奥德修斯表现得像个君王来说，一些学者因奥德修斯粗暴地使用权杖来压制“丑陋的真相”而感到困惑（惠特曼 1958，161，261；又见斯坦利 1993，55）。另一些学者指出了这一插曲让人不安的方面，因为即使忒尔西特斯保持沉默，他的质疑仍然存在。见罗斯 1988，1992，唐兰 1973。有些人在这个插曲中看到令人不安的方面，我倾向于同意他们的观点。

② 见伊斯特林 1989，110－111；麦格琉（McGlew）1989；伦茨 1993，243－244。

③ 伊斯特林 1989，111。

④ 拉索 1978，48。

⑤ 见豪布德 2000。

宙斯希望他们不光彩地返回。然后,阿伽门农重复了我们在第2卷中看到过的说法:“让大家按照我的吩咐,全都服从”(9.26)。就像在第2卷中那样,阿伽门农接着说:“坐上海船逃回亲爱的祖国的土地,我们攻不下街道宽阔的特洛亚”(9.26-28)。

如果善意地阐释阿伽门农的行动,就可以说,他感觉到诸神一直在跟阿开奥斯人作对,他只想把勇士们解放出来,不必背负进一步的义务,去对抗这些越来越难以克服的困难。当然,到了第十年,战争的最初目的在勇士们心中变得相对不那么显明昭著了,而个人的骄傲和荣耀等其他因素变得越来越重要。但是,即使在这个潜在的重大时刻,集会的众人也没有急于起身逃跑(或许是想起了奥德修斯在第二卷中的干涉),但另一方面也没有认可阿伽门农的姿态,而是“垂头丧气,默不作声”(9.29)。

狄奥墨得斯终于打破沉默,宣布他不再听从阿伽门农的“蠢话”(9.32)。狄奥墨得斯不再默默地敬畏阿伽门农(4.401),反而指出自己在大会上有“权利”公开反驳君王,从而让自己置身于政治领域。[90]很难确定狄奥墨得斯指的究竟是在大会上更正式的说话权利,还是仅仅指习惯的做法(在第五章中会论述)。但很清楚的是,狄奥墨得斯一旦确立了这种权利,就开始批评阿伽门农的权力,并为自己的勇气辩护,这非常有趣,让我们想起阿喀琉斯在第一卷中的观点(或许是受到了这个观点的鼓励)。这位年轻的勇士指出,他是阿伽门农毫无根据指责的受害者,并指出,即使宙斯把权杖赐给了阿伽门农,赋予他“无上荣誉”,宙斯“却没有把胆量给你,胆量最有力量”(kratos,9.38-39)。阿伽门农残存的权威——权杖——还在,但是使用这种权威来产生权力的能力,却悲哀地缺失了。其他人的反应也证明阿伽门农的权力不完整。在这个例子中,狄奥墨得斯没有像阿喀琉斯一样离开战场,以此拒绝服从阿伽门农,而是说即便阿伽门农打道回府,他也会继续战斗,以此表明自己拒绝服从。

我们也许可以像许多学者那样，对阿伽门农作为领导权方面糟糕(或不相干)的粗糙且刻板的模式不予理会。[①] 然而，如果我们不那么关注阿伽门农这个人物，而更多关注荷马想从阿伽门农的行动所得出的启示，那么，我们就已经开始辨认出一个更大的问题：政治权力的本质。对阿伽门农来说，权力乃是一种财产，就像力量或权势一样，可以用来迫使他人服从。但他使用武力，似乎只会削弱自己的权力，因为他必须承认，在共同体岌岌可危的时刻，他没有能力做任何事情来帮助他们。阿伽门农无能为力，是因为权力不在个人身上，而在政治领域中。权力产生于人们相互说话和行动时，权力让各个群体共同行动，追求特定的目标。如阿伦特所说，领导者的权力[91]由"一定数目的人"授予，在这个领域内"以他们的名义来行动"。[②] 赋权的机制一般很复杂，其范围从选举到继承，从正式法律到不成文的传统。重要的是，权力建立在群体的认可之上，认可它代表群体行来动。所以，正如阿喀琉斯所说，阿伽门农领导阿开奥斯联盟的权力，取决于其他人是否愿意与他一同去赢回他和墨涅拉奥斯的荣誉(1.158-160)。阿伽门农有权力分配战利品，但这种权力被视为不过是代表人们来行使的而已。无论阿伽门农在土地和财富方面有多大的财力，他的权力只有在阿开奥斯人把自己组织在一起时才存在。他的权力一旦没有被那些同时出现的人们变成现实，就会消解。

因此，对权力最大的威胁是人与人之间公共关系的破裂。阿伦特写道，"只有在言词和行动没有分开的地方，在言词并不空洞

---

① 塔普林(1990)把阿伽门农看作本质上是个残暴、没有头脑的君主。近期有一种解读把阿伽门农的角色视为单纯"有缺陷的君王"，因为他与英雄起了冲突，变成了"古风时期的政治不恰当"(斯坦利 1993，295)。把阿伽门农视作一个更复杂人物的观点，见格里芬 1980，70-73。

② 阿伦特 1972，143。[译按]中文见《共和的危机》，郑辟瑞译，上海人民出版社，2013，页 107。

而行动并不野蛮的地方,在言词不是用来掩盖目的而是用来揭露事实、行动不是用来破坏和毁灭而是用来建立关系和创造新现实的地方,权力才得以实现”。欺骗和暴力通过否定权力的条件——即人们一同行动和言说——来阻止权力的发展。相反,欺诈和暴力为孤立提供了有利的环境,要么让人们变得虚弱和被动,要么让他们“自足和避世”。[①] 我们在卡尔卡斯身上看到了前者,在阿喀琉斯身上看到了后者。

第9卷的开头,阿开奥斯人无论多绝望,似乎也试图去探索如何恢复权力,即使权威从未受到质疑。狄奥墨得斯把阿伽门农的权威和权力区分开来,就很有说服力,正如涅斯托尔试图解释的那样,要维系强大的追随者,就需要领导人纳谏。正如涅斯托尔所说:

> [92]你是大军的统帅,宙斯把权杖和习惯法赐给你,使你能够为你的人民出谋划策。你应当比别人更能发言,听取意见,使别人心里叫他说的于我们有益(agathon)的话成为事实。(9.100-102)

涅斯托尔巧妙地试图平衡阿伽门农所称比阿喀琉斯更强大(pherteros)的话,如此自诩卓越,对于希腊社会、对于共同体的善好(agathon)来说,可谓至关重要。但是隐藏在这一平衡行为之下的,是对阿伽门农所理解的权威的巨大挑战。涅斯托尔说,阿伽门农作为君王,不仅应听听其他人的意见,还要促成(krêênai)这些不同观点的表达(1.100-101)。涅斯托尔在一个重要意义上重提了阿喀琉斯的观点,认为有效领导的标准不是让无足轻重者沉默,

---

① 阿伦特 1958,203。[译按]中文见《人的境况》,王寅丽译,上海人民出版社,2017,页159。

而是积极吸引不同甚至相反的观点。涅斯托尔告诉阿伽门农，苟能如是，则“一切都会是你的”(9.102)。如学者们所认为的那样，这里提出的观点是:权威依靠权力。但这是一种权力观，即权力起源于其他人的参与而构成的政治空间。如有暴力或欺骗闯进来，这个公共空间就受到威胁了，因为它要么导致以暴易暴，要么导致沉默退出。我现在要转而讨论的，正是以阿喀琉斯的反应为典范的那种退出的本质。

第四章　自　足

[93]*Φοῖνιξ, ἄττα γεραιέ, διοτρεφές, οὔ τί με ταύτης χρεὼ τιμῆς*

福尼克斯(Phoenix),老父亲,宙斯养育的人,我不要这种尊重。

——9.607—608

在上一章,我们看到阿伽门农用武力代替权力,何以突然引发了一场更普遍的危机,有导致政治领域碎裂的危险。阿喀琉斯的反应不单单是对阿伽门农的愤怒,也是对阿开奥斯人的普遍失望——他们在阿伽门农拿走阿喀琉斯的战利品时竟然保持沉默。在本章,我将考察阿喀琉斯退出战场后,他与阿开奥斯社会之间的关系。学者们在解释这一关系时,常常认为阿喀琉斯要么进入了某个文化之外的半神世界,[①]要么从未真正离开,并一直支持着阿开奥斯人的基本价值观。[②] 这些选择的问题在于,他们要么仍把阿喀琉斯视作还在

---

① 见沙因 1984,109;拜厄(Beye)1993,116;J. 怀特 1984,51;A. 帕里 1956;雷德菲尔德 1994,93;纳格勒 1974,157-158;阿瑞提(Arieti)16。

② 见弗里德里希(Friedrich)和雷德菲尔德 1978,285;克劳斯(Claus)1975,17 和唐兰 1993,171。

维护阿开奥斯勇士文化的某个部分，即使他拒绝参与到这种文化中来，要么认为阿喀琉斯反对阿开奥斯文化并进入了某种非文化也非尘世的国度，即使他继续在尘世中占有一席之地并与他人互动。

[94]然而，我们可以从阿喀琉斯的话语中辨识出，他与阿开奥斯人之间存在着更模糊的关系，这种关系要求阿喀琉斯既不进入神明的国度，也不遵守勇士的惯例。阿喀琉斯的大喊大叫就部分表达了这种模糊性，他惊呼阿伽门农对待他就像他是"不受人尊重的 metanastên [流浪汉]"，从而给他带来了耻辱(asuphêlon，9.648，以及 16.59)。Metanastês 一词很难翻译。它的词根是动词 naiô，即"居住"或"栖息"，而 meta 在这里意为"在……之中"。[①] 该词既表达了一种过渡的性质，即某人更换了他或她的住所，也表达了一种更稳定的性质，即某人(更换了住所之后)现在和其他人生活在一起。[②] 阿瑞提(Arieti)把这个词翻译成"异族"(alien)，但接着又说阿喀琉斯"来自神明的国度；他在人类世界就是个异类"。[③] 然而，这个解读让我们失去了这个词的社会政治语境的踪迹，这方面的含义才与阿喀琉斯的祈求高度一致。拉铁摩尔把这个词翻译成"流浪汉"(vagabond)，虽然这个词在当代有贫困潦倒的内涵，但也许不太适合阿喀琉斯的情况。海恩斯沃思(Hainsworth)认为阿喀琉斯是在把自己称作"'难民'，不得不为生计乞讨，忍受那些幸运儿的辱骂"。[④] 格什尼策(Gschnitzer)表露了翻译的困难，他创造了一个词 Mitwohner 来捕获这样的感觉：一个人生活在共同体中，却无法彻底成为这个共同体的一部分。[⑤]

---

① 见韦斯特 1966，274、276 和格什尼策 1981，162。

② 这个词的各种形式与改变住所有关，也出现在赫西俄德《神谱》401 和希罗多德《原史》(*Historia*)7.161。

③ 阿瑞提 1986，23–24。英雄往往是神的儿子。比如萨尔佩冬是宙斯的儿子，这在许多人看来是英雄符号最清晰的表达(12.310–328)。

④ 海恩斯沃思 1985，144。

⑤ 格什尼策 1981，29，162。

我跟格什尼策一样，把 metanastês 翻译成“移民”或“外来者”之类的词，指的是生活在其他人中间却得不到那个共同体保护的外邦人。亚里士多德在引用这一节时，注意到 metanastês 被排除在城邦的公民特权之外。① 这个词在词源上与后来的一个词 metoikos（即外来定居者）相关，也与雅典的专用词汇 metic 相关，指那种虽然纳税却不享受公民权利的外邦人。

[95]我们无法重建 metanastês 一词在公元前八世纪或前七世纪的听众中的可能含义。当时既没有像亚里士多德所认为的那样有发达的公民观念，也没有专门词汇来表示“入籍”和“除籍”。但是把 metanastês 作为一个不受共同体保护的外来者，这种观念符合考古遗迹和史诗典故。考古证据表明，希腊世界是一个流动的世界，战争、殖民化、贸易和商业扩张都是其标志。许多原因都会导致移民，包括躲避侵略者，逃避自己罪行的惩罚，或寻求经济机会。② 涅斯托尔提到了一个被赶出家园而被迫流浪的人：

> 在自己的人中挑起可怕的战斗的人，是一个没有族盟籍贯、没有炉灶（anestios）、不守法律的人。（9.63-64）

福尼克斯睡了他父亲的侍妾后，不得不逃走。《奥德赛》指的既是不请自来、到处流浪的乞丐（ptôchoi），也指 demiourgoi，即手艺人和工匠，他们从一个城镇到另一个城镇，兜售自己的手艺（《奥德赛》17.382-387）。虽然乞讨和贫困可能是这个外来者的后果，但更重要的是 metanastês 在共同体中没有地位。赫菲斯托斯虽

---

① 亚里士多德《政治学》1278a37。

② 弥若克斯（Mireaux）1959，241-242，257。又见斯塔尔 1982，430；奥斯汀和维达尔-纳盖 1977，2-3 章；斯诺德格拉斯 1980；和拉弗劳卜 1997b，636-637。斯塔尔提出了希腊世界流动性的一些迹象，他指出我们知道的雅典的制陶匠人、黑色人物和红色人物瓶绘艺人中至少一半人有外国名字（1982，430）。

然既在众神之列，又是众神的工匠，却“既被嫉妒和钦佩，同时又被嘲笑”。① 佩琉斯收留了福尼克斯，并恢复了他在共同体里的社会地位和政治地位后，福尼克斯的流浪就结束了（9.447–484）。

阿喀琉斯的战利品被夺走之后，就认为自己没有被当作勇士看待，因为他的英雄行为本来应该得到切实的社会奖赏作为回报，却被当作外来者一样，虽努力劳作，却丝毫不能保护自己不受欺骗。阿喀琉斯把自己刻画成是在为阿伽门农努力“劳作”（mogêsa），这虽然太不具有英雄气，却透露了实情，因为他现在看到自己的报酬被剥夺了（1.161–162）。阿喀琉斯甚至认为这个不平等的关系[96]还在继续。他宣称参加了所有坚苦的战斗，“但是当分配战利品时”，阿伽门农“所获却要多得多，我打得那样筋疲力尽，却只带着一点小东西回到船上，然而珍爱无比”（1.166–168）。阿喀琉斯使用的“却只带着一点小东西，然而珍爱无比（oligon te philon te）”出现在《奥德赛》的乞讨语境中（见《奥德赛》6.208 和 14.58）。②

阿喀琉斯的观点似乎很清楚：他没有得到一位勇士应得的社会奖赏；相反，他被当作一个必须劳作却不受保护的人，或者在他更夸张的状态下，被当作必须乞讨的人。对他来说，退出战斗似乎是避开“羞辱”（asuphêlon）的唯一选择：他再也不会因分到残羹剩饭而痛苦了（9.647）。阿喀琉斯对（阿伽门农）破坏规矩的回应，就是拒绝参加社会活动。但他没有返回皮提亚（Phthia）。相反，他闲在家和战场之间，进入了特纳所描绘的“阈限”领域，即字面上的“阈界”（limen），介于社会活动的常规模式之间。③ 阿喀琉斯并不反社会，

---

① 拉弗劳卜 1997b，636。又见芬利 1978，72–73。

② 阿喀琉斯使用“奴隶和乡下人的修辞”也体现在他把自己比作为幼鸟提供食物而自己却什么也没有得到的母鸟。见 A. 爱德华兹 1993，69。[译按]《伊利亚特》此处罗念生和王焕生译作“小东西……却属于我”，陈中梅译作“珍爱，丁点的所得”。王焕生把此处所引《奥德赛》分别译作“礼物虽小见心意”和“微薄却可贵”。

③ 特纳 1974，39。

他和其他人还有关联。但是这些关系似乎不再受社会秩序原则的支配。① 相反,阿喀琉斯说出了一种自治或自足的观念,他用这种观念来界定自己的幸福,这种幸福与勇士社会的调解结构无关。② 阿喀琉斯的言论不仅仅表示自己拒绝被虐待,还有更深的含义:社会惯例和禁令并不会有意把我们与其他人绑在一起。

阿喀琉斯与自足的主张

阿喀琉斯退出战场后,我们在第9卷中再次看到他,那时奥德修斯、埃阿斯和福尼克斯组成使团来拜访他。阿喀琉斯待在自己的船边,虽远离、却还能看到[97]阿开奥斯人的营帐,他弹着里拉琴,"歌唱人们的名声"来"愉悦自己的心灵"(9.185-189)。动词"愉悦"来自terpô,其他几个场景也用过这个词。这个词后来用于形容帕特罗克洛斯如何关心受伤的欧律皮洛斯(Eurypylos):帕特罗克洛斯"一面说话欢悦(eterpe)心灵,一面把草药敷上他那沉重的伤口,把伤痛消减"(15.393-394)。阿喀琉斯的几位战友在帕特罗克洛斯死后,试图安慰悲伤的阿喀琉斯,却没有成功,这里"愉悦"再次与"安慰"一同出现(19.313)。这个词也能指"得到满足",常出现在哀悼的语境中。因此,阿喀琉斯说"等我们举哀之后心灵得到慰藉(tetarpômestha gooio),再把辕马卸下,一起在这里用餐"(23.10-11)。

Terpô与哀悼和安慰的关联,表明阿喀琉斯通过歌唱"愉悦"自己的心灵,与上一次我们看到阿喀琉斯的情形有着连续性——他在第1卷中"流泪,悲伤地坐着,远远地离开他的伴侣"(1.349)。阿喀琉斯的歌唱似乎并非如惠特曼所说,是开始"寻找自我的尊严和意

---

① 见特纳1974,23-59,231-271,和1988,33-71。

② 关于自治是一种生活方式,见道格拉斯1978,42-43;汤普森1982;维尔代夫斯基1987,3-21;汤普森、艾莉丝和维尔代夫斯基1990。

义”，而是他抚慰自己离开阿开奥斯社会所感到悲伤的一种手段。[①]有趣的是，这种安慰或疗伤并非来自他人，就像帕特罗克洛斯安慰欧律皮洛斯那样，也非发生在共同悼念的语境中，就像在帕特罗克洛斯的葬礼上那样。相反，阿喀琉斯在第9卷中是自我安慰，暗示了他并非那么孤立（在这个场景中他毕竟和帕特罗克洛斯在一起），因为他不再融入这个能提供如此支持的共同纽带。阿喀琉斯必须靠自己从悲伤中恢复过来。

阿喀琉斯对使团的回应，不仅仅是自我安慰，似乎还让自己远离了评价标准。使团一开始诉诸阿喀琉斯的自尊感，以便通过送礼来恢复他的荣誉，[98]还诉诸他的荣耀感，好让他在需要时挽救阿开奥斯人。如福尼克斯所说，如果阿喀琉斯接受了礼物，“阿开奥斯人会敬你如天神”(9.603)。物质上的承认对于共同体来说十分重要，而这种重要性在福尼克斯的总结中得到了强化，福尼克斯说，如果阿喀琉斯不接受礼物，那么即使他回到战场，“尽管你制止了战斗，也不会受到尊敬”(9.605)。

阿喀琉斯本来早就同意福尼克斯以前的观点：英雄生活的意义由接受荣誉和承诺荣耀来界定。但现在，“我不需要这种尊重”(9.607-608)。实际上，他“已在宙斯的法令中得到了尊敬”，这就意味着他的荣誉不再通过社会结构来调解。这些价值尺度对阿喀琉斯来说不再有效，因为这些价值尺度已不再为人所信。[②] 如果缺少了魅力(charis)，即便共同体（以物质承认的形式）感激勇士们冒着生命危险奋战沙场(9.316-317)，但战场上的厮杀现在看上去不过是受苦受难而已。就像母鸟为她的孩子们“带来可吃的东西”，“但是对她自己来说却是不幸”(kakôs，9.323-324)，因此，

---

① 惠特曼1958，193。

② 又见冯雷敦1995，21，他认为，“既然阿喀琉斯失去了对他的英勇的奖赏，那他就失去了对人类社会的信念，认为在某人丢掉性命之前就应该对他冒着生命危险行动给予报酬”。

阿喀琉斯断定,"我心里遭受很大的痛苦(algea),舍命作战,对我却没有一点好处"(9.321-322)。

不仅是阿喀琉斯"舍命作战"没有得到一点好处,而且是本来就不可能得到任何好处。其实他早就知道,自己如在特洛亚战斗中死去,也就不再拥有那种与接受不朽荣誉相联系的价值感,因为死亡最终会降临到他身上。当阿喀琉斯说"命运(moira)对退缩的人和对拼死战斗的人都一样"(isê,9.318),他这番话字面上与赫克托尔先前所说的并没有实质性的区别:"人一生下来,不论是懦夫还是勇士,我认为,都逃不过他的注定的(命运)"(6.488-489)。阿喀琉斯与其他勇士的显著区别,在于他如何去界定死亡的意义。人死不能复生,[99]不像任何可以授予个人的物质奖赏。财产有得有失。但是"人的灵魂一旦通过牙齿的樊篱,就再夺不回来,再也赢不到手"(9.408-409)。阿喀琉斯感叹道,"死亡对不勤劳的人和非常勤劳的人一视同仁"(9.320),这句话阐述了生命如何由死亡来定义,而非生命通过展示豪言壮语和伟大事迹来定义死亡。阿喀琉斯明白,自己的生命被两种命运引向死亡的终点(thanatoio telosde,9.411)。他既可以战斗,在那里死亡会迅速降临,但赢得不朽的名声(kleos aphthiton,9.413),也可以返回家园,"我性命却长久(dêron),死亡的终点不会很快来到我这里"(oude ke m' ôka telos thanatoio kicheiê,9.415-416)。① 当阿喀琉斯用终有一死来定义他生命的价值(antaxion)时(9.401),无论共同体能给什么,都不会让他满足了。

使团诉诸阿喀琉斯的价值感,不仅是为了恢复他的荣誉和荣耀,还为了指出:无论是像他那样的人,抑或是一位英雄,都不能有那样无情的(nêlees)心(9.496-497)。也就是说,使团把阿喀琉斯

① 见赞克,他认为阿喀琉斯把"死亡"的意义从命运缩小到了纯粹的死亡(1996,81)。

的理想形象，即一个对战友们充满同情的人，和他的行为作了比较。这种呼吁由两个部分组成。首先，奥德修斯问道，即使阿喀琉斯仍憎恨阿伽门农和他的礼物，“你也该怜悯(eleaire)其他的阿开奥斯人，他们在军中很疲惫”(9.301-302)。奥德修斯的区分指出了后来亚里士多德所描述的怜悯运作的一个方面：看到痛苦降临到不应得(anaxiou)的人头上，怜悯就产生了。① 在这个例子中，奥德修斯的道理在于，即使阿伽门农罪有应得，但其他阿开奥斯人却不是这样。其次，奥德修斯试图让阿喀琉斯卷入其他人的痛苦中。他告诉阿喀琉斯，“你日后会感到非常苦恼(achos)，祸害(kakou)造成，找不到挽救的方法”(9.249-250)。[100]这里的意思用亚里士多德的话说就是，当怜悯者期望灾祸会降临到自己或朋友的头上时，怜悯就起作用了，②怜悯建立在痛苦的某种脆弱性上。使团诉诸怜悯，这应该不会让我们感到惊讶，因为如赞克(Zanker)所证明的，怜悯在勇士社会起到了“合作行为”的动机的作用。赞克认为，诉诸怜悯之所以未能奏效，是因为阿喀琉斯被赶回“感情的冲动”上了。③ 这种说法太普遍，因为无论是阿喀琉斯在第9卷拒绝诉诸怜悯，还是他后来在第24卷中对普里阿摩斯诉诸怜悯作出的积极响应，情感都起了作用。问题是为什么同样的吁求会导致两种不同的冲动。我认为，答案就在于：阿喀琉斯如何看待自己的尊严在这些遭遇中竟然岌岌可危。

阿伽门农抢走布里塞伊斯后，阿喀琉斯认为自己被当成了缺乏重要性或价值的人。这种轻视(oligôria)一下子变成痛苦，最终表现为愤怒。④ 愤怒变成了对这场轻视过程中那些相关人员的报

---

① 亚里士多德《修辞术》2.8.2。康斯坦1999对我思考关于同情的表达很有帮助。

② 亚里士多德《修辞术》2.8.2。

③ 赞克1996，23，92。

④ 亚里士多德《修辞术》2.2.3。关于阿喀琉斯的愤怒的陈述，见1.192，1.224，9.260-261，9.299和9.646。

复欲望。因此,阿喀琉斯试图通过羞辱带来痛苦的那些人来恢复自己的价值。他的愤怒最直接地指向了阿伽门农。但是他渴望用所有阿开奥斯人来帮自己向阿伽门农复仇,因为他认为,其他勇士也应该为他们允许阿伽门农收回战利品而受到谴责(见 1. 126 和 16. 17-18)。阿喀琉斯在离开营地时对阿伽门农发誓说,

> 总有一天阿开奥斯儿子们会怀念(pothê)阿喀琉斯,那时候许多人死亡,被杀人的赫克托尔杀死,你会悲伤(achnumenos)无力救他们;悔不该不尊重阿开奥斯人中最英勇的人,你会在恼怒中咬伤自己胸中一颗忧郁的(chôomenos)心灵。(1. 240-244)

战友的牺牲所带来的痛苦往往能引发怜悯,会成为一种动力,让另一位武士更加奋力战斗,赢得更多荣誉(见 5. 561,5. 610,13. 346,17. 352),而在阿喀琉斯的例子中,他的战友们因为他没有参加战斗而遭受的苦难,[101]只是提高了他的荣誉感。然而,这种荣誉来自宙斯,宙斯保证阿喀琉斯复仇的誓言得以实现(9. 608)。

诉诸怜悯之所以也未能奏效,是因为阿喀琉斯不再认为自己容易受苦,就在于他不再把自己的价值依附在为他人而死之上。相反,他退出战斗,恰恰就是为了远离那种吃力不讨好的痛苦,而他以前就对此深有体会。在这个领域,他开始明确自己生命的可能性,即无论是返回家园,回到父亲身边,度过漫长的一生,还是获得荣耀,英年早逝,都不受他人行动的影响。阿喀琉斯回答埃阿斯说,“我再也不会想(medêsomai)血腥的战斗”,除非特洛亚人杀到跟前,放火烧毁阿开奥斯人的船只(9. 650-653)。如他所说,他自己的船依旧会安然无恙(9. 654-655)。阿喀琉斯在这种孤独的状态下,把自己生命的幸福界定为他能让人遭受痛苦,而同时却不会反过来遭受痛苦。

阿喀琉斯关于自治的言论——即他不通过阿开奥斯社会的调

解结构来界定自己的价值——出现在他评价社会关系之时。使团刚到时，阿喀琉斯迎接了他们，他大声说道“欢迎，你们前来，是朋友(philoi)，正好非常想念你们”(9.197)。[①] 在第9卷中，他用一种似乎很传统的方式好吃好喝地招待客人。阿喀琉斯招呼帕特罗克洛斯开始准备，“因为这些来到我屋子里的人，是我最亲爱的朋友”(philtatoi，9.204)。如本维尼斯特(Benveniste)所指出的，友谊，或曰 philos[朋友]，与“复杂的联合网络有联系，其中一些与好客的制度有关，另外一些与这家人的家风有关，还有一些与情感行为有关”。[②] 古代社会的友谊情感包含一个共同的要素，与对某一特定群体的成员身份意识和相应的责任感相关。

但是，阿喀琉斯想把友谊的情感与阿开奥斯社会的调解结构分割分开。这可以从[102]奥德修斯发言结束后，阿喀琉斯的情绪变化中看出来。奥德修斯历数了阿伽门农赠送的礼物之后，阿喀琉斯(用呼格)把他称为 polumêchane[足智多谋的]，这是奥德修斯的绰号，尤其指善于谋划(9.308)。阿喀琉斯声明他厌恶“有人把事情藏心里，嘴里说另一件事情”(9.312-313)。他不仅早在一开始回答的时候就说了自己不会被说服，而且他在谈论布里塞伊斯时，明确表示他意识到阿伽门农的劝说和欺骗之间的联系：“他已经从我手里夺去(heileto)礼物欺骗(apatêse)我，他别想劝诱了解他的人，他劝(peisei)不动我。”(9.344-345)阿伽门农赠他礼物，尤其是礼物中还有阿伽门农的女儿(欲嫁给阿喀琉斯)，则只会增强阿喀琉斯的感觉：他回去之后仍然会被当作 metanastên[流浪汉]。正如唐兰所说，这个礼物是“一种下嫁(marrying-up)的形式，向来是为流浪的探险者和贫穷的追求者准备的”。[③] 作为一位

---

① 我把 chreô 翻译成“想”。
② 本维尼斯特 1973，288。
③ 唐兰 1993，165。

来访的朋友，奥德修斯是受欢迎的；然而，因为他与阿伽门农有关，就变得有欺骗性了。

同样，阿喀琉斯试图确认与福尼克斯的亲密关系没有被社会角色玷污。福尼克斯和其他人恳求阿喀琉斯接受阿伽门农的礼物并返回战场，但是阿喀琉斯拒绝了，反而要求福尼克斯留宿。阿喀琉斯两次限定了这个要求：他先是指出，福尼克斯所作的任何决定都应该是他“愿意”(ethelêisin)的，然后总结道，“但是我不会用武力(anagkêi)来引导(axô)他”(9.429)。斯坦利挑出这个对阿喀琉斯来说看似矛盾的立场，认为这段话表明阿喀琉斯没有能力把这种对内在价值而非外在价值的“新理解”，“解释为要么与情感要么与理智相一致”。[①] 阿瑞提认为，这段话也指向了阿喀琉斯思想的转变，[103]因为转向了一种新的 logos：强调意志而非社会荣誉。[②] 我这里的要点是，阿喀琉斯的话语与他的立场完全一致。然而，这种一致性并非在于阿喀琉斯表达了一种内在性的新意志观念，而是来自阿喀琉斯不愿把自己束缚在其他人身上。我们在这段话中，看到的是他在回忆和拒绝以阿伽门农为例的那种以武力为前提的领导观念。这段话中的“但是我不会用武力(anagkêi)来引导(axô)他”，让人想起了作为领袖的阿伽门农用武力拿走了阿喀琉斯的战利品。因此，阿喀琉斯在这段话末尾说的不是福尼克斯的意志，而表达的是亲密的人自发的聚会。

有人认为，福尼克斯没有理解阿喀琉斯的想法，甚至认为福尼克斯因为回忆了墨勒阿格罗斯(Meleager)的故事，而在不经意间给阿喀琉斯火上浇油。[③] 但福尼克斯所言，本意是要回应阿喀琉

① 斯坦利 1993，116。

② 阿瑞提 1986，16。

③ 惠特曼 1958，191。我一直不理解为什么荷马要写一段对话，双方都互不理解。尽管双方存在深刻的分歧，但对每一方在谈话中提到的价值至少有可能得到那么一点点理解，似乎也会更让人满意得多。

斯的自足主张。阿喀琉斯试图让自己远离强制性的社会关系，最后说如果福尼克斯愿意，就可以留下来（9.429），但福尼克斯马上提醒阿喀琉斯：他们与社会有着密不可分的联系。福尼克斯养育了阿喀琉斯，把他带大，教育他成为一个“言而有信、言出必行的人”（9.443）。在福尼克斯看来，阿喀琉斯不能退出阿开奥斯社会，除非他在某种程度上拒绝那些造就了他的东西。福尼克斯的论点相当尖锐：“我把你养育成这样子”（9.484）。对福尼克斯来说，其重要性在于，有一种不可能割断的纽带，一种对双方都有一定义务的纽带。因此，从阿喀琉斯的角度来看，福尼克斯是否决定留下跟他在一起，完全出于自愿；但对福尼克斯来说，根本没有这样的选择。既然他们之间有这一纽带，福尼克斯说他“不会愿意/留下”，哪怕能重返青春（9.444-445）。

[104]福尼克斯推进了这个话题后，阿喀琉斯回应说：“请不要哭泣悲伤，扰乱我的心灵，讨那个战士、阿特柔斯的儿子喜欢”（9.612-613）。虽然一直有人认为这句话揭露了阿喀琉斯在面对自己的处境时感到十分困惑，①但这实际上说明阿喀琉斯把亲密的友谊从阿卡奥斯社会联系中分离了出来。阿喀琉斯不喜欢福尼克斯利用他们之间的爱，也就是把这种爱与阿喀琉斯接受阿伽门农的礼物捆绑在一起。在这一点上，阿喀琉斯划了一条线，“你不该珍爱（phileein）他，免得令珍爱（phileonti）你的我憎恨你”（9.613-614）。阿喀琉斯爱福尼克斯，但这种爱一旦与阿开奥斯社会联系起来，就岌岌可危了。

阿喀琉斯谈论布里塞伊斯的言论，也表达了他要与阿开奥斯的价值规范保持这种疏远的关系。只是还有一个问题。如果说他不再看重布里塞伊斯，这就等于否认了他愤怒的原因。但如果继续看重布里塞伊斯，他就是在冒险卷入现在拒绝的那种交换关系。

---

① 见阿瑞提 1986，17-18 和拜厄 1993，137。

布里塞伊斯最初是一件战利品，阿喀琉斯把战利品看作社会的奖赏。他与布里塞伊斯最初的关系完全由社会习俗所界定。当阿喀琉斯解释说他现在“从心底”爱着布里塞伊斯，他小心地把这一新的和更亲密的关系，与他对她最初的评价区分开来，并总结道“虽然是我的长矛赢得了她”(9.343)。

我选择布里塞伊斯的故事，是因为有些学者常常用它来归纳阿喀琉斯的品质，但这些品质却更多地来自20世纪的形而上学传统，而不是来自他的性格。例如，惠特曼将阿喀琉斯对待布里塞伊斯的态度，置于一个更大的框架之中，即阿喀琉斯是在寻求并发现了一个根本的和绝对的内在尊严。惠特曼认为，阿喀琉斯对布里塞伊斯的爱就是一个很好的例子，可表明“绝对主张另一个人的重要性”。[①] 然而，这一主张似乎超出了文本证据的范围。阿喀琉斯对布里塞伊斯的性格只字未提；他仅仅区分了[105]他对她评价的不同基础。此前她是被人用强迫手段赢得的战利品；现在他真的爱上了她，哪怕她是被人用强迫手段赢得的。

惠特曼把关于布里塞伊斯的言论放在阿喀琉斯成长的早期，那时阿喀琉斯只是凭借直觉而没有意识到自己在寻求尊严，而萨克森豪斯(Arlene Saxonhouse)则认为，阿喀琉斯关于布里塞伊斯的言论产生于他对自己所处的“所有凡人共同体”已有成熟的认识。这个共同体观念似乎有两个组成部分：对“所有人在死亡面前基本平等”的认识，以及“超越阿开奥斯共同体去怜悯所有人”的转变。[②] 也就是说，阿喀琉斯进入了一个以平等和怜悯为前提的超越而普遍的共同体。但是阿喀琉斯所宣扬的这种平等观念，是一种剥离了社会巧诈的个人平等：两者相似但并非必然相关。这就是为什么阿喀琉斯能够眼睁睁看着他的战友被特洛亚人屠杀，这

---

① 惠特曼 1958，187。

② 萨克森豪斯 1988，36，34-35。

在一个怜悯全人类的人看来，简直是无法想象的行为。此外，他对阿开奥斯人的建议不是去缔造新的纽带，而是继续拒绝社会巧诈："起航，回家"(9.417-418)，退出严酷的战场，放弃英雄般的死亡。

作为过渡器具的盾牌

在社会戏剧的语境中，阿喀琉斯对使团的回应，为共同体生活的组织性提供了一个截然不同的声音。以前，阿喀琉斯认为自己通过相互的义务体系而与其他勇士绑在一起，在这种体系中，人们能在战斗中因努力而获得荣誉和荣耀。阿喀琉斯感知这个体系崩溃后，更多地把自己视作外来者，虽努力劳作，却没有奖赏。阿喀琉斯拒绝遭受这种耻辱，他退出了战斗，拒绝与其他人绑在一起。虽然《伊利亚特》的前半部分为[106]阿喀琉斯的异议提供了令人信服的论证，但荷马则同样迅速地改变了我们的立场，让我们质疑自己一直都如此热情支持的观点。荷马引入自治的声音后，就隐没了，暴露了这种(自治)主张的不足和痛苦的后果。①

亚里士多德在他的《政治学》中，也对《伊利亚特》中的文化隐喻提出了这样的解释。亚里士多德认为人类天生就是政治动物，他引用涅斯托尔的话说，一个人"如果出于本性而非出于偶然的原因不归属于城邦，那么，他不是毫无价值，就是比凡人更为强大；他就像'没有部族、没有法律、没有灶台的人'，被荷马谴责为——这个天生的流浪者同时就是好战者"。② 虽然人类的 logos[逻各斯]能力已臻完美，是"最好的动物"，但是城邦之外的个体"是最坏的人"，能做出"最不神圣、最野蛮"的行为。其原因与我们对阿喀琉

① 这一观点的不足与整部《伊利亚特》中的一系列陈述一致。见 4.32，13.729 和 22.670。

② [译按]《政治学》中的这段名言，现有的中译本似乎都不大准确。此处《伊利亚特》的译文也与现有中译本差异较大。

斯的讨论直接相关。当个人的情感不再因社会习俗而变得温和，当“与法律和正义分离”时，这种极端的野蛮就会发生，阿喀琉斯在为帕特罗克洛斯之死报仇时就屈服于这种极端野蛮。在亚里士多德看来，正义是“人在城邦中的纽带”，“正义的施行，即决定什么是正义的，就是政治社会的秩序原则”。① 从这个角度看，阿喀琉斯的矛盾之处(paradox)在于，他试图把自己从施行正义的领域中分离出来，以矫正对自己造成的不公。阿喀琉斯与强制的社会结构的分离，最终导致了一个混乱的领域，其标志就是无边的愤怒。

因此，亚里士多德从文化的角度把阿喀琉斯的主张视为置于神样的地位。阿喀琉斯能够提出这些主张，并非因为它们是真的或是应得的，而是因为从他的自足立场来看，他能够要求的东西，无论是惯例还是规范，都没有文化上的限制。同样，他的行动也没有文化上的限制：他的残酷没有边际，他的愤怒[107]居然让他真正挑战诸神，他拒绝与赫克托尔起誓，他随时都会像野兽一样渴望吃生肉，他甚至似乎忘记了历史悠久的风俗去埋葬帕特罗克洛斯。亚里士多德说，“因为自足”(autarkeian)而立于法律和正义之外的个人，“要么是野兽，要么是神”，他这个说法适用于自足的阿喀琉斯，因为后者表现得既像野兽又像神。②

学者们在总结最后几卷的含义时，大多受到亚里士多德的指引，试图重申阿开奥斯的社会规范，即使阿喀琉斯并没有完美地重新整合它。③ 例如，耶格尔(Werner Jaeger)把《伊利亚特》视为早期希腊贵族的一种paideia[教化]形式，其中“行为的高贵”与“心灵的高贵”是“统一”的。惠特曼认为，在史诗终结时，阿喀琉斯已经走向了“与他的人类伙伴们的真正交流”。雷德菲尔德认为《伊

---

① 亚里士多德《政治学》1253a3-7，1253a32-34，1253a38-40。

② 亚里士多德《政治学》1253a29。

③ 对用亚里士多德的方法解读《伊利亚特》的批评，见罗斯1992，46-52。

利亚特》形式上起到了净化仪式的作用，重申了阿开奥斯人的文化，即使在普里阿摩斯和阿喀琉斯的会面中，文化也被“制伏”了。萨克森豪斯认为，阿喀琉斯回归共同体，是因为他已经学会了节制的德性。①

在第19卷阿喀琉斯和阿伽门农会面时，我们确实看到这场冲突公开结束了，因为阿喀琉斯（19.56-73）和阿伽门农都道歉了（19.78-144），阿伽门农提供了礼物作为补偿（19.138-144），并发誓从未睡过布里塞伊斯（19.258-265）。② 帕特罗克洛斯死后，阿喀琉斯无法待在这个阈限的世界里。但是，在社会戏剧语境中，阿喀琉斯的阈限性也很重要，用特纳的话说，就在于这种阈限性能够让社会“认识自身”。阿喀琉斯的阈限性不仅与阿开奥斯的规范形成对比，还将这些规范置于更大的宇宙背景中。如特纳所说，阈限提供了一种可能性，可以获得一种“近似整全的视野——而不论这种视野多么有限，来看待人在宇宙中的地位，看待他与其他阶级的关系，以及他与可见的和不可见存在者的关系”。③

[108]在这个语境中，我们可以开始对阿喀琉斯之盾提出一种解释，这面盾牌是赫菲斯托斯在阿喀琉斯重返战场时为他打造的。常常让评论家感到困惑的是，盾牌所描绘的一个平衡而稳定的公共存在景象，与阿喀琉斯私人性的愈发不稳定的愤怒相比，明显是分裂的。学者们强调了盾牌的不同方面，以调和这些看似不相干的叙事时刻，而学者们的策略常常是把盾牌从叙事行动中抽象出来。例如，惠特曼认为“盾牌的意图就是奇观。这是宇宙多样性的奇迹聚焦于形式的统一和秩序之上，以此作为统一化的英雄意志

---

① 耶格尔 1967，8；惠特曼 1958，218；雷德菲尔德 1994，218；见萨克森豪斯 1988，40-44。

② 见哈夫洛克 1978，131-133。

③ 特纳 1974，240。

之恰当装饰”。惠特曼认为,《伊利亚特》全诗收尾时,阿喀琉斯“终于彻底实现了史诗的经典含义——激情、秩序以及世界如其所是的不变必然性”。① 在莎德瓦尔德(Schadewaldt)看来,这面盾牌是荷马诗歌想象的杰作,是史诗将世界描绘成由其对立面或反面(Gegensatz)的原则来规整的隐喻:白天和黑夜,大地和海洋,老迈和年轻,神明和凡人,语言和行动,生命和死亡。② 阿喀琉斯决定为帕特罗克洛斯之死复仇并接受自己的死亡时,就获得了这面盾牌上錾刻的这种“包罗万象的整体”(allumfassenden Ganzen)的眼光。③ 莱因哈特(Reinhardt)更抽象地把这面盾牌看作永恒而难以名状的“对生命延续性的一瞥”(zum Blick auf die Kontinuität des Lebens),将听众带离了线性的事件之流。④ 在艾特奇提(Atchity)看来,这面盾牌呈现出“一种理想化”的形象,其中,“过去、现在和未来变得无法区分”。⑤ 沙因则认为,这面盾为战争和阿喀琉斯

---

① 惠特曼 1958,206。耶格尔认为盾牌上的张弛节奏在于揭露“人与自然深层的和谐感”,在这种和谐感之中,生命被视为“受普遍法则控制”(1967,50-51)。

② 莎德瓦尔德 1959,357,363,369。莎德瓦尔德写道:Der Schild des Achilleus ist nicht in einer wirklichen Werkstatt, sondern der Gedankenwerkstatt Homers entstanden(“阿喀琉斯之盾并非出自某个真正的作坊,而是出自荷马的思想作坊”,357)。虽然海德格尔(Heidegger)没有讨论阿喀琉斯之盾,但他似乎给这个艺术观念以哲学的表达。他拒绝艺术就是再现的观念(1971b,37)。相反,他认为艺术“在自身周围聚集了”存在的关系:“诞生与死亡、灾祸与福祉、胜利与耻辱、忍耐与堕落为人类获得了命运的形态”(1971b,42)。[译按]中文见《艺术作品的本源》,收于《林中路》,孙周兴译,上海译文出版社,2008,页 24。

③ 莎德瓦尔德 1959,363。莎德瓦尔德写道:Mit seinem Entschluß, den toten Freund an Hektor zu rächen, hat Achilleus sich selbst zum Tod entschieden, und der Tod steht ihm von nun an zur Seite。In diesem Augenblick gibt der Gott ihm seinen Schild in die Hand, dessen Wahrzeichen das Leben selber ist(决定为了死去的朋友向赫克托尔复仇之后,阿喀琉斯就把自己交给了死亡,从现在开始死亡就站在他身边。在这一刻,神把盾这一生命的象征交到了他手中,1959,371)。又见塔普林 1980。

④ 莱因哈特 1961,405。

⑤ 艾特奇提 1978,175。艾特奇提写道,盾是一个使诗歌的“视野范围”普遍化的“前哲学概念陈述”(1978,160 及 173)。

的行动提供了一个视野，这个“明显是普遍化的人类生活的艺术视角，让他们看起来不仅是英雄，而且是悲剧人物”。这面盾牌揭示了“人类生活的所有方面与那位带着这面盾牌进入战场的英雄身上那种超越性的然而却具有可悲局限的英雄主义之间的可怕差异”。[109]这面盾牌的作用就像史诗的剩余章节那样，在于把人类的苦难转变成观众惊叹的“崇高艺术”。①

我在这些进路中看到了相当深刻的洞见，我认同这面盾牌为听众提供了一个重要的视角。但是这个视角并非靠超越性的超然态度立即就能获得的，而是通过在观众和特洛亚之间建立一种叙事关系而获得。我认为，这面盾牌提供了一幅健康的共同体生活的美景，这幅美景的特点在于描述了“所是”，而不在于描述了“可能”。② 也就是说，这面盾牌将观众与特洛亚的过去联系起来了。这种联系有移情作用，因为（盾牌上的）场景概括性地描述了所有共同体皆有的活动。这种联系也是历史性的，因为那些场景让人想起了史诗中已经出现的特洛亚人的生活景象。这种联系还指向未来，这些景象虽然后来还出现在史诗中，却在那时随着特洛亚共同体行将毁灭而有所改变。因此，这面盾牌并没有游离于情节之外，而是作为过渡和转变的器具出现，因为它像阿喀琉斯一样，既进入了阿开奥斯的世界，也进入了观众的世界。这面盾确实令人反思和深思，不是因为它是一个超越性的契机，而是因为它的普遍性与史诗中的行动细节相关，并与之形成了张力。

这面盾作为过渡的器具，体现在两个方面。首先，这面盾牌是为阿喀琉斯制作的，因为他要重回战场替帕特罗克洛斯之死报仇。重要的是，这不是一个完全整合的时刻，而是一个过渡的时刻，因为阿喀琉斯继续远离阿开奥斯人，既不与他们混在一起（18. 215），

---

① 沙因 1984，141－142。又见 M. 爱德华兹 1987，284－285。

② 艾特奇提 1978，175。

也没有完全参与共同体的仪式。其次,这面盾牌上的场景的叙事结构就说明这是一个过渡,因为它从宇宙(18.483-489)转移到了对人类领域的神圣描述,并最终转移到阿喀琉斯顶盔掼甲去参加战斗。

然而这面盾牌也指向转变的时刻。这面盾牌为这部史诗带来了同时[110]既宏大又亲切的视角,"宏大"在于它描绘了宇宙中人类共同体的范围,而"亲切"在于它描绘了特洛亚人和阿开奥斯人曾经都知道的日常生活。观众们俯视人类社会,因为他们拥有像奥林波斯山上的诸神或立于船上的阿喀琉斯一样的视角。任何一幅画都绝不可能展现荷马所描述的那些场景,这常常被视为一个问题,而我认为问题恰恰就出在这里。在贝克尔(Becker)看来,在言语之外还需关注"视觉",[①]但我认为贝克尔脑中的"视觉"是、也只能是想象的一种构建。我这么说,是因为这面盾牌描绘了时间上的相互关联:时间之流无法被描绘,只能通过过去的记忆和未来的期望来想象。

我来简要描述一下这面盾牌如何创造了这种时间关系。内圈描绘了神的世界的永恒元素:大地、天空、水、太阳、月亮和星座。这些永恒元素的周围是凡世人类为在这个世界上居住所制造的东西。第二圈是"能说话的人类的两座城市"(poleis meropôn anthrôpôn,18.490-491)。在第一座城市中,市场上有一支婚礼队伍和一场争讼。最起码而言,这些场景描绘了 oikos[家庭]和城邦的基本活动,而这两种活动都在第二座城市即战争中的城市中处于危险境地。在第一座城市中,oikos[家庭]是统一的,就像夫妻一体。而在第二座城邦中,oikos[家庭]是分裂的,城邦岌岌可危,妻子们带着孩子们站在城墙上俯视着打仗的丈夫们(18.514)。城市周围是人类更多的栖居活动,这些活动遵循四时节律:在君王的

---

① 贝克尔 1990,145。

土地上耕种，割麦子，准备盛宴，收获葡萄，养育和放牧牛羊，牧人和猎狗挡住狮子袭击畜群，打铁，男男女女穿着盛装庆祝节日。

[111]盾与史诗最明显的联系，在于它用更一般的形式让人想起当时发生的具体景象和事件。史诗描绘了勇士在商讨究竟是洗劫城邦还是索要赎金时所产生的分歧，这让人想起了史诗开篇那场商议中的分歧，以及赫克托尔与波吕达马斯（Poulydamas）就猛攻阿开奥斯营地还是撤退到城内这个重大决定上的分歧（18.243-313）。站在城墙上的妇女和孩子，既与站在船上观看战斗的阿喀琉斯极为相似，也与观看阿开奥斯人的那些特洛亚女人、孩子和老人很相似（6.431-434）。对伏击的预测（18.513）与几个场景相关：阿喀琉斯争辩说阿伽门农没有和战士们一起参加伏击（1.227），涅斯托尔（4.392）和希波洛科斯（Hippolochos）对伏击的回忆（6.189），以及要求女人们回家点上火把，安排守望，免遭伏击（8.520-522）。"争吵"、"混乱"和"死亡"既出现在盾上，也贯穿整部史诗，①致使尸体浸泡在血泊中（12.423-431），努力找回牺牲的战友（见7.423-432），最直接的是夺回帕特罗克洛斯的尸首（17.412-422）。我们也看到basileus[君王]的辖区既出现在这面盾牌上（18.550），也出现在特洛亚（6.242-250），我们还看到了乡村的景色（16.455），牧羊（13.493）和编织（3.125，6.490-493）。这面盾牌上所描绘的狮子袭击牛群和收割麦子，在史诗中令人不安地转变成人类毁灭的景象：各种残忍场景，人类像捕食一样袭击他人，②像收割一样砍倒对手（11.67-71），农民之间的财产纠纷近似于战争的景象（12.421-424），女人们卖羊毛用的秤就像战斗中的命运天平（12.432-435）。

---

① 争吵：4.440，5.518，5.740，11.3，11.73；不解：5.593；死亡：2.302，12.326。

② 例如见5.140，5.161，11.113-122，11.173-176，11.472-484，15.585-588，15.630，16.156-162和16.485。

但是这面盾牌不仅仅让人想起史诗中的景象。它让观众们想起它所创造的那种健康共同体生活的景象，可能会与被围之前的特洛亚极为相似。[112] 创造特洛亚的这种历史，就为重复这些景象提供了基础，而在重复中揭示了阿开奥斯人强加给特洛亚人的戏剧性变化。特洛亚的牧场(20.225-226)将无人耕种(20.184-185)。特洛亚城外“小麦覆盖的平原”变成了赫克托尔逃命以及随后死亡的场地(21.602-603)。“在阿开奥斯人到来之前的和平时光”里，女人们用来洗涤的泉水(22.156)现在也被遗弃了。我们看到的不是像盾牌上描绘的那些站在城墙上的城邦人民的期待，而是命运的可怕实现，就如同特洛亚的女人和老人，还包括赫克托尔的家人，目睹赫克托尔遭到屠杀，以及后来尸身受辱(21.526，22.34-35，85，460)。

因此，这面盾牌延伸了史诗的叙事时间，让我们对阿开奥斯人强加给特洛亚人的生活上的转变有一定的了解。在社会戏剧的背景下，这面盾牌出现在阿喀琉斯的阈限和他重新进入战场之间的过渡点上。这面盾牌在最普遍的层面上，恰如其分地揭示了阿喀琉斯在个人层面上经历的互联性观念。然而，神明打造的这面盾牌所提供的视角，并不能简单地融入共同体。这可以从其他勇士们的反应中看出来，因为他们把目光移向别处，也可以从盾牌上固有的张力看出来：正是这件将用来给特洛亚造成损失的器具，让我们对特洛亚的损失产生了同情。这面盾牌没有消解这种张力；相反，它虽然描述了普遍的人类经验，却被用于特殊的人类经验——阿喀琉斯对赫克托尔的屠杀。这里的要点是，阿喀琉斯就像这面盾一样，同时在共同体之外，又在共同体之中。最初的结果就是一系列不和谐的时刻。即使阿喀琉斯返回战场，他仍宣称他还不想“留在人间”(18.91)。他漠不关心阿伽门农赠予的礼物(19.147-148)。他忽略了吃饭的[113]仪式(19.156，162-170，213-214)，认为宣誓忠诚无关紧要(19.191)。他忘记了赎金的规矩，杀死了手无寸铁的乞求者吕卡昂(Lykaon,21.74-96)。他摈弃勇士之间的誓言,拒绝归还赫克托尔的尸体(22.261-267),实际上,他恨不得生吃了赫克托尔(22.346-348)。

在社会戏剧背景下,阈限提供了一个悬置了日常现实的领域,如特纳所写的,“人们可以去思考他们怎么思考,去思考他们思考时所用的词汇,或者去感受自己如何在日常生活中感受”。[1] 阿伽门农的欺骗和武力威胁,让阿喀琉斯悬置了自己在阿开奥斯共同体生活的正常进程,尤其是集会和战争,并反过来质疑这个共同体是否能给予任何可信任的或值得他为之受苦的东西。这面盾牌作为阿喀琉斯从阈限过渡的一件器具,为共同体究竟能提供什么东西,提出了最普遍的观点。但阿喀琉斯现在虽因挚友之死而被迫回到阿开奥斯共同体,却尚未把这个观点转化成行动。这样的转化正是出现在史诗的最后两卷中。

---

① 特纳 1986,102。

第五章　精英关系

[114] Ἀτρεΐδη, σοὶ πρῶτα μαχήσομαι ἀφραδέοντι,
ἣ θέμις ἐστίν, ἄναξ, ἀγορῇ
阿特柔斯的儿子，我反对你做事愚蠢，
君王啊，大会上这样做也应当。

——9. 32-33

我在第四章中认为阿喀琉斯的自足主张无法持续，因其否认了人与人彼此结合的不可分割的关系。阿伽门农对构成这个政治领域的那种关系所具有的威胁也同样不小，正如我们在第三章看到的，他的欺骗和武力威胁使这一空间碎裂和衰弱。荷马给我们留下一个政治难题。阿伽门农和阿喀琉斯都威胁到了共同体生活的基础，但是他们都没有给权威的实施如何能产生政治权力（人们共同行动的意愿和能力）提供合适的答案。在整部《伊利亚特》中，荷马对传统答案即财富、世袭甚至英勇善战提出了质疑。[1] 然而，

---

① 罗斯注意到，与社会地位相关的因素，包括“世袭、遥远的神授、年龄、个人财富和众多追随者”都“可能极为讽刺”（1997，185，引用自唐兰 1979，53）。罗斯认为史诗捍卫了战场上的功勋原则和领导者“在直接与他的追随者打交道时的慷慨”作为合法性的基础（1997，186，192；又见罗斯 1992）。我的讨论拓宽了这个观点，研究了功勋原则是如何呈现为具体的政治含义。

这些属性没有一个必然能转化为成功的政治领导力。

[115]荷马在回答这个政治难题时,对权威和权力的关系提出了一个更复杂的理解。领导者的权力并非简单地由他所具备的一系列特质所组成,而无论这些特质是阿喀琉斯靠英勇善战所取得的成就,还是那些可归于阿伽门农血统的特性。① 权力也并非来自人们可以分配的奖赏。② 虽然这种奖赏可能是领导力的一个必要方面,但正如阿喀琉斯拒绝阿伽门农赠予的礼物所表明的那样,那些奖赏并不是充分条件。相反,这里出现的权力观,依靠的是那种构成政治领域的关系。③ 在本章中,我将探讨政治权力如何依赖于精英阶层把 themis 当作政治权利的公共主张。在下一章中,我研究的是政治领导人如何更广泛地诉诸民众而获得权力。

Themis 概念

对于我们在《伊利亚特》中看到的那种公共权利观的主张,有人直接反对说,史诗中没有任何作为形式化原则和保护的政治权利观念。确实,我也不认为可以把现代的权利观念与荷马的权利观念混

---

① 对着重归因于这些特征的讨论,见唐兰 1979("地位权威"和"领导权威"之间的冲突);卡尔霍恩 1962,434-438;伊斯特林 1989;伦茨 1993;摩根(Mondi Morgan) 1980。

② 有些讨论强调了领导者的奖罚权力,见唐兰 1998;关于一般的首领地位,见安德列耶夫(Andreyev)1991a,麦格琉 1989,裘维乐 1981,里尔 1991 和卡内罗(Carneiro) 1981。

③ 另一种稍有不同的说法是,虽然领导力一直是一种强制的、进行奖赏的能力(用加尔布雷斯[Galbreith]的话来说,就是"适当"和"补偿"的权力),但是"有条件的"权力在改变,也就是说人们如何相信权力在起作用这点在改变(加尔布雷斯 1983)。这个信仰的改变并非和个人品性有关,而与权力的组织基础相关。将这一权力观念应用于《伊利亚特》,见里尔 1991,虽然我不赞同她的结论,她认为我们在史诗中看到了支持君主制的价值正在得以形成(49-50)。有人暗中认为,制约性权力的发展能够将 basileus[君王]置于一个更大的公共语境中,见唐兰 1997b(他使用的是韦伯的分类);拉弗劳卜 1997b,641-645;1997c;1997e;格什尼策 1991。

为一谈。它们之间确实不同，而且事实证明，它们对我们思考权利颇有教益。① 但是themis这个政治概念比荷马学术研究普遍承认的更为丰富和复杂。我在展开自己的论点时，要远离两种解释themis的一般进路。第一，我不认同将themis放在basileus[君王]或领导者的强权语境下。人们认为，两者的联系由themis的神性本质所支撑，它通过权杖传递给了basileus[君王]。其结果就是"王权意识形态"，[116]君王通过宣称自己具有神性，就可以凭个人特权来领导。② 与这种观点不同，我认为themis是政治的条件，因为它在公共空间内建立起了关系。我不赞同第二个解释框架，因为它认为themis并不具有权利的属性。当然，我们没有看到一系列成形的原则。但如果由此而得出结论，认为themis在观念上缺乏任何实质内容，因而在应用中显得不连贯和不一致，那么，这种结论就是把权利在哲学上形式化与权利形成的历史进程混为一谈了。这种混为一谈的结果，导致人们无法看到权利如何通过人类的制定而成形。我们如果把权利视为制定而成，就能理解《伊利亚特》如何把themis的构成描绘成政治的一个方面。

themis与神圣王权

长期以来，人们都将themis解释为神圣王权。虽然论证各不相同，但是这个主张的前提常常是确认迈锡尼(约公元前1400—前1200年)和公元前八世纪荷马世界之间有某种连续性。历史的延续性的证据在于，荷马史诗中的词语如basileus[君王]、anax[首领]、dêmos[民众]，与迈锡尼词语如qa-se-re-u、wa-na-ka和da-mo

---

① 关于权利的古今概念的有益对比，见奥伯(Ober)和海得力克(Hedrick)1996的论文集。

② 该词来自伦茨1993。

等，存在着词源学上的关系。荷马时期的领袖，或 basileus[君王]（至少在名义上）是迈锡尼官员的后代。最著名的可信论点由格什尼策提出，即迈锡尼时期的 qa-se-re-u 是向 wa-na-ka 汇报的下属地方官。wa-na-ka 是中央行政体系（常被视作“王宫”系统）的领袖（常译成“君王”）。随着中央行政体系的崩塌（约公元前 1200 年），地方官员成为了现在独立的且小得多的共同体的自治领袖。①

[117]支持神圣王权的论点将这个观点向前推进了一步。其要旨是说，basileus[君王]不仅是一个称呼，而且是神圣权威的残留。持这一观点的学者们，试图通过确定 basileus[君王]和“神明”之间的词源关联来展开他们的论证。最值得注意的是，他们从 basileus[君王]具有特权地位的意义上来看待这种关联，就在于 basileus[君王]手持宙斯的权杖，也是神圣的 themis 的阐释者。从这个视角来看，权力向下流动，从宙斯到 basileus[君王]，再到其追随者。所以不足为奇的是，这就导致人们强调君王的统治的强制性，以及期望人们服从。在格洛兹（Glotz）看来，“themistes 形成了一部神圣而神秘的家族正义（themis）的法典”。② 这位领袖行使着“绝对的权力”，因为他拥有权杖，也就获得了“关于 themistes 的知识，绝对正确的命令，这一命令是超人智慧通过梦和神谕发布给他的，或者暗示给他内在的良知”。③ 邦纳（Bonner）和史密斯也认为，themistes 是“君王的声明，以权威的方式表明在一系列特定情况下何为正确和适宜（themis）”。对格洛兹、邦纳和史密斯来说，诸神将 themis“传送”给了领导者，而领导者则“召集全体人民开会，在他们面前宣布自己的决定”。④

神圣王权与个人特权的结合，不仅是现在已不足为信的荷马

---

① 格什尼策 1965。

② [译按]themistes 是 themis 的复数形式。

③ 格洛兹 1930，7。又见梅因（Maine）1888，35。

④ 邦纳和史密斯 1930，9。

学术研究的遗留,也仍是当代学术讨论的一大特征。本维尼斯特引人联想的词源学解释对荷马学术研究影响巨大,他认为王权与神明有关,因为 basileus[君王]与 themistes 和权杖存在联系。在本维尼斯特看来,themistes“源于神”并由“家族首脑”来解读。因为在本维尼斯特看来,basileus[君王]是“genos[家族]的首脑”,那么,themis“就是 basileus[君王]的特权”。此外,权杖对它加上了近乎“神秘的观念”。本维尼斯特认为,权杖最初与有权传递消息的信使手上的棍棒有关。[118]荷马笔下的君王也是一位信使,浑身都是宙斯的象征性权威。①

其他许多学者也认为,王权的神圣基础和个人特权主张之间存在类似的关联。科斯特勒(Köstler)认为君王既是 themis 这一“神圣正义”(himmlische Recht)的解读者,也是宙斯权杖的持有人。权杖的神圣来源被视作 basileus[君王]权力主张的持续源泉。君王接近于宙斯,就足以说明他有资格独享大权。比如权杖就是“其权力的象征”(Zeichen ihrer Macht)。② 结果,君王靠个人特权来统治。③ 琼斯(Jones)注意到,themis 从一开始“就被视作是赐予某人的东西,这个人无论是国君还是祭司,都特别被赋予了表达神明意志所需的洞见”。④ 德格-雅科兹(Deger-Jalkotzy)认为,权杖象征着荷马笔下的君王的神圣权威,以解释宙斯的 themis。⑤ 伊斯特林援引了本维尼斯特的词源学方法,认为权杖标志着“阿伽门农王者权威的神圣性”。⑥

---

① 本维尼斯特 1973,382,323-326。

② 科斯特勒 1968,180,175。

③ 科斯特勒写道,Die Ordnung ist patriarchalish。Alles kommt auf die Persönlichkeit des Königs an(秩序是家长式的。一切都看君王的个人品性。1968,182)。

④ 琼斯 1956,28。

⑤ 德格-雅科兹 1970,80-88。

⑥ 伊斯特林 1989,114。

另外两个延伸的观点颇有启发性，因为这两个观点表明，要设想出神圣王权的观念，就要依赖词源学的方法。伦茨支持一种“王权意识形态”，在这种意识形态下，国王作为权杖的持有者，themis 的解释者，以及黑暗时代祭司的后裔，就可以宣称自己是靠神恩在统治。王权有着神圣的基础，其支撑性证据包括认识到 wa-na-ka(后来演变成 anax 一词，通称荷马笔下的领导者)在迈锡尼时期可能既用来指君王，又用来指神明；权杖在迈锡尼时期可能为“最高祭司”所使用；以及 tenemos，即分配给 basileus[君王]的土地，与其最初指诸神的神圣辖区之间的联系。① 蒙迪反对领导权具有世俗化的形式，他认为荷马时期的社会信仰以“神圣王权”的观念为中心。蒙迪在一个怀念格洛兹的文段中写道，[119]君王似乎是“一个非凡的、超人类的人物，被认为具有特定的神圣权力或功效，被社会中的其他人像对天上的神明一样所崇敬和热爱”。在蒙迪看来，权杖是君王能够通过武力“行使其意志”的象征。为了证实神圣王权，蒙迪还研究了与王权相关词汇的词源。Geras，即赐予 basileus[君王]的礼物，似乎就是神圣王权的证据，因为该词也用于描绘对诸神的献祭。因此，“在荷马史诗中，人与君王的互动关系，常常与那种人与神关系的表达相同”。因为 krainein[统率]一词被涅斯托尔用在了阿伽门农身上(9. 96-102)，蒙迪就认为这个词表示神圣的联系。蒙迪就利用了“这个动词最古老的含义”，认为它被有死者用来寻求“神明对那种祈祷的有利回应”。② 有了这种含义，涅斯托尔使用这个词，就暗中把阿伽门农当成了宙斯在人间的化身，人们就需要向他祈祷。蒙迪和其他人都认为荷马笔下的 basileus[君王]是神圣王权的一种形式，对这帮学者来说，领导权的运作就是神圣权威所认可的个人特权行为。③

---

① 伦茨 1993，217，81-82。

② 蒙迪 1980，203，205，208，205，206。

③ 例如伦茨明确反对权杖是公共权威的象征(1993，160)。

这些词的方方面面很可能都和神有关。但是，如果把我们知之甚少的迈锡尼时期的词汇曲解成荷马世界的政治关系，就很危险了。[①] 这会导致一些奇怪的解读。例如，诉诸必要的武力来恢复秩序，被视作肯定了阿伽门农所神圣王权的主张，尽管宙斯——这一主张的基础——刻意欺骗了阿伽门农。[②] 阿喀琉斯将权杖扔到地上，则被解读成“肯定”了王室权威。[③] 而 themis 被本维尼斯特理解成家族法律，即便它特别与广场中阿开奥斯人的活动相关(11.806-807,16.387)，与大会上的争论相关(9.33)，尤其与国王的角色有关，他自己能为了不同共同体的不同领导者的利益而发言，[120]也允许别人为此说话(9.102)。

但词源学并非一切(destiny)。虽然词汇的来源当然有益且有启发性，但是来源并非推断其意义的证据。词汇用在不同的语境中会产生新的、修正的意义，创造出多层次不同的、常常重叠的、有时不一致的含义。这种所谓的多义性并非将词汇与其曾经的含义相关联，而是与持续变化的社会、政治和宗教现状相关。举例来说，即便是蒙迪也承认，geras[赠礼]的意思也包含赐给奴隶礼物，它就变得“通俗化”了。然而，蒙迪坚持认为存在神圣王权，因为这一通俗化始于《奥德赛》。[④] 同样，krainein[统率]失去了其独一无二的神圣含义，而逐渐仅仅指“统治”。[⑤] 权杖的含义扩展到仅仅指手杖，几乎没有任何神圣的意味。赫菲斯托斯将权杖当拐杖，而不是权威的标志(18.416)。在《伊利亚特》中，“权杖”的分词形式

---

① 尤其见格什尼策(1965)，他有确凿的证据认为荷马笔下的 basileus[君王]并非迈锡尼君王的残迹。

② 蒙迪 1980,208-209。

③ 蒙迪 1980,211。

④ 蒙迪 1980,212。“通俗化”的概念本身指向了这样的假设：一旦使用它，就会败坏词源的纯洁性。

⑤ 蒙迪认为 krainein 的世俗化是“荷马时代之后的事情”(1980,206)，虽然 krainein 出现在《奥德赛》8.391 关于领导力的语境中。

也用来指勇士“艰难走向死亡的宫殿”时“可倚靠的拄杖”(14.457)。在《奥德赛》中,乞丐用权杖当拐杖。basileus[君王]与行政中心再无任何联系,而是在宗教功能之外,逐渐有了同样多的政治、经济和军事功能。[①] 而 dêmos[民众]在迈锡尼时期(即 damo),开始指宫廷统治的地方行政分支,演变成了“无所不包”的含义,指代“某一特定民族的所有人口或全部领域”。[②]

如果把荷马笔下的领导权及与此相关的词汇置于行动的语境中,就会产生一幅更复杂的画面。举例来说,学者们研究了权杖在《伊利亚特》中如何使用及其作用,逐渐认为权杖也具有公共含义,而不仅仅是神圣含义。拉弗劳卜认为权杖是公共正义的象征。乌尔夫(Ulf)[121]认为权杖本身承载着人们的信任。加加林(Gagarin)把权杖看作“公共权威”的象征。格里芬认为权杖反映了“共同体权威”。纳吉认为权杖是一个“已经转变成了文化用品的自然之物”。[③]

我在本章中的主旨是沿着这一脉络,将 themis 置于那种新兴的语境中,即把关系理解为政治空间的构成要素。在理解这一关系时,我们不能以现代语境而把 themis 看作一个私人的、不可剥夺的财产。相反,我主张把 themis 这一观念视作政治空间的组成部分。Themis 的观念是政治活动者之间的相互作用,这种观念让公共空间的存在成为可能。这对“王权意识形态”提出了挑战,因为它颠倒了领导者与 themis 的关系以及它与公共空间之间的关系。我们看到的不是自带神圣 themis 的君王使议事会和公民大会得以可能,而看到的是一个共享的公共空间(无论是公民大会还是议事会),因为这个空间由人们对 themis 的认可而产生,这种认

① 德格-雅科兹 1991,62-63。

② 唐兰 1989b,18-19;1985,298。

③ 拉弗劳卜 1993,51;乌尔夫 1990,89;加加林 1986,27;格里芬 1980,11;纳吉 1979,180。

可使领导活动成为可能。君王个人的特权在互惠交换过程中本来是一种慷慨赠予的行为，但这种特权在“平等贵族”的新语境下难以为继。① themis 不再是君王个人对专享知识的主张，而公众对互惠性的主张。因此，王权的一个条件就是其他人对这些主张的认可。这些主张就把领导者的权杖从源于宙斯的个人特权的象征，转变成了政治判断的象征，这种政治判断由公民大会（agorê）上的一群人或议事会（boulê）上的贵族们作出。虽然议事会有一位领导者，但这不是重点。西方民主国家也类似地有一位总理和总统。重点是对领导活动的理解发生了变化。领导和决策发生在政治行动者的集体空间内。

themis 与权利观念

[122]我要提到的是难以将 themis 理解成政治权利的两种解释路线。一种路线是我们刚刚提到的，将 themis 与神圣权威联系起来。这个观点暗指 themis 是 basileus[君王]施行个人特权的基础。我已经指出，虽然还未证明，themis 在《伊利亚特》中并非君王的个人主张，而是精英阶层的公共主张。第二种观点认为 themis 缺乏权利的观念属性。这一主张认为应该通过权利的形式特征来确定权利。这些特征可能是权利的形式属性，比如它们在人之为人方面具有普遍性和不可分割性。或者说，权利可等同于其形式条件，诸如平等、同意与法典化。又或者说，权利最终可以通过正式的内容来描述，比如自由言论的权利、携带武器的权利以及投票的权利。以这些形式的特征来确定权利，不一定就错了，但存在着这样的危险：我们会把它解读为它缺乏某些实际上根本就不适合这些类型学的东西。

---

① 伦茨 1993，335。

最常见的是，themis 往往被简单地翻译成“习俗”，这对许多人来说，就是为了把它与更形式化的特征区分开来。例如，芬利区分了“正式权利”和 themis，他认为“正式权利”只包括君王拥有“独自决策而不与任何人商议的权力”，而 themis 则可以被理解为“习俗、传统、民风、风俗等等，无论我们怎么称呼它，反正表示‘去做(或不做)’的巨大权力”。事实证明，themis 的用法既与君王的决策有联系，也与各种公共行动有关联，因此，到底什么使 themis 的一种用法算得是正式的，而另一种则不是，目前尚不完全清楚。我们也许可以把这种差别理解成如下观点的结果：权利的施行需要政府机构。在芬利看来，政治权利必须从政府手中移交而来。[123]但在史诗中，维护 themis“完全是私人的事情”。① 波斯纳也注意到，荷马社会没有正式的政府机构，所以认为 themis 并不是权利，倒更像是一种因满足了“某一社会需求”而“长期以来被遵守的”社会习俗。立法本来是政府的职能，其中就有一种“改变规则的明确机制”，但与此相反，人们在荷马史诗中看到的，却是“规则的正式说法”与“新的不一致的实践”共存。② 本维尼斯特则认为 themis 指“家族法”，与 dikê 相反，后者乃是“适用于组成部落的家族的法律”。③

对 themis 即权利最与众不同的批评来自哈夫洛克，他把 themis 置于口头语境中。在哈夫洛克看来，themis 是“口头法律”，即他在其他地方所称的“套话”④或“先例”⑤，受到官员们的保护，在司法程序中可能为不同的当事人所用。正义与“原则”无关，而更像是双方“交换过程”所产生的一种“量”。正义“不是一套预先存

① 芬利 1979，82，110。
② 波斯纳 1979，35。
③ 本维尼斯特 1973，382。
④ 哈夫洛克 1978，135，30。
⑤ 哈夫洛克 1963，101。

在的原则,也不是法官根据这些原则施加的一系列裁决”。相反,正义是一种修辞活动,“是一个通过口头说服和口头确信获得的象征或过程”。①

在《伊利亚特》的语境中,施行正义是为了“说教”。② 史诗中首先发生的是“冲突”,然后是“恢复”,是取决于“故事中出现的共同体承认一系列规则的应用,并可为现代读者视为‘正义’的一种形式”。哈夫洛克认为这种恢复发生在阿伽门农公开补偿阿喀琉斯并发誓绝没有与布里塞伊斯同床之时。“荷马式正义一直都具有决定性的地位,因为它在不和爆发的嫌隙中仍然得到了敬重,在化解这种不和的过程中得以宣告,可以说这种正义在主持对不和的化解时,乃是已然发生事件的象征。”正义[124]本质上乃是公共的协商行为,这在另外两个场景中得到了强化:一个是盾牌上的场景,争端发生在广场上的长老们面前,另一个是墨涅拉奥斯和安提洛科斯(Antilochus)在葬礼竞技中发生的争端,后面这个故事“显然让公共场合口头解决争端并使之生效显得更加戏剧化,因为共同体成员全都目睹了这一过程”。③

我大体同意这个说法。但是哈夫洛克似乎在(以史诗为例的)口头文化中的权利的地位,和书面文化中的权利的地位之间,造成了尖锐的认识论断裂。用哈夫洛克自己的形象来说,正义从史诗中的“阴影”过渡到了柏拉图的“实质”。④ 最明显的是,这一形象利用了柏拉图式的对比,即一边是现象经验的阴影,一边是对“理念”的理性理解的现实。对哈夫洛克来说,重要的是书写的出现,它能用两种方式来表达原则。第一,书写为规则的回忆和应用提供了存储介质。第二,也是哈夫洛克论点的核心,读写的出现引发

---

① 哈夫洛克 1978,130,132,136。

② 哈夫洛克 1978,124。又见哈夫洛克 1963,61-86。

③ 哈夫洛克 1978,124,132,135。

④ 哈夫洛克 1978,14。

了一种不同的思维方式。哈夫洛克认为，语言系统能够让表达永恒的句子得以可能，因而这种语言系统对人们从事理论思考乃是必需的（即甚至让我们能够思考像柏拉图“理念”之类的东西）。① 对于理论思考能力来说，最关键的是动词“是”，因为“在任何语言中，如果其理论目标在于描述这一类体系，那么它就是这种语言所需要的唯一动词”。② 简言之，如果没有“是”来表达永久关系的“永恒当下”中的概念，那就无法追问“什么是正义”。与此相反，口头意识只能通过叙事来表达经验：即只能表达“人的行为和事件的发生”，而不能表达观念的存在。③ 如哈夫洛克所说，“口头社会缺乏系统陈述的原则来判断日常生活中经常出现的不一致”。也就是说，荷马史诗中没有形式化的权利与公正原则。[125]相反，我们看到的是类似“承载于行为中的得体规则”。④

哈夫洛克在两个方面过度强调了口头和书面意识在认识论上的断裂程度。首先，他削弱了荷马词汇的概念维度。在他的解读框架的引导下，哈夫洛克抽空了 themis 的所有实质内涵，反而认为习惯规则就是程序规则。⑤ 判断，或曰 themis 的应用，并非由原则引导，而是由“实用主义”引导，在这种实用主义中，那些看上去“让人困惑的、怪异的，甚至不合法”的行为也许因环境影响而被全盘接受。⑥ 这个观点导致在阅读《伊利亚特》的过程中产生了一系列解释上的困难。例如，哈夫洛克在阐释宙斯让“不公正地裁

---

① 哈夫洛克 1983。

② 哈夫洛克 1983，25。又见哈夫洛克 1978，第 13 章。

③ 哈夫洛克 1983，14，20，13。

④ 哈夫洛克 1978，37。又见加加林 1986，47。

⑤ 加加林（1973）也在他对 dikê[正义]的讨论中，似乎区分了作为一种过程或一套程序的正义，以及具有道德含义的正义。他总结说，荷马的 dikê[正义]“只适用于和平诉讼的特定领域”，而且，由于荷马几乎没有讨论和平诉讼，所以该词“无关紧要”（1973，87）。

⑥ 哈夫洛克 1978，36。

断(themistas),排斥正义(dikê)"的人受到伤害这一段时,认为荷马所指的"正义"并非是一个概念,而是一个人,他"因错误使用判例而遭到不利裁决",就被从广场上"真正驱逐"了。[①] 但程序本身就是原则的表达。例如,"正当程序"是基于平等原则和公正原则的程序保障。此外,程序并非存在于真空之中,而需要运用某些东西,比如惯常的行为规则。如果没有实质内容,我们对辩论程序就没有什么好争论的了。

阿德金斯在回应哈夫洛克时,相当令人信服地指出,"荷马笔下的人拥有语言资源,可以把一个系统表达为事务的持久状态"。我们可以看到史诗使用了永恒的"是",即是宙斯说的"所有在地球表面呼吸、活动的生物之中,没有一个是(einai)比人类更悲惨的"(17.446-447)。此外还使用了完成时,即说"一切分成三份"(15.189)。阿德金斯认为,"这一说法基于对宇宙不同部分的系统分配;[126]虽然这种分配来自神明,但是它现在被认为是事物的一个永恒状态,与那些神明相对立而存在"。[②]

哈夫洛克用第二种方式将口头的和书面的思想完全区别得太过分了。他不仅没有充分地阐释 themis 在史诗中的观念维度,还忽略了书面文化对权利的概念化叙事。迅速积累起来的学术研究成果,探讨了思想的文学结构和修辞结构。对我的论证而言,更重要的是我所理解的那种构成权利的表演维度。权利并非源于哲学,就此而言,权利也非源于契约。这个观点从根本上错误地阐释了社会进程的表演维度,既有口头的,也有书面的。简言之,社会规则,我们谈论的是习惯,还是谈论习俗在法律中的制度化,都不是简简单单出现的,而本身是不断协商的关系的产物。[③] 这并不

① 哈夫洛克 1978,136-137,涉及的文本是 16.387-388。

② 阿德金斯 1983,215,212,214。

③ 关于类似的注解,见格拉克曼(Gluckman)1965,201-202;吉尔林(Gearing)1968,114 和加加林 1986,6-7,他们讨论了对习俗、法律和权利的阐释。

意味着协商就是公平的，只意味着文化范式在个体相互界定和制定关系的过程中发展起来的。让文化具有活力的，是法律和仪式在形式化过程中所产生的张力，这些过程试图创造稳定性和持久性，也会由此而导致不确定性，因为个体必须阐释和制定这些过程，并赋予它们意义。人类制定出来的东西，不仅仅是对形式的重述或重复，还是对不断变化的情况、关切和兴趣作出持续的回应。这并不是说每一个制定出来的东西都会被文化所认可，就如斥责忒尔西特斯的行动所表明的那样。相反，文化要靠人来制定，而这些制定出来的东西，能够有助于提出那些需要重新阐释或重新界定的文化内部关系的问题。

我主张的观点是，权利的形成“本身就是一个过程或一系列过程”。[①] 借用特纳的话来说，我们能够[127]在权利的演变中辨识出两个过程：一个是正规化的过程，一个是适应环境的过程。第一个过程的源头是想创造稳定，我们在其中看到了规则和制度的建立，而第二个过程的源头则是对规则的阐释和重新界定，其目的是覆盖新情况或建立新关系。从这个角度来看，权利不限于成文的或抽象的表达。相反，权利是由一个公共领域内的行动者之间一系列制定下来的相互关系来界定的，并反过来定义这些关系。

作为公共法令的 themis

我已说过，词源学以及对 themis 特定用法的辨析都很重要，但也只能到此为止了。这是因为这些研究方法往往假设该词的使用基本上是静态的。因此，变化看上去就等于不连贯、不一致或庸俗化。最终，我们必须把这个词放到史诗如何制定关系这一语境下看待。采用这种方法，themis 的使用看上去就不再与习俗或口

---

① 特纳 1988，78。

头文化脱节，而是正规化的一个方面，themis 在这个正规化过程中被说成是一种公共主张。

要理解这一转变，并不需要引用那种发展理论，即组织遵循自身的进化逻辑。相反，组织关系可以通过韦伯所描述的“合理化”过程而发生改变，在这个过程中，政治行动者为了应对环境因素，会想办法更有效地适应越来越复杂的环境。① 在公元前八世纪，一系列的环境变化对政治组织造成了压力，使得领导权问题越来越公开化。这些压力包括人口密度的不断增加，就提高了资源利用的要求；②其他共同体的崛起[128]引发了安全担忧；③市场的侵入让资源的配置和控制产生了压力；④贵族身份的巩固增加了资源的要求；⑤dêmos[人民]自我意识的产生进一步提高了对政治体制的需要，导致要么融合，要么镇压。⑥ 韦伯认为，随着共同体要在公共空间中作出决策，这个合理化的过程转变了领导者早期传统的和魅力的维度。下一章中，我将考察这些魅力因素如何在领导者与被领导者的关系之间发生转变。本章中，我探索的是传统的权威，即权威关系是个人性和习俗性的，如何在精英阶层中转变成韦伯所说的“联合执政”。要维系自己的领导地位，一个重要的方面就在于“与形式上平等的成员磋商”。⑦

有一些确认的历史事实（虽然这些证据不多且不可信）证明共同执政在公元前八世纪的希腊得到了发展。⑧ 在科林斯，领导地

① 韦伯 1978，30。

② 见斯诺德格拉斯 1971，1980，科德斯特里姆 1977，奥斯本 1996，和罗斯 1997。

③ 见德波利尼亚克 1995，斯塔尔 1986，和拉弗劳卜 1997e。

④ 见坦迪 1997。

⑤ 见裘维乐 1981。

⑥ 见莫里斯 1987，拉弗劳卜 1997b、1997c 和唐兰 1989b。

⑦ 韦伯 1978，272。

⑧ 重建早期历史的难点之一，是那些事件本来是后来的传统，却被解读成以前的了。关于雅典的例子，见拉弗劳卜 1988。

位可能在公元前八世纪中叶从(约公元前900年建立科林斯起沿袭的传统)世袭君主制变成了在巴克齐亚迪家族的选举寡头制。① 官职的扩大最简单的解释,就是试图减少巴克齐亚迪家族内部的派系冲突,因为这个家族是通过世袭而成长起来的。② 还有一个由巴克齐亚迪家族成员组成的议事会,由它选出官员。③ 在公元前八世纪末,雅典的领袖可能最终被九位每年选举的archon[执政官]所取代。④ 勒贡(Legon)认为,贵族统治很可能在公元前八世纪替代了墨伽拉的首领。⑤

虽然许多学者承认《伊利亚特》中实行着共同执政的原则,⑥但是共同执政如何改变权威关系,尚未得到充分的理解。有些学者,特别是把basileus[君王]视为[129]君主形式的人,倾向于通过早期的传统组织形式中运作的个人特权这一视角来看待共同执政关系。例如伦茨写道,无论我们谈论的是君主还是首领,"都是一种个人统治,其特征是在等级性的社会政治结构中,有一个独特的个人处于领导地位"。这种"一人之治的意识形态依然流行",甚至在basileis[君王们]"一起来形成国家形态的过程中"也是如此。⑦ 当然,如果说行动的合法性与诉诸习惯相连的话,那么领导者的重要方面依然很传统。但是共同执政原则的重要性在于,它可能会剥夺它的"独裁性质"的"任何形式的权威",或剥夺单一而不受约束权力的主张。由于有了这种领导观念,公共责任和"个人事务"

---

① [译按]原书此处注释同前注,见本书页50,注②。

② 罗巴克1972,106。

③ 狄奥多罗斯,7.9;伍斯特1972,11;罗巴克1972,106;萨蒙1984,56-57。

④ 格尼特(Hignett)1958,38-46。

⑤ 勒贡1981,57。

⑥ 以下学者注意到了basileus[君王]和gerontes[长老]共同决策,见伦茨1993,218-225;卡利耶(Carlier)1984,182-187;安德列耶夫1991a,344;唐兰1989b,25(首领地位的不稳定在此达到顶峰);德鲁斯(Drews)1983;和拉弗劳卜1996,151,1997b,643(作为"有责任进行公共决策"的"现有机构")以及乌尔夫1990。关于共识在荷马社会的重要性,又见帕泽克(1992,131-132)和弗莱格(1994)。

⑦ 伦茨1993,10,300。又见安德列耶夫1991a。

就产生了分离。[①] 也就是说，我们把背离领导的行为看成是慷慨赠予的行为。

《伊利亚特》多次提到这种共同执政。[②] 我的旨趣在于指出，当 themis 被表达成一种公共的主张时，themis 如何与同仁空间这一观念联系在一起。当阿伽门农威胁要拿走阿喀琉斯的战利品布里塞伊斯时，阿喀琉斯最初指望国王的行动大体上能符合人们的惯常期待。正如学者们所指出的，这些互惠的安排可能出于领导者需要吸引和维系忠实的追随者。[③] 在这种情况下，阿喀琉斯似乎指望着靠特定的习俗来限制国王的过分之举。本质上对权力滥用施加限制，这就让人想起了近东法典，它限制国王夺取他人的财产。[④] 在这件事上，阿喀琉斯认为阿伽门农夺走布里塞伊斯的行为，无疑就是国王太过分的一个例子。阿喀琉斯指出，国王或者任何人"取回已经给出去的东西""不合宜"(epeoike)，由此表明互惠互利在本质上是一种风俗习惯(1.126)。

其他人也注意到了这一点。但是阿喀琉斯说的不仅是君主的行动，还有国王的动机。阿喀琉斯[130]不断用"唯利是图"之类的语言来描述阿伽门农的行径，这种语言表明个人行为和公共行为是分离的。他把阿伽门农描述成"所有人中最贪婪的"(philokteanôtate pantôn，1.122)，因为他的"脑子里永远想着利益"(kerdaleophron，1.149)，[⑤]利用其他人为自己"积聚"(aphuxein)"财富"和"奢华"(1.171)，谁反对他就拿走谁的礼物作为报复(1.230)，阿喀琉斯把阿伽门农说成是个"吃人的国王"

① 韦伯 1978，272，281。

② 提及精英阶层进行共同决策的地方有 2.53-86，2.402-440，3.146-160，4.322-323，4.344，7.323-344，9.70-178，9.422，12.210-250，13.726-747，14.27-134，15.283-284，18.243-313，18.497-508，18.510-511，22.99-110。

③ 尤其见唐兰 1998 和裘维乐 1981。一般的阐述见厄尔(Earle)1991。

④ 见亚龙(Yaron)1993，20，24。

⑤ [译按]这个词意为"贪婪"或"狡诈"，本书作者把它拆开了来翻译。

(dêmoboros,1.231)。卡尔卡斯也描述了自己害怕国王的“痛苦”,因为国王的愤怒最终会爆发出来。而忒尔西特斯并非站在阿喀琉斯一边,却也附和阿喀琉斯对阿伽门农的指责:阿伽门农利用其他勇士来积累自己的财富(2.226-233)。

阿喀琉斯诉诸惯例,终归失败了。他的失败是因为阿伽门农认为 themis 的判决终究是君主的特权。甚至连试图调和阿伽门农和涅斯托尔①之间关系的涅斯托尔也认为:

> 你是大军的统帅,宙斯把权杖和法律(themistas),赐给你,/使你能够为你的人民出谋划策。/你应当比别人更能发言,听取意见,/使别人心里叫他说的于我们有益的(agathon)话成为事实,别人开始说的要靠你实行(archêi)。(9.98-102)

乍一看,涅斯托尔的观点与建立君主和臣民之间的互惠互利关系相去甚远。但实际上,涅斯托尔的观点是君主聆听他人的忠告、不滥用权力或许有益,但是这些决定最终取决于那些有权有势的人。这个观点在涅斯托尔讲述他父亲的故事中得到了印证,他父亲“为这事气愤,又受话语侮辱,/他为自己挑选了厚厚的一份战利品,其余的平分给众人,每人都得到一份”(11.702-704)。这个例子中,在涅斯托尔看来,臣民的正义得到了保护。

[131]一旦领导者在分配资源时无法区分私人欲望和公共主张,themis 作为领导者的特权就会有危险。在阿喀琉斯看来,这恰恰就是阿伽门农身上发生的事情。因此,阿伽门农在回应阿喀琉斯时,说阿开奥斯人必须给他一个“合我心意(thumon)的/新的奖品”,“若是不给,我就要亲自前去/夺取你的或埃阿斯的或奥德修斯的荣誉礼物”(1.135-138)。与此相似,阿伽门农在赠送 7 座

① [译按]此处疑有误,应为“阿喀琉斯”,而不是“涅斯托尔”。

城池给阿喀琉斯时，把阿喀琉斯与这些新城的关系描绘成一种权势关系：它们会“满足[阿喀琉斯]权杖下繁荣的法令”(9.156)。权势观念继续出现在阿伽门农对阿喀琉斯所说的话中，他认为通过赠予阿喀琉斯礼物这一慷慨行为，这位勇士应当“让步”(9.158)，“愿他表示服从，我更有国王的仪容/我认为按年龄我和他相比我也长得多”(9.160-161)。[1] 政治空间屈从于领导者的冲动。

学者们已经意识到阿伽门农的行动违背了规矩。不过他们很少承认这种违背具有概念上的意义。因为习俗似乎是“预先设定并被遵从”的“行为得体”，学者们并非将这些冲突解释成批评和差异的契机，而是解释成“个人决定或欲望自发而成的傲慢，以及愤怒或雄心，甚至只是怪癖”产生的结果，是对规则的违背，或是规则的误用。史诗中冲突的形式本身就“因其讲述方式和风格而不断引起了”对“社会和个人习俗之概要”的强化。冲突的结果常被视作“修复性”和“纠正性”的，因为史诗描述了“风俗习惯如何被废弃”以及“如何恢复的手段和方式”。[2] 这里描绘的是史诗般的画面，它在每次重复中就能实现自身及其文化的再生。

[132]然而，阿喀琉斯扔掉权杖时，他的意思并不是简单地废除一系列规范。他表明了 themis 作为君王的特权站不住脚。在开篇那一幕中，阿喀琉斯指出了 themistes 的一个方面，即资源的公共分配。虽然 themis 被认为来源于宙斯，但是这一神圣来源是用来证明 themis 是公共制定的，其标志是将权杖置于集会的政治空间中。阿喀琉斯认为阿伽门农违背了自己作为权杖持有人的角色，因权杖是“阿开奥斯的儿子们 /……手里握着，在宙斯面前捍

---

① 本维尼斯特认为“没有家族和君主就没有正义或大会”(1973,383)，这和阿伽门农的说法一致。但是我认为本维尼斯特的观点不足以解释正义是如何成为对领导者的要求的，而不是领导者宣称所具备的。

② 哈夫洛克 1978，123-124。对修复这个概念的更多引用见下文对葬礼竞技的论述。

卫(dikaspoloi)法律(themistas)”(1.234-239)。阿喀琉斯所说的并非领导者的特权,而是领导者由人民授权来代表人民展开行动。相反,阿喀琉斯将这些行动公共化了。当阿伽门农说自己应该得到另一个奖品时,阿喀琉斯的回应是“人民(laous)把给出去的东西拿回来是不合宜的”(1.126)。前一行诗暗示了人们应受到责备的原因:从各城邦夺取的战利品“已被分配”(dedastai,1.125)。战争中取得的财产是公有的,然后公开分配,并且代表人们的利益。忒尔西特斯似乎也把奖品的分配,包括给阿伽门农的奖品,看作公共行为,他大声叫嚷,说阿伽门农已经挑选了青铜器和女人,“我们阿开奥斯人/每次攻下敌人城池就先赠(didomen)你”(2.227-228)。正如范维斯(van Wees)所说,显然存在着一个收集和重新分配战利品的过程,这“显示了相当程度的组织化和集中化”。①

在后面的史诗中,狄奥墨得斯似乎主张自己有权利在集会上发言,就指出了 themis 作为公共法令的另一方面。狄奥墨得斯在回应阿伽门农的撤退建议时,说自己“会第一个反对你做事愚蠢”,并用了一个无条件的“是”来阐述自己的观点:“国王啊,这是我在集会中的权利”(hê themis estin,anax,agorêi,9.33)。这个[133]说法值得注意,因为它反映了狄奥墨得斯自己对公共空间的理解发生了变化。在这之前,狄奥墨得斯对阿伽门农特权的反应是默默顺从。狄奥墨得斯和其他勇士们一样被称作“无足轻重之人”,因为在阿伽门农拿走阿喀琉斯的奖品时,他们一言未发。狄奥墨得斯被描写成“对这位可敬的国王的谴责尊重(aidestheis)在心”(4.402)而静静地站在一旁时,他先前的沉默就变得更加明显了。然而在第9卷中,狄奥墨得斯和早前的阿喀琉斯一样,认为 themis 并非君主的特权。相反,此处展示的是共同执政,一群领导者共享发言权,这种权利在构成政治领域时就存在于其中。权力不再是

① 特纳 1992,35。

basileus[君王] 的财产，那时可以用在其他人头上。basileus[君王]作为 themis 的管理者，肩负着保护他人权利的公共责任。basileus[君王]的权力开始与同仁空间的维系绑在了一起。

我们可以在其他几个场景中找到支持 themis 与政治领域的维系之间紧密相连的证据。例如，帕特罗克洛斯被描绘成跑向“阿开奥斯人召开集会(agorê)、分配/权利(themis)”的战船(11. 806-807)。我们在这里看到了对 themis 公共性质的明确阐述。集会被描绘成阿开奥斯人——而不仅仅是君主——分配权利的空间。可以肯定的是，themis 仍旧与一种自然秩序相关联。① 但是这一关系的本质，支持了这样的观念：themis 乃是政治空间的组成部分。② 在诸神中，忒弥斯(Themis)负责召集“所有神明前来开会”(agorênde，20. 5)。在人类中，我们看到对宙斯的描绘是他惩罚那些“在暴力集会”(agorêi)上“恣意不公正地裁断(themistas)”之人(16. 387)。③ 重要的是，由于 themis 对政治领域具有构成性的本质，因此，一旦 themistes 不被遵守，集会就散架了。

[134]如果我如下看法正确的话，即把 themis 说成是一种公共观念，可视为是在挑战国王的特权，那么，我们期待看到的，就不

① 将 themis 视作宇宙的或神圣的观点有很多。赫拉向宙斯抱怨阿瑞斯“不守规矩”(kosmon)，杀戮阿开奥斯勇士，对“themistas 一无所知”(5. 759，761)。阿伽门农在多个场合说他可以发誓，从来没有“碰过”布里塞伊斯，尽管那“对人太自然(themis)不过了”(9. 133-134，9. 276，19. 177)。

② themis 源自诸神，这并不能说明 themis 的行使权必定就是排他性的(即非公共的)或静止不动的。史诗之后，有很长一段历史都在讲，人们祈求诸神扩大权利。例如梭伦改革扩大了人民的作用，执政官、公民大会和法庭向神明宣誓(弗里曼[Freeman]1976，82)。《格尔蒂法典》的开端就是向诸神祈祷。更多现代的例子有，《独立宣言》中也向神祈祷，马丁·路德·金(Martin Luther King)在美国要求扩展公民权利时也是如此。

③ 荷马学术研究中一直对最后一段是否为后人所加尤其存在争议。我相信能够说明以下问题，即这些思想是一致的，与诗歌的其他地方是同步的。这里的观点进一步证明这一段包括在史诗内，因为它与更大的合法化进程完全一致，其中 themis 延伸到了一系列政治关系中。

是这个观念的恢复或者回归，而是进一步的详细阐述。事实上，这一详细阐述出现在了葬礼竞技中。虽然《伊利亚特》前几卷中有证据表明 themis 的公共性质，但我们在葬礼竞技中可以看到领导者在新的空间中应该如何行动。

作为政治法令的葬礼竞技

我们有充分的理由借助葬礼竞技来讨论重大的共同体问题。竞技不仅仅是比赛，从比赛参与者的剧烈程度（几近死亡边缘）就可以看出来。这些竞技是“一个价值体系杰出的、仪式化的、非军事性的表达，其中，荣誉是最高的美德”。这些竞技是宗教庆祝活动的核心环节，并且对于“政治上四分五裂且常常相互混战的希腊人”来说，具有统一的力量，因此在希腊文学中经常充当讨论当时的政治活动的场所。[①] 当然，荷马的讨论并未出现在后来重要的挽歌体诗歌中；但即使对荷马来说，竞技也反映了社会，是审视那个社会的重要路径。[②]

葬礼竞技可以看作共同体惯常的纪念形式，学者们常常认为葬礼竞技既是“受伤混乱的”共同体再次显现“它的结构和活力”的仪式化法令，[③]也是阿喀琉斯逐渐重新融入社会秩序的途径。[④] 法伦伽(Farenga)把《伊利亚特》视作一种葬礼叙事体，他认为这部诗歌不仅再次肯定了古老的事物，也为公元前八世纪的“认知革命”打下了基础。这部诗歌通过怜悯和[135]悲伤的主题“为参与交流活动打开了大门，而共同体活动是在新兴城邦中构建‘法权平等’(isono-

① 芬利 1981，131–133。

② 例如，阿德金斯(1960，56)认为马车比赛揭示了希腊社会“混乱的价值观”的“缩影”(microcosm)。法伦伽(1998)认为葬礼以及与葬礼相关的家族叙事，在煽动“认知革命”方面很重要(197)，“认知革命”能够引入新观念，同时把这些观念与过去联系起来。仪式的作用是促进社会反思的“社会戏剧”，见特纳 1981。

③ 雷德菲尔德 1994，210。

④ 见斯库利 1990，127 和西福德 1994，159–164。

metric)的公民阶级的基础”。诗歌表演能将观众带入同等的悲伤之中,建立了人与人之间如何“在共同的自然、社会和个人世界中有效而公平地就如何行动、判断和发言达成共识”的沟通基础。①

虽然法伦伽没有讨论葬礼竞技,但是我认为我们可以有效地审视竞技表演如何产生共同体这一概念。竞技是为了表彰和悼念帕特罗克洛斯。但在整个竞技中,共同体重新涉及到了《伊利亚特》开篇就提出却仍未解决的权威问题。阿伽门农认为分配就是一种慷慨赠予的行为,这种观念在竞技中被否定了。现在回想起来,阿喀琉斯把 themis 问题公开化,为这场转变奠定了基础。这样一来,物质奖励的分配就成为了“政治正义”的问题,与芬利和埃德蒙兹的看法相反。②

我们把葬礼竞技当作政治共同体的法令,能从中看出什么来?首先,阿开奥斯人在帕特罗克洛斯葬礼仪式上的表演是一个整体。虽然负责帕特罗克洛斯葬礼的是阿喀琉斯,但发出号令“让各营地的人和骡子带着柴薪赶来”的却是阿伽门农(而非弥尔米冬人[Myrmidons]的首领阿喀琉斯,23.111-112)。人们在“哀悼”帕特罗克洛斯(23.153)。阿喀琉斯请求与“关系密切的哀悼者”(23.160,163)即“首领们”(agoi)一起留下来。这个场景暗示了一种共同体意识,在这种意识中,人们就是英雄,而领导者们看上去乃是“社会地位相同之人”。③ 所有阿开奥斯领导者都参加了这场葬礼,与老家埋葬勇士的常规做法形成了对照。④

[136]其次,帕特罗克洛斯下葬,为他建造了坟墓,这里就成了竞技的“大集会”(eurun agôna,23.258)。随着城邦的发展,“在从城市市场上甚至在议事厅前的”葬礼“成为了独一无二、倍加荣耀的特例”,帕特罗克洛斯墓的位置暗示了一种英雄崇拜,共同体因

---

① 法伦伽 1998,199,198。又见西福德,他强调“悲恸的整合力量”(1994,173)。

② 芬利 1979,80-81,110 和埃德蒙兹 1989,28。

③ 见法伦伽 1998,201。

④ 作为对比,见对萨尔佩冬的死亡和葬礼的描述(16.455-457)。

此团结起来。[①] 围绕英雄崇拜而组织起来的葬礼竞技,最终在泛希腊化竞技中成为了制度,起到"临时而周期性共同体"的作用,"公民"可以"在这个城邦复制品中聚集几天"。[②]

第三,在宣布奖品如何分配时,阿喀琉斯把分配变成了公共活动,而不是私人事务。这在原则上就与阿伽门农在第一卷中的角色没有什么不同。正如我们即将看到的,不同之处在于每个领导者如何回应公众对这种分配提出的挑战。阿伽门农把战利品的分配当作私人活动,当作他的慷慨赠予行为,但阿喀琉斯似乎能够在葬礼竞技中承认公众有权利反对财产的分配。这一财产的"公有化"虽然仅限于精选的几个社会团体,却也十分重要,因为它揭示了"城邦的意识形态之本"。[③]

第四,我们在葬礼竞技中看到了更正式的纠纷裁决机构。福尼克斯担任"裁判"(skopon,23.359,本人翻译),[④]他的特定责任是:"记录"(memneôito)比赛情况,以便事后(万一发生争端)回忆并"报告真实情况"(alêtheiên apoeipoi),能公正地证实是谁在转折点上赢了(23.361)。这样的角色令人想起了阿喀琉斯盾牌上的城邦景象,上面有一位"仲裁员"(histôr)试图通过说"最公正的意见"(dikên ithuntata)来解决争端(18.501,508)。葬礼竞技中的勇士们也要指望阿开奥斯人的领导者们,指望他们能[137]公正地在两个发生争端的人之间(mêd' ep' arôgêi)做出"评判"(dikassate,23.574)。

最后,人们祈求宙斯来监督奖品的有序分配(见 23.584-

---

① 见伯克特 1985,191-192。对刚出现的城邦语境中的英雄崇拜和亡者崇拜的讨论,见斯诺德格拉斯 1980,38-42;德波利尼亚克 1995,128-149;安东纳奇奥 1993,1994;惠特利(Whitley)1995,59,1988;苏维诺-英伍德 1990,1993。

② 威克沙姆(Wickersham)和波齐(Pozzi)1991,5。又见伯克特 1985,193。

③ 纳吉 1990,269。

④ [译按]该词本指"瞭望者",在体育比赛中指"观察员",故罗念生、王焕生译作"督察"。

585)，宙斯的这一角色与城邦的发展有关。[①] 宙斯的这个角色在《伊利亚特》中再次出现，那时宙斯被描绘成要惩罚那些“在暴力集会(agorêi)中通过不正当法令(themistas)”之人(16.387)。[②]

我会集中论述分配和领导地位的问题是如何在第一项比拼，即葬礼竞技中最光荣的马车比赛中提出的。阿喀琉斯宣布他不会参赛，因为大家都知道他的马跑得最快。这句话常被理解为阿喀琉斯持续脱离阿开奥斯共同体的标志。但是阿喀琉斯作为外来者的地位已演变成一种更健康的姿态。以前，阿喀琉斯站在共同体之外，看着大家遭屠戮。而现在，他在共同体中占据了一席之地。起初，他计划当奖品的颁发者，但最终他成为了争端的仲裁者。然而，阿喀琉斯没料到这些事。分配奖品应是一个非常直接的行为：一共有 5 个不同级别的奖项，最好的骑手获得最高的奖项。

阿喀琉斯的作用很快变大，因为他遇到了埃阿斯和伊多墨纽斯之间一场相当微不足道的争吵：究竟哪位骑手赢了。一开始，伊多墨纽斯请阿伽门农来见证哪位骑手跑在前面。但奇怪的是，阿伽门农保持了沉默。观众们不禁想起阿伽门农对先前的冲突，特别是和阿喀琉斯的冲突，处理得太糟糕了。争论愈演愈烈，“他们两人本会继续争吵没完没了，/若不是阿喀琉斯亲自劝阻这样说”(23.486-498)。阿喀琉斯劝大家耐心一点，告诉大家他们会适时看到跑在第一位和第二位的马。阿喀琉斯让埃阿斯[138]和伊多墨纽斯把自己想象成另一位在看这场争吵的勇士，就成功说服他们耐心地等待。“如果别人也这么做”，阿喀琉斯说道，“你们自己

① 见纳吉 1990，272，275；唐兰 1980，10-11；库尔曼 1985；M. 爱德华兹 1987，130-131。

② 多兹(1957，32)认为这段话是“对后面的情况的反映，荷马通过常见的漫不经心的手法，就悄悄把它变成了一种明喻”。劳埃德-琼斯(Lloyd-Jones)1971 和山形 1994 的第五章认为宙斯的这个角色与《伊利亚特》中的一致。[译按]此处的译文与罗王译本有很大出入，后者翻译为“在集会上恣意不公正地裁断”。

也会生气”(23.494)。这种换位思考的能力,与阿伽门农没有能力把自己放在其他勇士的立场上看问题,形成了鲜明的对比,而阿喀琉斯(1.149－151)和涅斯托尔(1.272－274)正是站在其他勇士立场上看问题的。

到比赛结束时,阿喀琉斯的调解手法甚至得到了进一步的扩展,阿喀琉斯这一额外的(调解)角色常被人忽视,因他最先说不参与竞技,就真没参加。[①] 这场比赛说明了人类行动的偶然性和不可预测性。狄奥墨得斯的马鞭失而复得。欧墨洛斯的马车被毁,安提洛科斯驾车鲁莽。正如我们在第2章看到的,分配奖品给阿喀琉斯提出了一个特别的难题,因为阿喀琉斯推测的“最好的人”(ho aristos)欧墨洛斯跑在了最后(23.536)。阿喀琉斯建议将二等奖颁给欧墨洛斯,以矫正在共同体的认知和此人的卓越性之间表面上的不平衡。在给欧墨洛斯颁发这个奖时,阿喀琉斯似乎还摈弃了他自己之前对自足的看法:即,他不需要别人的荣誉或礼物。现在对阿喀琉斯来说,欧墨洛斯是最好的人还不够;共同体必须充分尊敬他。

该为欧墨洛斯做些什么,这给阿喀琉斯出了个难题,因为他在维护共同体对卓越认知的核心地位时,他冒着重演对荣誉观念竞争性理解的风险,而正是这种相互较劲在第一卷中让他和阿伽门农势不两立。事实上,虽然阿喀琉斯的姿态最初得到了普遍的认同,但排名第二的安提洛科斯很快就对这个决定发起了挑战。与第一卷中阿喀琉斯对阿伽门农请求相呼应,“而现在你亲自威胁要把我的奖品从我手上夺走[aphairêsesthai]”,安提洛科斯问道,“你真要把我的奖品从我手上拿走[aphairêsesthai]”(1.161,

---

① 例如斯坦利(1993,230)认为阿喀琉斯的角色体现了价值的内化,忽略了他在解决实际冲突中的角色。金(1987,37－38)认为葬礼竞技中只看到了阿喀琉斯是个“独立的人物”。而沙因(1984,156)把阿喀琉斯的“情绪”描绘成“一种克制的、孤立的社交能力”。

23.544)。[138]虽然欧墨洛斯可能"本人很伟大",但是在安提洛科斯看来,比赛的结果才算数(23.543-547)。更重要的是,他要拿到本属于第二名的"这份"奖品才算数。安提洛科斯确实说过,可以从阿喀琉斯营帐中拿出另一个奖品给欧墨洛斯,这份奖品可能比第二名的奖品还大。但是这番话的重要性在于,安提洛科斯在公有财产和尚属个人财产之间作了含蓄的区分。阿喀琉斯可以随心所欲处置自己的财产;但是,一旦财产用于公开竞争,不论是用于竞技还是战争,它就要服从公众的要求和规则的管辖,而不管这些要求和规则是显是隐,而这些要求和规则可能与分配者的意愿相违背。如阿喀琉斯先前所说,其中一条规则就是,领导者在以人民的名义行事时,收回奖品就不合宜了(1.126)。阿喀琉斯对这个原则坚信不疑,所以当这个原则被违背时,要不是雅典娜介入,他差点打了阿伽门农。同样,安提洛科斯发誓,谁拿走母马就和谁交手。

阿喀琉斯对安提洛科斯的回应,与阿伽门农之前作为领导者对自己的特权的声明,形成了鲜明对比。阿伽门农从来没有能力把自己的私人欲望与公共分配的规范分开,回答阿喀琉斯时,说阿开奥斯人必须给他一个"合我心意(thumon)的/新的奖品","若是不给,我就要亲自前去/夺取你的或埃阿斯的或奥德修斯的荣誉礼物"(1.135-138)。另一方面,阿喀琉斯没有用"权势"来回应,而是承认了安提洛科斯对这一财产的公开主张,并单独给了欧墨洛斯一份私人的、"对他来说价值不菲的"礼物(23.562)。一系列的场景构成了冲突的开端,但这场冲突被武力压制下去了,不过,这一系列场景又为自身的再现提供了背景。只是这一次我们看到了这些场景的不同结局。[140]武力或许能够保证顺从,但是其代价可能是共同体的分崩离析。自愿的顺从最后还需要通过公共决策过程,有争议的要求在这个过程中能够得到表达,也必须得到调解。

然而，正如政治中经常发生的那样，冲突的解决往往是暂时的。安提洛科斯原先是受害者，现在变成了被告，因为墨涅拉奥斯抗议安提洛科斯鲁莽的驾车行为。墨涅拉奥斯呼吁领导者们在他们两人之间裁判（dikassate）以求公正（themis，23.574，581）。很快，墨涅拉奥斯反而提议，让安提洛科斯向宙斯发誓自己没有作弊。安提洛科斯让步了，把他赢来的母马以及墨涅拉奥斯想从他家里拿走的东西，都给了墨涅拉奥斯。墨涅拉奥斯被他的恳求说服了，把母马还给了安提洛科斯。

芬利在阐释这个故事时，认为墨涅拉奥斯和安提洛科斯之间的冲突是两个家庭"单纯的私事"，受侵害的一方可以选择恰当的补偿。① 但是这场冲突的解决有一个重要的不同之处：所有行为都是在公共场合中进行的，尽管还包含"私下解决"这种更古老模式的残余痕迹。因此，墨涅拉奥斯同时求助于阿尔戈斯的首领（hêgêtores）和顾问们（medontes）②公正地在两人之间做出评判。我们按照先前对这种协商的说明来看，阿喀琉斯很可能扮演着仲裁者的角色，决定谁的判决最公正。③ 相反，墨涅拉奥斯选择让安提洛科斯仍旧在众人面前向宙斯起誓，说他没有在比赛中作弊。

这里重现了涉及分配问题的个人冲突是如何无一例外地扩展到公共领域的，无论是阿伽门农和阿喀琉斯之间因个人敌对而产生的冲突，还是这一次争吵。荷马似乎在这个场景中认为，他们的解决方法最终依赖于个人放弃某些东西的能力：[141]不论是最先提出的放弃血亲复仇，并遵从第三方的判决，还是承认裁判不免会出错而放弃一些愤怒。这场冲突最后通过第二种方式解决，安提洛科斯回答墨涅拉奥斯说他这种年轻人"思想很活跃，但判断力不

---

① 芬利 1979，80-81，110。

② [译按]medontes，本指"统治者"和"领袖"，罗王本译作"君王"，陈中梅译作"统治者"。作者在此处译作 counsellor。

③ 见 18.501-508 和特纳 1992，34。

行”(23. 590)。安提洛科斯请墨涅拉奥斯“忍耐”(epitlêtô, 23. 591)。安提洛科斯要求的这份耐心的词根是 tal-,与苦难和忍受(tetlêôs)以及天平(talanton)的含义相关。在第 24 卷,阿喀琉斯将更充分阐述的主题中,苦难看上去就是与他人一起生活的必然结果,因为一个人的行为常常以意想不到而又不幸的方式影响他人的生活。忍耐是对这种苦难的回应,这既是一种忍受他人造成的痛苦的能力,又是一种原谅他人的胸怀,或者也是把自己从他们的行动的结果中释怀的度量。①墨涅拉奥斯回答说,他“会接受”这个“请求”,甚至把“母马”还给安提洛科斯,“那匹马虽然属于我,但我也把他送给你,好让大家知道,我的这颗心并不那样高傲(huperphialos)和严厉(apênês)”(23. 609-611)。这样一来,个人之间的平衡得以恢复,因为墨涅拉奥斯的卓越得到了承认,共同体的平衡也得到了恢复,剩下的奖品就可以颁发了。

阿喀琉斯最后颁发奖品时,把无人认领的第五名给了没有完成比赛的涅斯托尔。整部《伊利亚特》中,涅斯托尔是这一自足主张的核心批评者,反而认为“神不会同时把一切好东西都给人类”(4. 320;又见 11. 761-762)。这是阿喀琉斯的一次重要行动,因为他承认并敬重:为共同体的生存所作的各种贡献具有核心地位。阿喀琉斯的行为不仅承认了没有哪个凡人完美无缺,也承认了涅斯托尔虽然不再是最好的骑手,也仍然会因他的谏言而得到共同体的尊敬。② [142] 由于共同的公共空间非常重要,这个奖项似乎特别与之相关,在这个共享空间中,正如狄奥墨得斯有一次对涅斯托尔说的,究竟什么才是最好的,要跟其他人一起决定,而不是由“一个人自己”说了

---

① 见阿伦特 1958,236-243。

② 斯坦利(1993,225-226)认为这是最后的奖励,是我们最后一次看到涅斯托尔,它暗示了“一个说得多、做得少、未必对当下作出过贡献的涅斯托尔”。这似乎与葬礼竞技的基调以及整部《伊利亚特》中对涅斯托尔的尊敬相背离。阿喀琉斯完全可以绕过涅斯托尔而不必将他赶走。

算，因为“个人的思想不及众人，他的智慧也没有什么分量”(10.225-226)。[1]

虽然阿喀琉斯尊重涅斯托尔，似乎也采纳了涅斯托尔认为有必要听听忠告的建议，但是阿喀琉斯所要求的领导力远远超出涅斯托尔所说的。重要的是，如我们所见，涅斯托尔对领导力基础的理解更为传统，认为那是一种“权势”。涅斯托尔在整部《伊利亚特》中的角色是一位长者，他的建议不可避免地带有经验之谈。[2]这一角色在葬礼竞技中也上演过，涅斯托尔建议安提洛科斯该如何用高超的马术弥补马跑得慢的不足(23.306-348)。这对理解涅斯托尔在阿开奥斯社会中的地位很重要。他的年龄让他受到尊重，他的言论植根于比他人记忆更早的时代中。结果是，涅斯托尔作为谏言者的角色极少受到挑战，即使是间接的也没有，虽然这个角色可能像在第1卷中那样被完全忽略了。

阿喀琉斯在葬礼竞技中担任的角色，占据了一个非常不同的有利位置。阿喀琉斯在化解争端时，没有求助于遥远的过去，也没有(像阿伽门农一样)宣称自己生来有神明相助的个人特权。相反，阿喀琉斯提出的解决方法，依据的是当时环境下能起作用的东西。此外，涅斯托尔有能力对一个特定事情作出最终的裁判，而阿喀琉斯发现自己陷入了一种政治中，这种政治由充满争论(而非简单可解决)的利益所产生，一切决定都会带来新的问题。阿喀琉斯奖品分配的最初决定马上就受到了挑战，这让他只好想出新的解决方案。阿喀琉斯必须有能力认识到他人的主张，并作出相应的

---

① 波吕达马斯对赫克托尔也说过类似的话：“赫克托尔，你一向难于接受别人的劝告，/只因为神明们使你作战非凡超群，/你因此也以为自己的思虑比别人深远，/可是你怎么也不可能做到事事躬亲。/神明让这个人精于战事，/让另一个人精于舞蹈，让第三个人谙于竖琴和唱歌，/鸣雷的宙斯又把高尚的智慧置于第四个人的胸中，/使他见事最精明，/他能给许多人帮助，也最明自身的价值。”(13.726-734)

② 见1.259-273,7.124-160,11.669-802。

回应。[143]在这个由他人组成的政治领域中，我们找到了阿喀琉斯问题的答案，即谁将自愿顺从。自愿顺从来自领导者们认识到，他们是在一个由他人构建的空间中行动。

第六章 领导者与被领导者

[144]*ἑσταότος μὲν καλὸν ἀκούειν, οὐδὲ ἔοικεν*
ὑββάλλειν. χαλεπὸν γὰρ ἐπισταμένῳ περ ἐόντι.
ἀνδρῶν δ’ ἐν πολλῷ ὁμάδῳ πῶς κέν τις ἀκούσαι
ἢ εἴποι; βλάβεται δὲ λιγύς περ ἐὼν ἀγορητής.
当有人站起来发言时，应该听他说话，
不要打断他，否则甚至会难住雄辩家。
在一片吵嚷声中有谁能演说或听讲?
即使嗓音洪亮的演说家也会为难。

——19.79-82

葬礼竞技展示了精英的自愿顺从何以建立在这样一种认识上，即决策产生于一个由他人所构成的空间，葬礼竞技从而解决了政治关系的一个方面。人民在第2卷中的逃离应该让我们想起其他人才是中心，以便维系一个健康的政治领域。但是领导者和被领导者之间是什么关系?《伊利亚特》似乎指向了相反的方向。人民没有发起行动，但是他们也没有[145]仅仅保持沉默。领导者似乎一时对“公众”意见的趋势感兴趣，一时又愿意暴力镇压这个意见的表达。虽然有一个人民大会，领导人在大会上提出行动方略，但似乎也随心所欲地听从或者忽略[人民大会]表达出来的任何情绪。史诗的本质是讲述故事而非呈现历史或社会变革，加上缺乏关于公元前八世纪和前九世纪政治本质的相关知识，这让解读更加困难。

为弥补这些鸿沟，学者们常常要么回溯到更早的迈锡尼文明，要么展望城邦的出现，来定位荷马社会。然而，不论是将黑暗时代的共同体组织解读成早期君主制的残留，还是解读成城邦后期发展所要进化到的目标(telos)，都很危险。正如唐兰指出的，在谈到将荷马共同体定位为过去的迈锡尼文明时代，“我们对迈锡尼的社会组织知之甚少，而对新来的‘多里安人’的社会结构更是一无所知”。[①] 此外，城邦的发展并不像公元前七世纪和公元前六世纪广泛出现的僭政所表现出来的那样，是一条整齐的进化线路。因此，荷马政治的任何模式都必须能解释“公民”的角色发展的重要性，而用不着反过来假设一条从王权到城邦的演变轨迹。

在构建学术上对人民关系的理解上，有三个模式尤其重要。第一个是国王模式，即我们在上一章中看到的，认为荷马笔下的政治关系乃是从早期的君主制发展而来。在这个模式中，荷马的basileus[君王]看上去就是一位国王，通过个人特权来统治静默的臣民。第二个是阶级模式。我们看到的不是沉寂的人民，而是出现了自我意识逐渐增强的[146]经济和社会阶级。在这个模式中，史诗被置于阶级冲突的语境下，诗歌就是精英阶层的意识形态工具，以便把权力的剥削关系合法化。最后还有一种整合主义模式，它源自结构功能人类学。[②] 在这个模式中，basileus[君王]要么是一位首领，要么是一位大人物，通过赠送礼物进入相互义务的网络

---

① 唐兰 1985，293-294。

② 我把这个方法称为“整合主义模式”，与那种更倾向于马克思主义的“阶级模式”区分开来。

关系中。这个模式和阶级模式一样,见证了一群独特的、越来越有自我意识的人民逐渐出现。整合主义的方法注意到了社会中阶级分化和相互竞争的方面,但是这个模式更注重人民逐渐增强的对政治联盟的认知和整合(尽管有时是不情愿的)。

虽然这些模式中的每一种都指出了荷马世界的一些重要因素,但是它们在理解领导者和被领导者的关系上都不够完善。君主制的国王模式,以及精英对新出现人民的逆反应模式,都缺乏对《伊利亚特》权威关系的全面理解。特别之处在于,他们太注重统治的强制性,而不够关注公共空间的出现如何改变了精英阶层对权威的要求。我更赞同的说法是,不论是历史上还是在史诗中,人民都越来越自信。然而,我认为,仅仅在大人物或者首领的组织形式这个语境下,我们无法理解这些关系。相反,我想对这些讨论做些补充,我认为领导者和被领导者之间的权威关系可以被理解成一种"平民表决式"的政治形式。

"平民表决"有诸多含义,其中最重要的就是指如下的做法:直接投票赞成或反对一位领导者或一项政策。① 但这并非平民表决的唯一形式。正如韦伯所述,平民表决式政治可以被看作一个更普遍的体系,在这个体系中,[147]领导者们决策的合法性至少部分来自人民的拥护或可感知的拥护。我们在荷马世界中看不到投票制。我们看到的是在公共场所"制定"决定。"制定"的形式多种多样:在作出决定前向人民征求意见,领导者请求批准某一项决定,甚至是领导者们在人民面前展开辩论。"制定"一词很有用处,因为它让人们注意到活动的公共方面,而不必宣称存在一个形式化的或者民主的过程。平民表决式政治这一观念有助于理解史诗中领导者与人民之间的关系上原本可能出现的不一致和不连贯

① 比如塔尔蒙(Talmon,1960)在讨论现代极权主义的形式时提到了平民表决与投票之间的关联。

之处。

人民的出现

上一章介绍了王权模式，其中荷马笔下的basileus[君王]与神明联系在一起。然而，要注意神圣王权的观点，因为这些观点对人民的角色只字未提。这在很大程度上归因于这种模式把权威和权力理解成向下的流动过程：从神到君王，并施于人民。人民退到沉默中，因为人民的角色变成了服从的角色。[①] 即便如此，我也不想完全忽视basileus[君王]与神的联系。相反，正如我即将论证的，这些神的因素可以被理解为领导的魅力，由大众来阐释。

许多学者已经注意到公众的这一角色。更重要的是，越来越多的学者认为basileus[君王]是人类学意义上的大人物或首领，其权威部分来自血统，部分来自个人杰出才能所成就的特点。[②] 如我们所见，权威的维护[148]基于basileus[君王]发展和维系追随者的能力，其手段不管是把物品重新分配给追随者来建立互惠的义务关系[③]，还是像我们在上一章看到的那样，与其他basileus[君王]共同决策。虽然权威与神圣君权这个概念一起向下流动，但权威现在却表现为领导者之间以及领导者和被领导者之间持续(且常常不稳定)的协商。

对于如何理解荷马史诗中领导者与被领导者的关系，有两种相当不同的解释。这两种观点均将史诗的背景设定为：新兴的自

---

① 见施特拉斯布格1982，495；格洛兹1930，7；邦纳和史密斯1930，9；科斯特勒1968；安德列耶夫1991a，340和蒙迪1980。

② 见芬利1979；唐兰1979，1989b，1993，1997b，1998；唐兰和托马斯1993；裘维乐1981；拉弗劳卜1989，1991，1993，1997a；特纳1992；乌尔夫1990，223-231；格什尼策1991；塔尔曼1998，255-271。

③ 尤其见唐兰1998；裘维乐1981和汉弗莱斯(Humphreys)1978，69。关于首领的地位，更一般性的讨论见厄尔1991。

我意识逐渐增强的人民。有一种观点受到马克思阶级斗争观念的影响，认为在公元前八世纪的剥削贵族与被剥削但日益反抗的dêmos[民众]之间，发展出了日渐加深的分化和冲突。[①] 在这个背景下，史诗看上去就是支撑精英统治的意识形态工具。在莫里斯看来，史诗是一种"意识形态手段"，让剥削性贵族的"阶级利益"合法化的。在"极度紧张即整个社会结构动荡不安"的时代，这部诗歌表达了这样的观点：精英统治乃是"自然而不可改变的"。basileus[君王]"备受尊崇"，而dêmos[民众]"被忽视"到几乎"完全被排除在外的程度"。[②] 坦迪主张，史诗问世时，正值整个希腊因商业市场的出现而发生广泛的社会剧变。市场的出现在两个方面对精英霸权提出了挑战。第一，市场威胁到了精英对资源分配的统治。第二，市场为商人、生产者和贸易者所构成的阶级提供了一种积累财富的手段，威胁到了精英的地位主张。在这个社会背景下，史诗成为了精英阶层的工具，以"建立和支持一个拥有自我意识的贵族阶级"。[③] 史诗通过肯定贵族的价值观，并排除对这些价值观的挑战，来做到这一点。塔尔曼认为，[149]我们应该将这部史诗解读为贵族阶级使贵族的经济和政治地位合法化的策略。由于史诗"的创作及其前提条件都是为了军事精英和地主精英的利益"，所以史诗的文本建构就是要表明，对贵族理想的挑战如何导致社会分裂，以及这种分裂只有通过恢复等级关系才能修复。[④] 当人民最安静时，共同体运转得最好。

诸如"剥削"、"阶级斗争"、"社会控制"、"霸权"之类的词汇，均

---

① 见莫里斯 1986，罗斯 1997，塔尔曼 1998，坦迪 1997，克鲁瓦(de Ste. Croix) 1981，伍德和伍德 1978，宾特里夫(Bintliff) 1982。这些方法用各种各样的形式采纳了以马克思理论为动力的国家发展的阶级模式。对荷马学术研究比较重要的有弗莱德(1967)，他认为，精英维系着资源的不同所有权，这就是国家形成的动力。

② 莫里斯 1986，123-125。

③ 坦迪 1997，192，152。

④ 塔尔曼 1998，13，284。

指向精英在意识形态、经济和政治方面非凡的权力。但是这些主张往往以一些过于简单的权威关系概念为基础。例如，坦迪认为，这部史诗中“没有出现”市场，其实是精英的一种手段，“把人们的注意力从席卷希腊的这场社会动荡的主要原因那里转移开”。史诗是一种社会控制形式的说法，来自这样一种观念：史诗的创作受赞助人这个“大人物”的控制。虽然坦迪赞同大人物、歌者和观众之间存在互动，但是他的模式最终描绘的是从大人物到歌者再到观众的社会控制形式。为了避免过度简化观众控制模式，坦迪确实认为歌者和观众之间存在互动。但是任何一种互动都有所减少，因坦迪认为观众也主要是贵族阶级。[①] 我们最后以一种奇怪的社会控制形式结束，即史诗的真正主题（市场）、被信息所控制的观众（参与市场的人们）均缺失了。

塔尔曼近期对史诗的阶级分析也面临着类似的困难。塔尔曼认为我们在史诗中看到了阶级的意识形态构建。但是塔尔曼的结论似乎同时指向了两个方向。一方面，他认为史诗的文本策略是为了展示对贵族理想的挑战如何导致社会分裂，以及最终导致恢复等级关系。从这个角度看来，basileus[君王]的权力[150]似乎来自“出身和个人才能”，而“两者合力建立并维系其地位”。另一方面，塔尔曼认为精英阶层“受制约的权力”现在“受到详细审查，并因此成为一种新的意识形式”。结果是，“精英权力和等级形式普遍受到质疑，并与新兴的公民理想相冲突”。[②] 我们要如何理解《伊利亚特》中的权威关系，最终还是不甚了了。当时已出现一种公民理想，就此而言，basileus[君王]的权威主张似乎就会发生根本性的改变，因为任何一套共同体的决定都是一个更大的公共语境中作出的。

---

① 坦迪 1997，192，171－172，175，180。

② 塔尔曼 1998，284，269，281 注释 26。

奇怪的是，这些马克思式的方法认为，精英阶层通过操控被剥削的人民来控制社会观点和史诗之类的社会产品，这些方法就不那么辩证了。[①] 这一权威关系的概念不容易通过解读史诗就能获得支撑。史诗中的决策既发生在精英阶层中（即 basileus[君王]或 gerontes[长老]的建议），也发生在包括人民（被不同地称为 laos[人民]、dêmos[民众]和 plêthos[平民]）参加的集会这一公共空间中。[②] 人民在集会中既不投票，也不做出有约束力的决定。[③] 但是他们也并非顺从、呆滞、缺席或静默。第二群学者在描述人民的角色时，试图说清楚对政治权威互动性更强的理解。

例如，拉弗劳卜关注人民和贵族如何共同发展。在公元前八世纪，巩固精英意识形态是为了维系精英的特权。[④] 但是"普通

---

① 对阶级关系更复杂、互动性更强的理解，见罗斯(1997)。

② 见拉弗劳卜 1991，1993，1997a，1997b，1997d；霍克斯冈 1997；唐兰 1989b，1997b，1998；乌尔夫 1990；特纳 1992，31-36；加加林 1986，27；格里芬 1980，11；格什尼策 1991；奥尔森(Olson)1995，188；鲁泽(Ruzé)1997，19-29；和卡利耶 1984，他写道"做决定的是国王，但决定是公开进行的"(C'est le roi qui décide，mais il décide en public，186)。《伊利亚特》中提到集会的地方有 1. 54-305，2. 84-398，2. 788-808，7. 345-379，7. 381-412，7. 414-420，9. 9-79，18. 243-313，19. 34-237。虽然 laos 和 dêmos 不是同义词，但是他们的含义有重叠，例如 18. 301："那就请他把它们集合起来给人们（laoisi）献公(katadêmoborêsai)"；《奥德赛》16. 95-96，114："这里(dêmon)的人们(laoi)是否都恨你……所有人(dêmos)都恨我"。两者指的都是共同体中的人民。laos 及其复数 laoi 常用来指领导者的追随者，而 dêmos 既指一个指定的领域，也指这个领域中的人（见斯内尔和厄布斯编著，《早期希腊史诗辞典》[*Lexikon des frühgriechischen Epos*]，275-278，1633-1644；本维尼斯特 1973，371-376；唐兰 1989；克斯维茨[Casevitz]1992 和豪布德 2000）。Plêthos 似乎常用于指无差别的大众（见《伊利亚特》2. 488，11. 305，11. 360，11. 405，15. 295，17. 31，17. 221，20. 197，22. 458；《奥德赛》11. 514，16. 105）。然而，plêthos 并非属民或臣民的贬义词。Plêthos，dêmos 和 laos 都用于指混乱的人民大众（比较《伊利亚特》2. 143，2. 198，和 2. 191）。Plêthos 不仅仅被描绘成没有同情心的人。当奥德修斯制止忒尔西特斯说话时，他们表示赞同（《伊利亚特》2. 278）；埃阿斯代表 plêthos 请求阿喀琉斯（《伊利亚特》9. 641）；plêthos 有序地行进，返回船上（《伊利亚特》15. 305）。

③ 见卡利耶 1984，186；鲁泽 1984，248-249；拉弗劳卜 1997b，15。

④ 拉弗劳卜 1997d，55。

人"也"在共同体中扮演着重要的角色"。[①] 其中最突出的是,一群人集中在一起听辩论,表达"他们是同意还是反对",共同"为结果承担责任"。[②] 拉弗劳卜认为,可以看出"后来为人所知的公民地位的三个决定因素[151](土地所有权、军事能力、政治参与)虽然尚未正式形成,但已经出现了"。[③] 拉弗劳卜通过"城邦"发展的"互动模式"来解释 dêmos[民众]的出现。[④] 拉弗劳卜写道:"随着'城邦'的发展,拥有土地的男人参军打仗以保卫'城邦'的疆土,并坐在集会上参与决策。"从一开始,dêmos[民众]"在当时可能和正常的范围内,在政治上一直都是一体的"。[⑤]

唐兰也认为,dêmos[民众]对于"'土地'和'人民'之类带有集体特性的东西,具有非常微妙的感觉"。dêmos[民众]"常被描绘成表达共同意愿或经验的普通大众",比如因一次集体活动或分配战利品而聚集的人。dêmos[民众]意识出现了,dêmos[民众]在其中"代表了财产的最外围边界",这个财产与城邦的空间相关,[⑥]不仅有身份,还有声音。正如唐兰所说,"荷马的证据言之凿凿,即从长远看来,dêmos[民众]拥有最终的发言权"。[⑦] 领导者和人们之间发生了一种"特殊的互惠关系",这种关系演变成了"准正式的契约",表达"抽象的'人民'(dêmos [民众]/laos[人民])和抽象的'领导人物'(basileus[君王])相互之间的权利和义务"。[⑧] 在这一首领处于社会核心地位的形式中,领导者们因"不平等的权力和地

---

① 拉弗劳卜 1997a,636。

② 拉弗劳卜 1997d,55。又见拉弗劳卜 1997b,11-20。

③ 拉弗劳卜 1997a,636。又见拉弗劳卜 1997d。

④ 拉弗劳卜 1997d,55。又见拉弗劳卜 1991,230-238。

⑤ 拉弗劳卜 1997d,55。

⑥ 唐兰 1989b,16,14,14-15。又见卢斯 1978,9:"'城邦'的称呼也是对整个领域的称呼。"

⑦ 唐兰 1998,69。

⑧ 唐兰 1997b,43-44。又见格什尼策,他认为"《伊利亚特》中只能看到早期的国家或早期法律的地位"(1991,196)。

位”与 dêmos [民众]区别开来，但还不具备显著的强制权力。① 首领地位常常是世袭的，所以这一职位具有传统的和硬性规定的方面。但是，由于缺乏强制性的权力，就需要大大地强调领导者的个人(或魅力)品质，才能吸引和维系追随者。②

唐兰为了理解这些政治关系，把萨林斯的“等价互惠”概念③延伸到了政治语境中。从这个角度看，basileus[君王]和人民之间的关系，[152]似乎是人民给予“物质和象征性的”礼物作为支持，而首领反过来给予诸如宴会之类的“物质赠予”以及最重要的“领导和指导”。④ 给予 basileus[君王]的礼物是“更明显和公开的税费”，而君王的礼物则是“慷慨的赠予”行为。这些交易发生在具有竞争性的交换系统内部，才让首领不会变得过分吝啬。basileus[君王]通过赠予而逐渐形成自己的权力，但总是受制于对手的挑战，因为对手可能给他的下属提供更多更好的礼物。⑤

尽管唐兰对互惠概念作了有意的扩展，但是这些说法仍然存在一种模糊性。唐兰在一篇题为《权力关系》的文章中提到了这种模糊性。唐兰的问题很简单，即如果不是出于“暴力或经济强迫”，那么“laoi[人民]为何会听从并遵从 basileis[君王们]”？唐兰为了回答这个问题，确定了三种不同形式的合法性，它们都在不同程度上运作。唐兰援引韦伯的观点，认为 basileus[君王]通过“传统权威”因素来维系权威，因为这个职位被视为是“古制”，具有“魅力型权威”的方方面面，在这种类型的权威中，要维系跟随者，依靠的是个人品质。这个职位甚至被视为“既合法又合理的权威”的要素，

---

① 唐兰 1997b，39。

② 见唐兰 1997b，42-43。

③ 见萨林斯 1972。关于唐兰将互惠概念应用于荷马经济，见唐兰 1997a 及其参考文献。

④ 唐兰 1998，56。伦茨在裘维乐之后用另一种说法描述了“这些‘礼物’中所蕴含的剥削”。见裘维乐 1981，123 和伦茨 1993，217。

⑤ 唐兰 1998，55，54，56。

basileus[君王]靠这种权威来保护宙斯的 themistes。[①] 唐兰当然也认识到，权威关系在过渡时期相互重叠。[②] 然而，我们需要解释的不仅仅是这里领导力中固有的权威的不同方面，还包括史诗中这些不同的因素是如何结合起来的。我认为，这些因素相互作用，就像化学反应，创造了一种不同形式（且非常不稳定）的权威关系，即韦伯所说的平民表决。在平民表决的范围内，权威的魅力方面依赖于一个更广阔的公共空间。

平民表决式政治

[153]韦伯所讨论的平民表决式领导，为理解荷马社会中高于臣民却低于公民的人们提供了一个暗示性的平行对照物。他指出，在一个魅力型组织中，"魅力的合法性最基本的权威原则可能服从于反权威的解读"。魅力统治的有效性取决于被统治者承认领导者所宣称的一些非凡的个人特性、英雄特性或神圣特性，以此来证明其领导权的合法性。承认魅力型领导者的权威，被看作是一种"责任"。但是在韦伯看来，这一魅力型统治可能会受到更广泛的政治、经济和社会变革的影响。我们已经看到，公元前八世纪的发展很可能给政治组织带来了压力，使领导问题越来越公开化。这些压力产生了一个微妙的转变：承认天赋魅力的权威不是"被当作合法性的结果"，而是"合法性的基础"。[③] 领导者虽然仍然具有魅力元素，但是其权威逐渐以被统治者的承认为前提。

---

① 唐兰 1997b，42-43。

② 其他人也看到了史诗中的政治观念正在发生转变。卢斯评论道，城邦的出现依赖于"它的独裁统治者，但也并非没有一个更广泛的政治结构的雏形"（1978，11）。拉弗劳卜（见 1991，1993，1997b，1997d）和裘维乐 1981 的一些文章中也提到了这点。

③ 韦伯 1978，266-267。[译按]这里与中文版的译法有些不同，见韦伯，《经济与社会》，林荣远译，商务印书馆，1997，上卷，页 297。

平民表决式领导与唐兰所讨论的组织性的首领形式没有区别。平民表决式领导也不缺乏个人对非凡的甚至神圣联系的主张。我想强调的是一种奇怪的混合，个人权威在其中与大众拥护联系起来了。我们没有看到民主的投票原则，甚至没有看到正式的程序。我们却看到了公共集会的规范化，因为既有一个人充当着召集人们的传令官角色(2.99)，也有集会参与者恰当位置和座次的观念(2.96-97,99)。[①] 在这个空间内，领导者向众人表演，试图说服、哄骗或者获得支持。但是这改变了政治活力的本质，也改变了政治合法性的本质，因为领导者作出呼吁时，[154]期望得到回应。在由 dêmos [民众]、laos[人民]或 plêthos[平民]组成的更大的政治领域内，这些决策，以及提出这些决策的领导者的权威，其合法性至少部分来自人们的赞扬或感知到的赞扬。

《伊利亚特》开篇就提到了合法性是天赋基础和公共基础的奇怪组合，阿喀琉斯召集人们开会(agorênde kalessato laon)来处理有可能毁掉整个军队的瘟疫(1.54)。阿喀琉斯权威的魅力基础不仅表现在他在共同体中的英雄声望上，还表现在赫拉的作用上，即提示阿喀琉斯召集人们开会(1.54-55)。[②] 阿喀琉斯的个人权威在公共场合中运作的，在这种场合中，人们似乎在表达意见时起了某些作用。当预言者卡尔卡斯告诉人们阿波罗为何向人们播下瘟疫时，他们“大声呼喊同意”(epeuphêmêsan)将克律塞伊斯还给她父亲(1.22)。人们没有成功，但令人惊讶的是，即便阿喀琉斯在向

---

① 同样，在第 9 卷中，传令官们“召集大会时呼唤每个参会者的名字”(9.11)“按大会的座次”就坐(9.13)。也有观点认为在描绘帕特罗克洛斯跑向“阿开奥斯人召开大会”的船上时(11.806)，有一个与大会相关的空间。这个空间的规范化表明此类人们参加的会议不仅普遍，而且这一活动确定并界定了一个空间。

② 这些魅力因素也说明了一群阿开奥斯人如何怀念他们的领袖普罗特西拉奥斯(Protesilaos,2.703-710)，以及涅柔斯(Nireus)无法吸引一个追随者，因为他是“软弱无能的人”(2.675)。雅典娜也给奥德修斯提出建议，如何让正在逃离集会的阿开奥斯人恢复秩序(2.172-181)。

他母亲重述这件事时，都将他们的呼喊视作对他地位的支持(1.376)。

在后面的一次集会中，狄奥墨得斯建议人们应拒绝特洛亚人的赠礼，而不是拒绝海伦(Helen)归来。所有阿开奥斯人在回应他时，都“欢呼着”(epiachon)、“称赞着”(agassamenoi)狄奥墨得斯的话(7.403-404)。这行诗有两个地方值得注意。第一，大众的欢呼包含着个人欣赏的因素，因为agamai一词常常用于表达对一个杰出人物的惊叹。[1] 第二，荷马使用了英雄式作战呐喊的语言来描绘集会中人们的呼声。此外，iachô的声音被比作咆哮的大海、熊熊的森林之火、橡树林呼呼的风声和斧刃淬火的呲呲声，与个人的英勇、群体的力量和神圣的恐怖这些壮举相关。[2] 在勇士们相互竞争的世界，这声呼喊对应着力量、勇气[155]和个人的优秀。[3] 通过刻画人们呼喊出他们的赞同声，荷马不仅揭露了人们的力量，也通过将这个呼喊与好斗的英雄世界相联系，从而为其提供了一些合法性。

在纯粹魅力形式的联合中，人们的称赞被视为一种义务，针对的是一位公认有魅力的领导者。然而，在平民表决政治中，人人都有可能获得称赞。这让荷马笔下的政治领域反复无常。为了获得称赞，领导者们可以采取两种方式。他们可以利用个人权威来为共同体谋福利，以此获得大众的称赞，正如阿喀琉斯在第1卷中所做的那样。或者他们也可以利用魅力中更专制的元素，而把合法性隐藏在魅力背后，仿佛这种合法性来自“被统治者的意志”。[4]

---

① 又见3.181，3.224和7.41。

② 与喧嚷的比较：14.393-401。个人的英勇：5.297-302，8.321，16.784-785，18.160，18.228-229，20.285。群体的力量：13.834-835，15.312-313，16.78-79，17.262-266。神圣的恐怖：5.784-792，5.859-863，11.10-14，14.147-152，15.321-237，20.48-53。

③ 见冷顿(Lendon)2000。

④ 韦伯1978，268。

在民主形式的政治中，职位而非个人才具有权威性，与此不同，在平民表决式政治中，人民的选择可以被用作"对领导者权威的无条件称赞"。①

我们在第2卷中首次看到这种反复无常，阿伽门农召唤人们开会，以试探他们继续战斗的意愿。回想起来，阿喀琉斯前一天不仅要质问阿伽门农的勇气和领导能力，还提议大家都不要服从他。阿伽门农在召集大会时试图寻求人们的称赞，来支撑他个人的合法性。然而，阿伽门农在煽动大众的"激情"(thumon，2. 142)时，严重误判了人们的反应。集会上回响着"雷鸣般的喊声"(alalêtôi)，这个词也被用于描述战斗中的呐喊(2. 149)。他们人多势众，几乎"超越命运"，实现"归乡"(2. 155)。足够讽刺的是，政治领域在人们的称赞中分崩离析，只有通过奥德修斯的行为才能修复，因为奥德修斯得到了雅典娜的指引(2. 166–210)。

[156]奥德修斯后来还表示，人们虽然嗓门大，也有听从不明智言语的危险，他指责阿伽门农提出的离开战场的建议可能是"毁灭性的"(14. 84)。奥德修斯担忧的是，人们会听从欠考虑的话语，因一时激情而不假思索地服从领导者。涅斯托尔指出了平民表决式政治普遍不稳定，他说道阿开奥斯人在召开集会时行事"像孩子"(2. 337)，因为他们太容易忘记战争的事，很快从恐惧转变成了激情。

不仅是领导者可能因其向人们说了不明智的话，而危及公共空间的稳定性，群众的不稳定性也可能让他们不认可忠言良策。阿伽门农阿喀琉斯返回之后的集会上发言，说"当有人站起来发言时，应该听他说话，不要打断(hubballein)他，否则甚至会难住雄辩(epistamenôi)家。在一片吵嚷声中有谁能演说或听讲？即使嗓音洪亮的演说家也会为难"(blabetai de ligus per eôn agorêtês,

---

① 布雷纳(Breiner)1996，21。

19.79-82)。即使是最好的建议,也可能湮没在混乱人群的嘈杂声中。

在赫克托尔和波吕达马斯的两次相遇中,平民表决式领导的不稳定性——和警告——表现得最明显。在决定是继续攻打阿开奥斯人还是立即撤退这个关键的战斗时刻,波吕达马斯对赫克托尔说道“赫克托尔,即使我在会议上发表的见解合理正确(phrazomenôi),也总会招来你严词驳斥,因为你不允许一个普通人在议院里或战场上和你争论(parex),只想增强自己的威名”(12.211-214)。在波吕达马斯看来,赫克托尔不断利用人民的称赞来确认自己的个人权威。波吕达马斯为了对抗赫克托尔对人们的支配,提议求助于一个“神明的阐释者”,他能解释“预兆的真相,[157]是人们所信任的人”(12.228-229)。赫克托尔拒绝了波吕达马斯的要求。问题是,正如波吕达马斯后来提到的,赫克托尔“太倔强,听不进道理”(13.726),因为他相信自己既有战斗的本领,也有商议的智慧。

赫克托尔一味迎合人们,这对后来关于如何回应阿喀琉斯重返战场的辩论产生了灾难性的后果。这个决定至关重要,人们极度恐惧,以至于无法落座(18.245-314)。波吕达马斯建议军队在城墙后面采取防御姿态,而不要冒险正面对抗阿喀琉斯的猛攻。赫克托尔说的是战胜阿开奥斯人所带来的荣誉,而不是被“围在外层堡垒中”(18.287)。在这里,荷马对此次辩论表达了自己的看法。赫克托尔没有听从建议,也没有对反对进攻的可能观点持开放态度,而是通过人们的“欢呼”(epêinêsan)赢得了辩论。这只是一场欢呼,因为雅典娜“使他们失去了理智”(18.311-312)。波吕达马斯虽然“在人们面前说得句句在理”(esthlên boulên),却没有得到掌声(18.313)。就像阿伽门农在《伊利亚特》开篇中那样,赫克托尔试图利用公共空间来确认自己的个人权威。其结果不可预见,又非常严重。人们在第 2 卷中不明智地支持了阿伽门农的建议，他们雷鸣般的称赞使政治领域分崩离析。赫克托尔为了迎合集会人群的一时冲动，让共同体处于生死存亡的危险之中。

在这个不稳定的政治空间里，我们看到公共伦理试图去平衡权威的魅力层面和公共层面，虽然这种公共伦理的运作尚不成熟。精英阶层把这两个层面结合起来，就可以通过“政治英雄主义”获得荣耀，不仅可以在战争中表现出丰功伟绩，还可以通过在集会上发表豪言壮语。阿喀琉斯退出战场时，他被描绘成再也不会回到战场，[158]也不会“去参加可以博取荣誉（kudianeiran）的集会”（1. 490）。同样，福尼克斯提醒阿喀琉斯在“大会辩论”（agoreôn）中“人们显得出类拔萃”（ariprepees，9. 441）。正如斯科菲尔德（Schofield）在讨论第 9 卷中狄奥墨得斯提出的建议时作的评论：“现在最关键的是狄奥墨得斯的演说本身就是卓越能力的显现，犹如他在战场上功勋卓著。”①我们看到了人们的集会中与精英阶层的话语相呼应的荣誉和称赞的观念。

这种政治上的卓越部分基于神明的青睐（即为何第 1 卷中赫拉会与阿喀琉斯召集大会有关）。但是这种卓越也依赖于阐明自己在公共空间中的位置的能力。如马丁那篇颇有助益的文章所表明的，这一政治语言包含公共演说行为（即 muthoi），包括“在听众前”进行“表演”和权威主张。② 这种政治上的卓越才能似乎取决于诸多因素。一部分是修辞能力，包括用词恰当的能力（与忒尔西特斯混乱或“无序”的话相反，2. 213），③以及说话简练（pauros，3. 213，还有 3. 215）和明晰（ligus）的能力（3. 214）。形体姿态也（3. 216–219）在言语上透露出权威性。比如安特诺尔（Antenor）在奥德修斯与墨涅拉奥斯的辩论中对奥德修斯所描述的那样。轮

① 斯科菲尔德 1986，14。
② 马丁 1989，37。
③ 见马丁 1989，17。

到奥德修斯发言时，他"立得很稳，眼睛向下盯住地面，他不把他的权杖向后或向前舞动，而是用手握得紧紧的，样子很笨"（aidrei，3. 217–219）。然而，他的"声音"和"言词"无可匹敌（3. 221）。政治卓越需要头脑灵活，比如恰如其分（artia，14. 92）、"在理"（esthlên boulên，18. 313）。[①]

如涅斯托尔向阿伽门农解释的那样，这种新政治语言的一个重要部分是言之有益（agathon，9. 102）的能力。其重要性在于它既限制了[159]利用众人的称赞来取得个人的权力，也界定了领导者维系公共的、参与性空间的责任。如涅斯托尔建议阿伽门农"等很多人聚齐，谁想出最好的劝告，你就吸收听取。全体阿开奥斯人很需要良好的聪明的劝告，因为敌人靠近船只点燃许多营火"（9. 74–77）。在许多场景中，共同体利益在领导人的争论或关切中占据着重要的地位。[②] 比如阿伽门农在集会辩论中，说他将同意放弃他的战利品，因为他"希望他的人民安全，免遭毁灭"（1. 117）。后来，阿伽门农悲叹，他会因丧失许多手下而丢尽脸面（2. 115）。在集会之外，领导者们请求帕里斯归还海伦，因为特洛亚的人们正在死去（6. 327）。埃阿斯请阿喀琉斯代表"阿开奥斯人中的大多数人（plêthous）"返回（9. 641）。赫克托尔害怕自己因他不听忠言而给人民带来灾难感动而蒙羞（22. 104–107）。我们无需把这些时刻视作无私的表现。相反，这些担忧说明个人在言行上的卓越性，与共同体的福祉往往有脆弱的联系。在反复无常的政治空间里，几乎没有制度性的调解，要维系共同体的稳定，就需要依靠人民的自制（2. 99），以及领导者的明智（14. 92）和"在理"

① "好的建议"即 euboulia，是《伊利亚特》中优秀领导力的重要方面，这方面的讨论见斯科菲尔德（1986）。我在这里说的以及斯科菲尔德也提到的这一公共伦理，与芬利所说的健康和在理不是英雄品质的看法相反（1979，115–117）。

② 关于领导者在保护人们方面所扮演的角色这个主题，见豪布德 2000，37–40，47–100。

(18.313)来。

学者们如要否认集会的公共作用,就常常说,领导者们做出最终决定,通常无视大众的意见。正如芬利曾说的,“集会通常是君主随意召集的”,人们“既不投票也不决定”,仅仅是表示他们的“称赞”,而“君主可以忽视”这些称赞。① 安德列耶夫(Andreyev)也认为“人民的集会”要么是“一小群君王手中温顺的工具”,要么虽然也表达了意见,[160]却因缺少“法律效力”而无效。② 但这表明了对平民表决式政治本质的误解。正如韦伯指出的,在平民表决式政府下,大众的支持或反对可能经常是“走形式或者编造的”。③ 确实,我们从卡尔卡斯和忒尔西特斯的威胁,以及帕里斯无视特洛亚集会的请求(7.362)中可以看到,这并不是民主。但这并不意味着这些变化不重要。平民表决式政治建立在这样一种价值体系之上:决策是在公共空间中制定的,并且受制于共同体的称赞与许可。这个空间由精英和 dêmos[民众]组成。

平民表决式政治、僭政与民主

平民表决式政治不仅有助于理解荷马世界中所描绘的权威关系,还有助于将荷马政治置于后来的政治发展过程中,尤其是僭政的出现以及参与度更高的政治形式的兴起。公元前八世纪荷马的世界、公元前七世纪刚兴起的僭政以及后来出现的参与度更高的政府形式之间的关系,常常变得难以理解,因为人们常常试图将这些发展过程置于从君主制或寡头的强制统治到民主的大众统治的

---

① 芬利 1979,80。
② 安德列耶夫 1991a,342。
③ 韦伯 1978,267。

进化轨迹之中。我们已经看到,荷马式权威关系比这复杂得多。僭政的出现也并非简单地适用于这个框架。僭政常常建立于公共空间和公共保护都在扩张的时期,正如梭伦改革之后,佩西斯特拉托斯(Peisistratus)崛起。为了解释其原因,一些学者[161]认为僭政要么是君主制的"反向革命"①,要么是精英在静默的大众面前竞争的结果。② 但是将僭政视作对君主制的重现,就很难理解古代的证据,即人民也参与进这种统治形式中了。然而把僭政看作"权宜之计"③,以打破"世袭贵族统治"的封闭体系,从而创造"一个更'开放的'社会",对我们来说也不会更有好处。④ 僭政当然改变了政治景观,打破了传统贵族家庭的政治控制,重新组织了公民,并通过公共工程项目、纪念性建筑、民众节日和宗教节日以及艺术教化,增加了城邦在物质上和象征上的重要性。⑤ 但是,当这个观点用来解释僭政最初兴起的政治语境时,就变得含混了。如果把僭政视作权宜之计,并因此把民主的目的说成是大众担心会出现僭主,就存在许多问题。第一,我们无法解释那些据称对经济和政治革命感兴趣的那个团体,为何会满足于僭政在雅典施行了三十多年,在科林斯施行了七十多年,在西库昂(Sicyon)施行了一百多年。⑥ 第二,我们无法解释为何在终结僭政时,会时常受到大众的抵制,比如在萨摩斯。⑦ 最后,我们无法解释为何民众统治有时先于僭政,比如在黑海边赫拉克利亚(Heraclea Pontica)和美索

---

① 伍斯特 1972,24。又见德鲁斯 1972。

② 奥伯 1989,65。

③ 格洛兹 1928,136 和克鲁瓦 1981,281(引用自格洛兹)。

④ 克鲁瓦 1981,280-281。伍德和伍德认为城邦的特点是产生于为了"解放生产阶级"的阶级斗争,完全跳过了对公元前七世纪和公元前六世纪出现的僭政的讨论(1978,29)。

⑤ 见麦格琉 1993;拉弗劳卜 1997c,39;曼维尔 1990,162-173;科尔布(Kolb)1977;夏皮洛(Shapiro)1989;斯塔尔(Stahl)1987;伊德 1992。

⑥ 亚里士多德《政治学》1315b12-34。

⑦ 见希罗多德 3.142-143 和罗宾逊(Robinson)1997,118-20。

不达米亚(Mesopotamia),①以及为何上述例子中有时会恢复一种民众统治形式(如在黑海边赫拉克利亚),有时又不恢复(如在美索不达米亚)。

"平民表决式政治"这个概念为我们提供了一种方法,来理解公众在僭政创立时的角色的古老证据,以及民主(或参与度更高的统治形式)如何从僭政中产生。我认为其中有一种关系,僭政和民主均来自前两个世纪发展形成的不稳定的平民表决式政治空间。事实上,这种平民表决[161]领域充当了民主的实验室,给精英和dêmos[民众]提供了实践,并反过来提供了一个不断演变的公共制定的词库。平民表决式政治不是民主的充分条件。但是,平民表决空间存在于僭政之前,僭主也维护(有时是苦心经营)这一空间,这就为僭政倒台后更民主形式的讨论、扩张和体制化提供了语境。②

亚里士多德为人民的这一角色提供了洞见,他区分了老式的

① 黑海边赫拉克利亚:亚里士多德《政治学》1304b31-34和罗宾逊1997,111-113。美索不达米亚:雅各布森(Jacobsen)1970a和1970b。关于早期非希腊民主的文献综述,见罗宾逊1997,17-25。

② 雅各布森在讨论美索不达米亚早期的政治发展时为这个观点提供了一些佐证。他认为美索不达米亚早期的那种"原始民主"在许多方面与我们讨论的平民表决式政治的运作其实是一回事。尤其是"统治者必须在人们面前提出自己的建议,首先是向长者们,其次是向市民的集会,取得他们的同意才能行动"(1970b,163)。然而,随着时间的推移,美索不达米亚转向了更专制的方向,因为领导者们自然希望维系他们的地位(1970a,142-143),就宣称存在永恒的紧急状态(特别是战争),而将权力集中在一个领导者手中(1970a,143-145),以及在基什(Kish)的国王统治时期出现了一种新型的专制统治,这种统治通过暴力成功地控制了大片疆域(1970a,145-147)。雅各布森描述的一个进程是,集会还没有制度化,所以在君主更专制地要求魅力权威的说法面前,变得非常脆弱(1970a,146-147)。这个朝着独裁方向的转变,反过来受到了神圣选举和"朝代原则"制度化的支持,君主可以指定继承人(1970a,148-151)。我认为,对雅各布森的批评,可以在很大程度上靠"平民表决式政治"替换成"原始民主"而得到解决。这为理解人民的政治角色提供了一条思路,而不必反过来假定人们拥有主权。美索不达米亚就是一个很好的例子:平民表决式领导中的专制因素自我肯定,继而形成制度。

僭政和新式的僭政，老式的僭政是君主超越了他们的世袭权力去建立“更专制的统治”（despotikôteras archês），而新式的僭政是僭主通过取得公民们（dêmou）和大多数人（plêthous）的信任或信仰（pisteuthentes）来掌握权力。这种信任可以是僭主建立起来的，他把自己刻画成人民的一员，发表反对贵族的言论，或宣称要保护人们免遭不义。① 亚里士多德将这种新式的僭主称为“民众领袖”（dêmagôgos）。在这一语境下，该词指的并非人民发起的有政治意识的运动，而是僭政的另一种形式，取得了人们在公共空间赋予的合法性。②

伍斯特贬低人们在僭政创立过程中的作用，认为亚里士多德对 plêthos[平民]和 dêmos[民众]的使用，简直是年代错误。大众“尚未具有政治意识”。相反，伍斯特认为这些词汇更可能是指来自一小群“重装步兵组成的中等阶层”的支持。③ 虽然伍斯特以下所说是正确的，即“民众领袖”是后期发展而来的词汇，重装步兵可能在僭政的形成中扮演了重要的角色，但他对公元前八世纪和公元前七世纪 plêthos[平民]和 dêmos[民众]含义的描述却不正确。我们已经从荷马史诗中看到，plêthos[平民]和 dêmos[民众]指的是普通人，虽然他们确实能够一致行动。这些行动对领导和共同体都会产生影响，[163]即使人们可能不会按照一致的政治原则行动。公元前六世纪和公元前七世纪的 plêthos[平民]就像荷马史诗中描绘的普通大众那样，并没有启动什么政治计划，但他们也不是被动的。公元前六世纪和公元前七世纪的领导者，就像荷马笔下的精英一样，不仅仅是发号施令，还要公开制定他们的决策，以赢得人们的称赞。

---

① 亚里士多德《政治学》1310b12-17。
② 见韦伯 1978，1449-1451 对民众领袖的讨论。
③ 伍斯特 1972，20。

亚里士多德和希罗多德(Herodotus)对佩西斯特拉托斯统治的记载相互矛盾，这揭示了僭政在公共性上的悖论。虽然两人在得出的结论上不尽相同，但是两者都讲述了佩西斯特拉托斯放逐后归来，坐在马车上，由一位打扮得像雅典娜一样的女人引路。在希罗多德看来，佩西斯特拉托斯欺骗了人们，[1]而在亚里士多德看来，佩西斯特拉托斯借助人们的称赞而获得权力。比如，亚里士多德在描述佩西斯特拉托斯被放逐后第一次归来时，说人们“双膝跪地，心怀敬畏地迎接他”。[2] 佩西斯特拉托斯第二次归来时，一边讲话，一边解除了群众的武装。在武器被藏起来之后，佩西斯特拉托斯“结束了发言”，并“告诉人群不要为他们的武器不见了而惊讶或恐慌，他们应该回家照料自己的私事——而他则会照看国家”。[3]

僭主居然要靠呼吁人们才走上统治宝座，这似乎是一种悖论，但如果我们把它放到平民表决式政治这个背景中，就不难理解了。平民表决空间这一观念让我们能够理解人们参与佩西斯特拉托斯“神圣存在”这一幻象中所扮演的角色。[4] 正如康纳(Connor)所指出的，“这个仪式的作用就在于表达了民众的认同——这是双向的交流，而非像人们通常认为的仅仅是操纵”。[5] 佩西斯特拉托斯正是在这一平民表决空间中才能获得合法性。但佩西斯特拉托斯一旦掌权，就消解了人们的一切公共角色，虽然，用亚里士多德的话说，他统治得很温和。正如这个例子所阐释的，政治领域的消解不需要依靠[164]武力，而可能是公众(无论明智与否)称赞的结果。

---

① 希罗多德 1.64。
② [译按]所有译本都没有“双膝跪地”(fell to the ground)字样。
③ 亚里士多德《雅典政制》(*Ath. Pol.*)14.4,15.4。
④ 西诺斯(Sinos)1993,83-84。
⑤ 康纳 1987,44。

不仅在佩西斯特拉托斯的故事,而且在其他僭主[①]的故事中,最突出的一点在于,僭主不断向人们发出呼吁,即使这种呼吁很奸诈。这种呼吁不仅发生在崛起而获得权力的时候,也发生在维系权力的过程中。例如,萨蒙认为,在科林斯的僭政下可能建立了一个小型议事会,即一个由八个部落的代表组成的probouloi[预审委员会],以及一个公民大会。公民大会显然没有决定政策。但probouloi[预审委员会]让人联想到平民表决式政治,它的作用可能是向领导者传达人民的态度,并反过来引导公民大会"作出与议事会意见一致的决定"。[②] 萨摩斯的波吕克拉底(Polycrates)死后,迈安得里乌斯(Maeandrius)召集了一次公民大会(sunageiras),开出自己统治的条件,虽然大会拒绝了他的条件。[③] 据说佩西斯特拉托斯在他统治的时期原封不动地保留了政治和法律机构。[④] 虽然人民在统治中所扮演的角色尚不清楚,但很可能建立了一个议事会和某种形式的人民大会,并征求意见。[⑤] 麦格琉(McGlew)在他关于希腊僭政的著作的结论中,发现"如果僭主把自己装扮成解放者或建国者,那么他们肯定早就明白城邦有权评判他们,因为他们必定会巧妙地处理那种评判,表现得一切行动都

---

① 关于米提勒涅(Mytilene)的皮塔库斯(Pittacus)的选举僭政,见亚里士多德《政治学》1285a34-1285b4。关于科林斯的库普塞鲁斯(Cypselus)的僭政,见亚里士多德《政治学》1310b29-32以及*Nic. Dam.* 90 F 57。关于迈安得里乌斯试图在萨摩斯放弃僭政,见希罗多德3.142-143。关于迪奥塞斯(Deioces)在墨得斯(Medes)的崛起,见希罗多德1.96-101。关于墨伽拉的忒阿戈涅斯(Theagenes),见亚里士多德《政治学》1305a25-26,关于那科索斯(Naxos)的吕格达米斯(Lygdamis),见亚里士多德《政治学》1305a37-1305b1。

② 萨蒙1984,205-209,231-239,235。修昔底德提到科林斯和阿尔戈斯的谈判中,科林斯公民大会(xullogos)所起的作用(5.30.5)。关于寡头制中probouloi[预审委员会]的作用及其与公民大会的关系,见亚里士多德《政治学》1298b26-35。

③ 希罗多德3.142。

④ 见希罗多德1.59,修昔底德6.54.5,亚里士多德《雅典政制》14.3,16.2,16.8-10,普鲁塔克《梭伦传》(*Sol.*)31。

⑤ 萨蒙1984,205-207,234-236。

是为了城邦的利益、配得上城邦的荣誉并已经通过了城邦的审查”。与早期的专制相比较，“僭主与其臣民的关系正在发生变化”。[①] 我们可以这样来理解这种正在变化的关系：人们期望领导者们——甚至包括僭主——在公共空间中制定决策并提出他们的权威主张。

平民表决领域这种观念可能也有助于思考民主发展过程中贵族和平民的关系。这场争论趋向认为[165]民主的产生要么归因于一位精英引导，要么归因于大众引导。因此，欧博（Ober）在讨论民主在雅典的发展时，反对“这样的历史观：人类事务中所有先进的行为都来自精英个人有意识的、意志坚定的行动”。相反，他认为雅典的民主“是 demos[民众]自身的集体决定、行动和自我定义的产物”。[②] 事实上，欧博认为在公元前 508–前 507 年间，当伊萨哥拉斯（Isagoras）和克勒俄墨涅斯（Cleomenes）试图夺取雅典的控制权时，dêmos[民众]发起并完成了一场“没有领导者的民主革命”，造成了“对世界的一种理解和另一种理解”之间的“破裂”。[③] 另一方面，拉弗劳卜指出，贵族在构建政治平等概念以回应僭政的过程中是核心角色。[④] 贵族的平等概念反过来慢慢扩展，包含了更广泛的人口，包括 thetes[雇工]。为了让精英阶层接受他们并入，“thetes[雇工]充分整合到政治中”需要“他们的经济或社会地位以及/或共同体功能发生了‘极大且持久的’改变”。拉弗劳卜将 thetes[雇工]角色的改变追溯到像军舰上的划桨手一样，“对城市的安全和力量做出了关键的贡献”。[⑤]

---

① 麦格琉 1993，215。[译按]中文参见《古希腊的僭政与政治文化》，孟庆涛译，华东师范大学出版社，2015，页 276。

② 欧博 1993，216。又见欧博 1997。

③ 欧博 1997，69，68–69。

④ 拉弗劳卜 1996，144；又见拉弗劳卜 1997c。

⑤ 拉弗劳卜 1997c，45–46。

我们的平民表决式政治的观念，让我们能够界定精英和人民之间更悖论性的关系。正如我们以前说的，人们不仅很可能参与了僭政的创立，贵族也很可能借助这些平民表决的关系，与人民一起建立了民主。[①] 这里所提出的模式，既不需要个人具备精英意识，也不需要大众具备革命意识，而是用更互动的方式为民主创造条件。

精英扮演着重要的角色。正如拉弗劳卜指出的，“僭政剥夺了贵族们这种共享的统治权，[166]使之成为了现在需要阐明、主张和争取的价值”。在拉弗劳卜看来，正是在这个语境下“isonomia[在法律面前平等]和 isêgoria [言论平等]得以建立，并变得突出起来”。精英所表达出的这些原则，很可能是他们反对伊萨哥拉斯和克勒俄墨涅斯试图在雅典废除 boulê[议事会]的原因。[②] 然而，贵族要形成这些概念，不得不借助于已经在发展中的 dêmos[民众]意识。用希罗多德的话来说，思想一致(ta auta phronesantes)的 dêmos[民众]在驱逐伊萨哥拉斯和克勒俄墨涅斯的行为中起到了重要作用(希罗多德 5. 73)。但是我们不必像欧博那样假定，这个行动标志着诞生了 dêmos[民众]的一次持久的、无领导的革命计划。[③] 事实上，文献证据不足以支撑欧博的解读。第一，精英阶层在这个故事中并非毫不相关，他们发起了反抗，继而由“其他雅典人”以更大规模继续反抗。第二，dêmos[民众]并没有创建计划，而是在克莱斯忒涅斯(Cleisthenes)承诺要改革的背景下行动。[④] 第三，将人民描述成 ta auta phronesantes[思想一致]，当然

---

① 古辛(Gouschin)1999 在讨论佩西斯特拉托斯的领导时似乎提到了这种能动性。

② 拉弗劳卜 1996，144。

③ 我暂时不讨论历史上没有一个成功、持久、无领导的民主革命的例子这个问题。

④ 拉弗劳卜 1997e，89。

就是在描写一种公民意识,但没有证据表明它指的是独有的革命意识。如我们在荷马史诗中所见,dêmos[民众]常被刻画成是一致行动的,有时与精英意见相同,有时不同。当荷马使用 phroneô[思考]的形式时,比如在涅斯托尔叙述他赞同奥德修斯时(《奥德赛》3.128-129),该词常用于描述指向共同体利益的常识性目的。[①] 希罗多德在将这些行动联系在一起时,似乎也认为大众和精英之间形成了共同的目的。精英先抵抗,然后“其他雅典人”也抵抗,因为他们目标相同(希罗多德 5.72)。[②]

实际上,希罗多德似乎描绘了平民表决式政治的运作,在这种政治中,大众和精英阶层在公共空间开展活动、作出反应[167]以及更重要的,相互影响。佩西斯特拉托斯家族(Peisistratids)没落之后,克莱斯忒涅斯在最初的精英阶层的权力斗争中输给了伊萨哥拉斯(希罗多德 5.69)。因此,克莱斯忒涅斯通过承诺给人民(dêmon)一些政治份额(moiran)来赢得人心(希罗多德 5.69)。克莱斯忒涅斯吸引了人们之后,现在变得比伊萨哥拉斯一派更强大(希罗多德 5.69)。希罗多德描绘的是一个平民表决的领域,克莱斯忒涅斯通过向人们发出呼吁来争夺权力。这一说法也得到了亚里士多德的支持,他说克莱斯忒涅斯赢得了人民(dêmon)的支持,向大众(plêthei)提供了一部分(apodidous)政府的权力(《雅典政制》20.1-2)。[③]

希罗多德继续讲述伊萨哥拉斯如何取得了斯巴达人克勒俄墨涅斯的支持,驱逐了克莱斯忒涅斯和其他杰出的雅典人,并试图解

① 相关例子见《伊利亚特》1.73,1.253,2.78,2.283,4.361,6.79,13.135,13.345(目的不同),15.50,22.264(目的不同),《奥德赛》2.160,2.228,7.158。

② 这里我同意拉弗劳卜 1997c,41 的观点。

③ 我认为我们可以把这个语境下的 apodidomi 理解为克里斯提尼将“属民”应得的东西授予或给予他们。克里斯提尼绝对没有(像拉克姆[Rackham]翻译的那样)将政府“转交”,而是承诺增加“属民”参与统治的份额。

散议事会(希罗多德 5. 72)。此时,议事会表示反对(antistatheisês),伊萨哥拉斯和他的追随者们占领了卫城,然后"其余思想一致的雅典人"(Athênaiôn de hoi loipoi ta auta phronêsantes)携起手来包围了卫城(希罗多德 5. 72)。第三天,卫城上的斯巴达人被安排送走,其余的人被判了死刑(希罗多德 5. 72)。在亚里士多德的记录中,雅典人带回了克莱斯忒涅斯,他成为了人们的领袖(《雅典政制》20. 3)。希罗多德甚至说克莱斯忒涅斯给了雅典人一个民主国家(希罗多德 6. 131)。希罗多德同时赋予克莱斯忒涅斯和 dêmos[民众]以重要的角色,但并没有自相矛盾,①而是描述了 dêmos[民众]和精英之间错综复杂、反复无常的互动,在互动关系中,权威的主张必须在人们面前制定出来。事实上,欧博好像在他自己的分析中指出了平民表决式政治的这种运作。欧博在自己的早期著作中,发现人们在佩西斯特拉托斯的僭政下越来越具有共同体意识。② 欧博在[168]讨论公元前 508-前 507 年的"革命"时,注意到克莱斯忒涅斯在反抗斯巴达僭政时,如何与 dêmos[民众]联手。正如欧博指出的,"克莱斯忒涅斯的领导地位不是基于宪法权威,而是基于他自己的能力,以说服雅典人采纳并执行他所提的建议"。③

在欧博看来,公元前 508-前 507 年的"雅典革命"是 dêmos[民众]集体自我定义的革命行为。但是,正如我在这里所指出的,我们看到了精英阶层之中以及精英与 dêmos[民众]之间这种共享

---

① 欧博认为希罗多德在这点上自相矛盾。为了解决这一看似矛盾之处,欧博声明他"不接受希罗多德在此处提出的历史动因",并提出希罗多德"在其他地方将 demos[民众]视作民主变革的主要动因"(欧博 1997,83)。当然,我们不必在所有事情上都相信或不信希罗多德的记载。但我发现,当希罗多德在谈论同一件事情时,我们更不容易挑选或选择我们该何时或如何相信他。

② 欧博 1989,66-67。

③ 欧博 1993,216。关于精英在引领改革中的作用,又见欧博 1989,68-69,84-86。

空间的发展，远远早于平民表决式政治的出现。这个时期并不是“dêmos[民众]自身认知的革命，也不是贵族对其自身关系的认知以及其阶级中所有人对 dêmos[民众]关系认知的革命”，[①]而是标志着精英阶层和 dêmos[民众]都对平民表决空间的不稳定性作出了回应。这场“革命”并非标志着新型关系的建立，而是标志着平民表决空间向一个更稳定、更合理合法的官职与法律配置的转变。

我们已经与荷马世界的讨论相去甚远。问题不在于荷马政治的重要性只是为后期城邦发展的演变埋下了种子，而在于我想说的，我们在《伊利亚特》中看到了政治这个概念的一些复杂性和隐含意义。正如我已经说过的那样，《伊利亚特》不太容易装进这样一个模式中：传统价值在危机后得以恢复。毋宁说，《伊利亚特》这部社会戏剧让我们重新思考精英与精英之间以及领导者与被领导者之间的关系的本质。最重要的是，我们看到公共空间形成的条件是精英的同仁关系（以主张 themis 是共享权利为显著标志），以及精英与新兴的 dêmos[民众]之间的平民表决关系。精英如果未能承认其他精英的公共主张，或者不恰当地[169]利用平民表决空间来煽动人民的激情，那么，这个空间（以及共同体）就岌岌可危了。荷马政治思想是通过人们的制定才出现的。也正是通过这种制定，我们才能在与他人的伦理关系上达成荷马式的反思，我会在最后一章提出这一点。

---

① 欧博 1993，228。

第七章 走向政治伦理

> [170]*νῦν δὴ καὶ σίτου πασάμην καὶ αἴθοπα οἶνον*
> *λαυκανίης καθέηκα. πάρος γε μὲν οὔ τι πεπάσμην;*
> 现在吃饱了肉,晶莹的酒下了喉咙,
> 在此以前,什么我都没有品尝过。
>
> ——24. 641-642

我在本书开篇讨论了始于柏拉图的观点,即哲学否认史诗具有认识论地位。在柏拉图看来,荷马史诗的问题在于它摹仿的是现象(phainomena)的表象,因为它描绘的是人类行动这个影子般的世界。荷马的艺术无法告诉我们如何生活,因为它只是摹仿了我们已经做的事,而与荷马不同,哲学技艺(philosophic craft)从真理的沉思中汲取灵感,能对什么行为让人更好、什么行为让人更坏作出政治判断(《王制》599d)。在现代思想中,覆盖在柏拉图这一论点之上的,是康德对"纯粹道德哲学"和其他"可能只是经验主义的并属于人类学的"规训所作的区分。[1] 道德哲学被认为来自抽象和普遍的原则,把绝对义务(categorical duty)加之于人类。经验主义规训,[171]如行为规

① 康德(Kant)1959,5。

范甚至伦理,[1]被视为建立在文化之上,因此不具备批判性反思。

道德哲学和经验主义概念的这种区别如果用于荷马世界,它就成为如下观点的基础:荷马笔下的个人遵守的是外在文化规范,而非以道德上的对错为内在动机来行动和反思。在斯内尔的颇为重要的表述中,荷马笔下的个人缺乏自我意识来作出道德选择,也没有能力去反思这些选择。[2] 在弗兰克尔(Fränkel)看来,外部世界和"内在自我"(inner selfhood)绝不相遇。[3] 荷马笔下的个体只拥有"原始生命力",他们生活在当下的悲喜之中,并依照社会"形式"做事。[4] 多兹采用了现在非常著名的人类学上对"耻感文化"与"罪感文化"的划分,来描述荷马价值体系的运作,其中,人的对错感被共同体对他或她的看法所控制,而不是受内在的道德罪恶感控制。[5] 而雷德菲尔德在他的人类学著作中,认为荷马笔下的人"没有内在性","没有能力发展",因为他"对每一种情况的反应都完全不加批判"。[6] 从这些角度来看,不可能有个人的决定或判断,因为除了社会规范之外,不存在自我的形象。[7] 荷马笔下的人因为缺乏反思性,就起到了这样的作用:表达了外在的社会标准。

然而,这些理论使我们无法理解谁在遵守,遵守什么,甚至无法理解这些遵守是如何发生的。雷德菲尔德不承认荷马笔下的个体

---

① 例如,加加林将道德界定为"对他人无私的关心",而将伦理定义为一种普遍文化定位,行为规范在其中以"审慎自我利益"为基础(1987,287-288)。

② 斯内尔 1930。又见斯内尔 1982 和厄布斯 1986,1990。

③ 弗兰克尔 1962,89(1975,80)。又见博梅(Böhme)1929,76。

④ 活在当下:见弗兰克尔 1962,93(1975,84);又见莎德瓦尔德 1959,266-267,以及 1955,137-138。依照社会礼节:参弗兰克尔 1962,89(1975,80);又见奥尔巴赫 1953;巴赫金 1981;芬利 1979,25,113,115。

⑤ 多兹 1957。

⑥ 雷德菲尔德 1994,21。

⑦ 关于这些观点的批评和修正见于伍尔夫(Wolff)1929,惠特曼 1958,朗 1970,琼斯 1971,夏普勒斯 1983,加斯金 1990,施密特 1990,威廉姆斯 1993,开恩斯(Keynes)1993,山形 1994,赞克 1994,吉尔 1996。

有任何内在性，但甚至连他都指出，在荷马社会的耻感文化中，“已表达出来的理想社会规范”是“自我的体验，就像一个人把其他人对自己的预期判断内在化了一样”。① 荣誉不仅是一个人“在他的社会所看到”的价值，正如皮特-里弗斯(Pitt-Rivers)所说，还是“自己眼中的个人价值”。荣誉，以及它对羞耻的认可，[172]提供了“一条纽带，把社会理想及其在个体身上的再生产连接起来，因为个体渴望成为社会理想的化身”。② 开恩斯(Cairns)认为，要认识到一个人的行为如何可能降低或提高其地位，就需要“对自身价值有主观的观念，受到威胁的理想自我形象，以及对自己可能受到批评和赞扬的那些标准有所认识”。③ 比如，如果一个人说自己被不恰当地侮辱了，这是因为他自己有一个特定的形象，并评价自己为值得尊敬。我赞同开恩斯把这种自我评价刻画为“自尊”。④ 这里所说的“尊重”，并非指某个真实的内在自我，而是“一种与他人关系中的自我形象”，必然涉及这样的问题：这个自我如何与“他人的要求、需要、主张、愿望以及一般来说与他人的生活”相联系。⑤

与政治学一样，伦理学既是文化性的，因为它与社会期待相关，也是批判性的，在其表现过程中形成和重塑。伦理自我是一种被制定出来的自我，这种自我必须阐释并应用共同体的标准，这种自我还会遇到这样的情况：共同体的期待乃是模棱两可、相互矛盾或不尽人意的。在这些制定出来的东西中，核心就是“尊重”的观念。我在第二章确定了尊重的文化基础，因为勇士的价值感与其在战斗和大会上的伟大言行而获得的尊敬和荣耀相关。我在第四章讨论了

---

① 雷德菲尔德 1994，116。雷德菲尔德 1994，116。

② 皮特-里福斯 1974，21-22。

③ 开恩斯 1993，142。

④ 开恩斯 1993，16。“自尊”一词没有对应的希腊语词汇。开恩斯极力认为 aidôs(羞耻)及与 aidôs 连用的词汇，都涉及尊重的问题。虽然我从尊重的这个观念开始，但是我试图在自己的论述中证明这一用法合理。

⑤ 威廉姆斯 1985，12。又见利科(Ricoeur)1992，172。

阿喀琉斯将失去布里塞伊斯视为对他尊严的侵犯，作为回应，他拒绝了他人所承认的相关价值观。在这一章，我将剖析阿喀琉斯如何认识到他的选择对他自己以及其他人产生的影响，由此修正自己的价值观，来探讨“尊重”这个观念的关键方面。

对近期有关阿喀琉斯伦理转变的讨论来说，关注一下“尊重”，在某些方面就是补充，而在另外的方面则是修正。在克罗蒂(Crotty)看来，阿喀琉斯最初只有[173]“最基本的自我意识”，只是对质疑其优越性的简单反抗。然而，阿喀琉斯因帕特罗克洛斯之死而生的悲伤，使他后来能“深切感受到”普里阿摩斯的痛苦。阿喀琉斯从自己的体验来推断普里阿摩斯的感受，就“重塑或重构了他对自己的认识”，以便体会“其他人与他自己经历的相似之处”。克罗蒂写道，“阿喀琉斯体会到他自己与别人的相似之处后，便不再把自己的反应局限于一时的刺激，而是能在他人的悲伤中，看到他‘一般而言’或‘作为一种存在’暴露于危险之中”。难以调和的是克罗蒂所描绘像阿喀琉斯那样前后判若两人的人。直到第23卷，阿喀琉斯都是作为弗兰克尔所说的“荷马笔下的人”出现，因缺少内在性而只能对“外在刺激”产生反应。在第24卷中，阿喀琉斯作为一个“更复杂的自我”出现，能够反思他人的经验，并在勇士社会习俗之外建立新的纽带。① 与其假定阿喀琉斯能反应也能反思，不如在阿喀琉斯身上追踪他在回应不同的痛苦经历时鲜明的自尊感：战争的痛苦、失去帕特罗克洛斯的痛苦以及看到普里阿摩斯时引起的痛苦。

赞克也看到了“心的改变”，强调了阿喀琉斯对普里阿摩斯的行动中的怜悯、敬重、喜爱等“情感动因”。正如赞克描写的那样，这一英雄的豁达因阿喀琉斯“对死亡的独特经验和认识”而成为可能。阿喀琉斯通过“对有死的深刻感受”和“对死亡这个现实的个人认识”，获得了一个独立于其他有死之人，“甚至超越了神的”“总

① 克罗蒂 1994，75，78-79，79 注 6，6，8。

体的""识见"(vision)。有了这种识见,阿喀琉斯就能"与普里阿摩斯同病相怜,并对普里阿摩斯施以高贵的慷慨"。[①]

赞克并不是唯一一个强调死亡对阿喀琉斯的转变或重新融入社会具有重要意义的人。[②] 然而,这些说法模棱两可,因为没有清楚地说明[174]"接受"、"面对"或"深切"感受某人的死亡的准确含义,也没有说明这与人类关系理解上的改变是如何联系起来的。把阿喀琉斯的成长与他对死亡的独特认识联系起来,还相当棘手,因为阿喀琉斯早就已经知道自己的思维,比其他任何战士都更确定而清晰地知道这一点。不过,阿喀琉斯对此既然有如此深刻的认识,就应该有不同的选择:不去战斗、不野蛮战斗,以及还可以推迟战斗。在理解阿喀琉斯的成长时,我们可以希望在讨论死亡时避免使用比较级(更伟大,更少,更深,更完整)。这一语言造成了歧义,恰恰就因为它暗示了一种并不存在的衡量尺度。我们不如说说阿喀琉斯如何对死亡有不同的理解,以及这种不同如何与(作为与他人关系中自我形象的)不断变化的尊重概念相关联。

无论阿喀琉斯有什么缺点,他在第1卷和第9卷中既不反抗也不愿面对自己的死亡。正如我们在第四章中看到的,阿喀琉斯对失去战利品的反应来自他与其他阿开奥斯人共有的自尊感:价值与接受共同体的尊敬和荣誉相连。当共同体没有对他的战斗表现出感激之情,努力战斗就不是英雄追求的荣誉,而只是相当屈辱地顺从了痛苦。然而,更重要的是,这种最自尊的侵犯彻底改变了阿喀琉斯对命运和死亡的认识,因为他虽然愿意为他人冒生命危险,却不

---

① 赞克 1996,73,97,125。

② 见伯克特 1955;西格尔(Segal)1971;艾特奇提 1978,164;麦克莱奥德(MacLeod)1982;沙因 1984;金 1987;林恩-乔治 1988;格里芬 1980;拜厄 1993;克罗蒂 1994 和穆尔纳 1996。格里芬写道:随着帕特罗克洛斯死去,阿喀琉斯现在"接受了他自己的死亡"(1980,96)。事实上,阿喀琉斯的特别之处在于"他能比其他任何一位英雄更完整、更强烈地预期并接受自己的死亡"(95)。西格尔还提出"阿喀琉斯显示了死亡是更广泛的秩序的一部分的意识"(1971,73)。

再能提高自己的价值，反而显得愚蠢不堪。阿喀琉斯被阿伽门农的轻视激怒后，想通过羞辱那些让他痛苦的人来恢复自己的价值。但是帕特罗克洛斯之死彻底改变了阿喀琉斯对痛苦的体验，因为他被卷入他人的痛苦之中了。他意识到自己被卷入他人的痛苦之中，这就为他对普里阿摩斯表达普遍的怜悯打下了基础。这个意识具有政治意义，因为它回答了《伊利亚特》中的基本政治问题：[175]作为政治场所的共同体由人际关系构成，并因此受到既无法预见又不可控制的人类冲突的威胁，那么，这种共同体如何能持续存在下去？

尊重自己与对他人脆弱

正如纳吉所指出的，《伊利亚特》中的伦理问题产生于阿喀琉斯拒绝战斗之时。① 我们在这种拒绝中看到了自足的主张，阿喀琉斯在自足中，不会受他人的束缚。他既不需要别人的尊敬也不需要别人提供的荣誉。他也不觉得自己对其他人有任何团体约束性的义务或同情。相反，他的价值感来自对人施加痛苦而自己不受苦的能力。

与阿喀琉斯相比，帕特罗克洛斯被降临到阿开奥斯人头上的苦难所感动(16.22)。帕特罗克洛斯感叹阿喀琉斯没有同情心，不愿意帮忙(16.33)，他在阿喀琉斯不在场时穿上他的铠甲去战斗。② 帕特罗克洛斯之死在叙事上很重要，因为它把阿喀琉斯带回了战场。③

---

① 纳吉 1979，83。

② 西诺斯把帕特罗克洛斯参加战斗看作是一种仪式，以替代阿喀琉斯不愿承认他对 philoi[朋友]应负的责任。“帕特罗克洛斯意识到，阿喀琉斯对φiλoι[朋友]负有社会责任；而他正是为φiλoι[朋友]而死，只不过是为像阿喀琉斯那样的朋友而死。他的行为是仪式化的行为，以替身帕特罗克洛斯的名义，把φiλoι[朋友]与阿喀琉斯连接起来。”(1980，42)

③ 洛德认为，帕特罗克洛斯之死标志着故事的模式，从导致撤退的阿喀琉斯的“愤怒模式”，变成了与赫克托尔“不和”的模式，这个模式导致阿喀琉斯重返战场(1960，150)。

如纳吉所述，对“没有沉浸在史诗中的那些听众”而言，帕特罗克洛斯之死和阿喀琉斯感受到的痛苦是“kléos 的主题”，kléos 就是不朽的荣耀。阿喀琉斯给帕特罗克洛斯报仇，就在“史诗传统本身”中获得了荣耀，因为他的故事值得被讲述。① 但是，如纳吉所说，史诗中痛苦和荣耀在两个层面起作用。阿喀琉斯的荣耀被史诗的观众所听到，所庆祝，但痛苦是相关人物难以忘记的体验。②

痛苦指向个人的自我形象和与他人的关系之间无法分割且常常是直接的联系。在阿喀琉斯早期经历的痛苦中，他认为自己经历了阿伽门农的羞辱所产生的“痛苦”。阿喀琉斯的反应是愤怒，他试图通过颠转这种痛苦来恢复[176]自己的尊严，既给别人施加痛苦，同时远离被人施加的痛苦。然而，随着帕特罗克洛斯的去世，阿喀琉斯经历了一种“共苦”(suffering-with)，也就是他自己的痛苦与另一个人的痛苦联系起来了。③ 阿喀琉斯没有感受到另一个人的痛苦。正如他对赫克托尔的愤怒所表明的那样(见 15.68)，他并没有从战争所带来的痛苦感觉中解脱出来。不同的是，阿喀琉斯没有能力让自己以及自己的尊严感与失去他人分开。这种共苦感具有认知意义，因为它改变了阿喀琉斯在与他人关系中的自我形象。阿喀琉斯的“共苦”揭示了他与帕特罗克洛斯根本是连为一体的，他开始把自己看作是帕特罗克洛斯死亡的起因(如果不是原因的话)。阿喀琉斯开始明确表达这样的

---

① 纳吉 1979，113，97。

② 见纳吉 1979，97-102。穆尔纳(1996)在他对阿喀琉斯的讨论中不支持这种区分。相反，他只在史诗习俗的层面描述阿喀琉斯的行为和反应。这就是为何穆尔纳没有将阿喀琉斯看作一个伦理角色，反而是被“诗歌的总体目的和习俗”所“驱动”的人(1996，161)。

③ “与他人共苦”在古典希腊语中是 sullupeisthai，与亲密者的感情相关。该词没有在《伊利亚特》中出现，但我认为这层含义在阿喀琉斯对帕特罗克洛斯之死的反应中就表达出来了。

意识:他对帕特罗克洛斯之死负有责任。① 这种责任并非将原因归咎于他自己,毋宁是在说阿喀琉斯自己没能支持帕特罗克洛斯(或对其负责)。接下来史诗详细阐述了帕特罗克洛斯之死如何改变了阿喀琉斯的尊严观,也就是他的价值观在另一个"独特的人"面前很脆弱。

尊重自己与对他人脆弱

阿喀琉斯听到帕特罗克洛斯的死讯后,朝自己的头上和脸上撒泥土,来"玷污(êischune)自己英俊的面容"(18.24)、"玷污"(êischune)自己的头发(18.27)。阿喀琉斯虽然消除了别人能带给他的侮辱,现在却贬低自己。《伊利亚特》中的动词aischunô最常用来形容通过损毁和玷污尸体来侮辱他人(见18.180,22.75,24.418)。② 正如韦尔南在描述"英雄理想和侮辱尸体"之间的关系时提到的,"英雄死得壮烈会给他带来永恒的荣耀",[177]其必然的结果就是"让对手的尸体遭毁容和贬损,目的是让他无法留存在后来人的记忆中"。③ 然而,在这个例子中,阿喀琉斯玷污了自己,并且他杀死赫克托尔后,甚至在阿开奥斯人恳求他洗净自己之后,事实上他仍然满身血污(23.40-42)。④

克罗蒂在描述这种对帕特罗克洛斯的哀悼时,认为它与怜悯(eleos)的表达相似。克罗蒂认为这种表达后来延伸到了普里阿摩斯身上。在克罗蒂看来,"祈求怜悯最清楚地出现在关系亲近的

---

① 海德格尔 1979,327。[译按]中文参见《存在与时间》,陈嘉映、王庆节译,生活·读书·新知三联书店,1999,页 321-322。

② 见开恩斯 1993,57-58。

③ 韦尔南 1991,67。又见西格尔 1971。

④ 这一场景常被解释成阿喀琉斯本人死亡的预兆。关于帕特罗克洛斯之死和阿喀琉斯之死的关系,见莎德瓦尔德 1959,155-202;沙因 1984,129-133 和穆尔纳 1996,155-169。

背景中”,“一个人的困境”成为了另一个人“自己的困境”。[①] 虽然阿喀琉斯痛哭流涕,玷污自己,饱尝痛苦,希望自己从未来到世上,但在帕特罗克洛斯死后,他从未被描述成怜悯帕特罗克洛斯或他自己。[②] 怜悯一词未被使用的原因,在于阿喀琉斯与帕特罗克洛斯十分亲近。在三种情况下亲密关系与怜悯相关:安德罗马克(Andromache)对赫克托尔的祈求(6.407,431),[③]阿喀琉斯对帕特罗克洛斯哭泣的回应(16.50),以及普里阿摩斯对赫克托尔的祈求(22.59,82)。这些祈求不仅没有成功,说明怜悯在亲密的人之间并不是最强烈的感受,而且这种祈求在《伊利亚特》中极少使用。通常情况下,怜悯者和被怜悯者之间存在一定的距离,比如神的怜悯,或对伙伴的怜悯。如亚里士多德所述,见到最亲密的人(oikeiotata)受苦时,不是感到怜悯,而是感到自己和另外这个人一样受苦。[④]

阿喀琉斯对帕特罗克洛斯之死所感受到的正是这种痛苦,就好像他丢失了自己的一部分。这种丢失在改变阿喀琉斯对幸福的主张上有重要意义。[⑤] 忒提斯(Thetis)提醒阿喀琉斯,他所要求的一切,“宙斯已让它们实现”(tetelestai,18.74-75),忒提斯让人想起阿喀琉斯自己对使团说的话:他不需要别人的尊重,因为他已经得到了宙斯所赐的尊重(9.607-608)。然而,即使有宙斯所赐

---

① 克罗蒂 1994,46,48。克罗蒂在这一点上的论述相当含混。他不认为怜悯和哀悼是相同的。怜悯变成了某种类似于第二顺位(second-order)哀悼的东西:怜悯产生于哀悼的记忆中(1994,75)。然而,当克罗蒂在“Eleos[怜悯]与勇士社会”这章中(1994,49-50),把阿喀琉斯对帕特罗克洛斯的哀悼作为一个例子,说明怜悯的本能特性,怜悯与哀悼的区别就模糊了。

② 克罗蒂 1994,49。

③ 康斯坦(1999)认为,安德罗马克事实上试图通过规划赫克托尔死后自己将来该怎么过日子,来创造这种距离。

④ 亚里士多德《修辞术》2.8.12。

⑤ 穆尔纳描述了阿喀琉斯这种与自身的疏离(1996,136-143),但并没有将此归因于任何认知状态。

的尊重，阿喀琉斯还是说，“但这对我而言有什么好高兴的（êdos），我亲爱的（philos）伙伴已经去世”（18. 80）。阿喀琉斯的痛苦感受[178]先前让他通过自足的主张来维护自己的尊严，而他现在把自己的生命置于一个相关的语境中，认为他爱帕特罗克洛斯“等同于（ison）我自己的生命”（18. 82）。这种等同使得阿喀琉斯不可能把自己的生命仅仅看成是自己的，因为他现在与另一个人共享着生命。

阿喀琉斯现在清楚地表明，他自己的价值观与他未能照顾好他人之间，有着密切的联系。他未能有所行动，最突出的原因还是自己的思想，因为他的力量“在战场上穿青铜盔甲的阿开奥斯人中无人能敌”（18. 105-106）。他把自己描述成“美好大地的负担”（etôsion achthos arourês，18. 104），这一形象无疑击中了自尊的核心，他把这种尊严与未能照顾他人联系起来。用阿喀琉斯的话说，“当我的伙伴被杀死时，我未能站在他身边”（18. 98-99）。帕特罗克洛斯死去，这让阿喀琉斯悲恸不已，因为他“没有我的战斗力量来保护”（18. 99-100）。阿喀琉斯不仅“没有护帕特罗克洛斯周全”，而且也丝毫没有帮上“我那其他/伙伴，他们成群在光荣的赫克托尔面前倒下”（18. 103-104）。阿喀琉斯把自己描绘成未能照顾战友的人。①

阿喀琉斯对帕特罗克洛斯之死的回应似乎表明，他认识到命运的运作比他以前所认为的更为复杂，这种认识成为了尊重的概念转变的基础。在第 9 卷中，阿喀琉斯说，命运是平等的（isê），勇敢的人和胆小的人都会死（9. 318）。平等表现为所有有死之人一样（homôs）都要面对死亡的终点（9. 320）。正如我在第四章所说

---

① 我不赞同西诺斯在这点上的论述，他认为“阿喀琉斯仅仅认识到，他对φίλοι[朋友]应负的社会责任，是与帕特罗克洛斯的名字相关的，如我们会期望的那样”（1980，43）。帕特罗克洛斯之死当然先于懊悔，但这种懊悔（以及责任感）特别延伸到了他对待其他伙伴的态度上。

的，这种平等是人人相似，但并不一定相关。但是帕特罗克洛斯死后，阿喀琉斯表达了平等与命运之间的不同关系。阿喀琉斯指出了一种平等，在这种平等中，一个人的生命与另一个人的生命通过不可分割的联系而共享着命运，恰如帕特罗克洛斯和阿喀琉斯之间的关系。[179]命运不再是个人的财产，而是通过选择和行动的交织而发生的冲突。阿喀琉斯说他要杀死赫克托尔为帕特罗克洛斯报仇，忒提斯这时提醒他随之而来的会是他命中注定的死亡(potmos，18. 96)。在阿喀琉斯的回答中，他似乎认识到他的选择必然导致的后果："那就让我立即死吧(autika tethnaiên)，既然(epei)我的伙伴被杀时，我没有在他身旁。"(18. 98-99)

这种命中注定的观念，即命运通过相互交叉和冲突来实现，是阿喀琉斯所处境况的叙事结构的组成部分。在《伊利亚特》开篇，荷马预示了这一冲突，因为人们是"合在一起的"(xuneêke，1. 8)。观众们与诸神一样，目睹了这些冲突贯穿整部《伊利亚特》，而阿喀琉斯认为自己不是这些冲突的一部分，而是自己心甘情愿的。帕特罗克洛斯之死改变了这一点，因为它证明了不可能从冲突的世界中退出。阿喀琉斯对命运的认识并不是错的，只是不完整，因为它没有也无法解释人类彼此之间的联系。正如阿喀琉斯在哀悼帕特罗克洛斯时所说，

> 我那一天白白说了一番话(halion epos)，在英雄墨诺提奥斯(Menoitios)家中努力劝慰他，答应把他的儿子荣耀地送回奥普斯(Opous)，摧毁伊利昂，载回他应得的战利品。但宙斯不让人们的愿望全都(andressi noêmata panta)实现(teleutai)，特洛亚这片土地，我不会再返回家园。(amphô gar peprôtai homoiên gaian ereusai autou eni Troiêi，18. 324-328)

赫拉证实了阿喀琉斯知识的不完整性，她回答宙斯说，“一个凡人也会帮助自己的朋友，尽管他有死，不懂得(oide)我们这样的智慧”(mêdea，18. 362-363)。阿喀琉斯所不知道的，就是如何把他行为的后果限制在惩罚阿伽门农的范围内。[180]相反，阿喀琉斯的决定无意间意外地影响了帕特罗克洛斯和他自己。我们看到，阿喀琉斯与他人的联系开始具有更广泛的含义，不仅是给他人带来麻烦的原因，在他们的痛苦面前也变得很脆弱。①

尊重与他人的独特性

通过帕特罗克洛斯之死，阿喀琉斯不仅仅体验到在他人痛苦面前的脆弱性，还体验到了一种渴望，但颇具讽刺意味的是，这种渴望是他曾经允诺阿开奥斯人会在他身上感受到的东西(1. 240-244)。然而，这种渴望的本质发生了一些改变。阿开奥斯人的渴望本来是因为阿喀琉斯在战争中对他们太有价值了，而阿喀琉斯现体验到的渴望，却是因为失去了一个不可替代的人。甚至在阿喀琉斯为帕特罗克洛斯之死报了仇，并以葬礼竞技来尊敬亡友之后，阿喀琉斯“对帕特罗克洛斯的渴望(potheôn)”还在继续，因为他回想起“他的刚毅与英勇，回想起他和他一起立过多少功劳，共同经历过多少苦难”(24. 6-8)。

这里让人想起是亚里士多德对友谊动因的讨论，即这些动因的基础是快乐、有用或对他人特性的喜爱。② 我们不必用亚里士多德的分类来重新解读《伊利亚特》，就能看到阿喀琉斯早就表达过自己对战友们的敬重，尽管这种敬重几乎唯一表现在战友们如何能为他自己的复仇欲望和目标来服务。即使帕特罗克洛斯因降

---

① “因为行动者往往在其他活动者中活动，并与他们相联系，”阿伦特说道，“他从来就不仅仅是一个‘施动者’，而且常常同时也是受动者。”(1958，190)

② 见亚里士多德《尼各马可伦理学》(*NE*)1156a-1157a。

临到阿开奥斯人身上的痛苦(achos)而到阿喀琉斯面前哭泣(16.22),阿喀琉斯的回应也小心翼翼地隐藏在一种工具性的语言中。阿喀琉斯(在帕特罗克洛斯的催促下)允许帕特罗克洛斯保卫这些船只,以便特洛亚人不能"将我们日思夜想的归乡带走"(16.82)。此外,他告诉帕特罗克洛斯,"听我要你这样做的用意是什么,好使(hôs)你在全体阿开奥斯人中为我树立巨大的尊严的荣誉,让他们主动把那个美丽的女子还给我,[181]连同丰富的赔礼"(16.83-86)。阿喀琉斯当然不想让帕特罗克洛斯死。但是阿喀琉斯对帕特罗克洛斯重返战场的界定,几乎只是基于帕特罗克洛斯是如何(在不死的情况下)满足阿喀琉斯的报复愿望的。

阿喀琉斯从没有太远地偏离过对帕特罗克洛斯的尊重。然而,随着帕特罗克洛斯去世,阿喀琉斯认识到并更充分阐明他与帕特罗克洛斯的关系,那就是对另一个独特人物的尊重。[1] 阿喀琉斯在侮辱赫克托尔的尸体时,他自己想起了帕特罗克洛斯,说:

> 只要我还活在人世间,还能行走,我便绝不会把他忘记(ouk epilêsomai)。即使在哈德斯(Hades)的处所死人把死人忘却(katalêthont'),我仍会把我那亲爱的(philou)同伴牢牢铭记。(memnêsomai,22.387-390)

这一番沉痛的话表明他们情深义重。阿喀琉斯即便承诺继续把自己与被杀朋友的友谊付诸行动,但什么也得不到,甚至不可能得到。但这个祈求仍然有很多启发。以快乐和有用为基础的关系必然是短暂的,一旦动机消失,关系就会解除,而真正的友谊因以尊重的态度为基础而能持久。[2] 如亚里士多德所说,

---

① 另参利科,他将这一尊重描述成对"他人'像他人对自己一样'"的爱(1992,183)。

② 亚里士多德《尼各马可伦理学》1156a,1157b。

> 当朋友们一起生活时，他们为各自的存在而欣喜，相互提供好处。而当他们入睡了或地理上分开时，他们不会积极投入友谊中，但他们在态度上仍然具有这样的特征，即可以在积极友谊中表达这种态度。因为这不是无条件意义上的友谊，只是友谊的活力(activity)被距离打断了。①

阿喀琉斯也开始表达其伙伴们身上的独特性。最值得注意的是，他在葬礼竞技中给涅斯托尔颁了一个额外的五等奖，即使涅斯托尔没有完成比赛。阿喀琉斯解释说[182]"只能这样(autôs)把奖品送给你，因为你不可能再参加拳击竞赛或者摔跤，或是比赛投枪、赛跑，因为你担受着深重的老年"(23. 620-623)。阿喀琉斯对涅斯托尔的尊重，显然与这位老人能做出的任何进一步的军事贡献无关。实际上，涅斯托尔似乎意识到了这一点，他表示感激，"你始终记着(memnêsai)我的好处(enêeos)，不把我忘记"(lêthô，23. 648)。

至此，我已经指出，阿喀琉斯对帕特罗克洛斯之死所产生的失落和痛苦的感觉具有认知意义。尤其是，这些感觉改变了阿喀琉斯之前对自己的理解，即把自己理解为遭受着其他人施加的痛苦。随着帕特罗克洛斯的去世，阿喀琉斯与帕特罗克洛斯的共苦，使得他无法将自己的痛苦与失去他人分开。这个经验暴露了阿喀琉斯早期的自足立场站不住脚。他的尊重观，也就是与他人关系中的价值形象，在两个方面改变了。第一，当他的尊重观因失去他人而变得脆弱时，他开始把对其挚友和伙伴的责任感和照顾，作为自己

---

① 亚里士多德《尼各马可伦理学》1157b。[译按]这里据英文译出。廖申白译作"共同生活，相互提供快乐的人们是在做朋友，睡着的人和彼此分离的人则不是在实际地做朋友，而只是有朋友的品质。因为，分离虽然不致摧毁友爱，却妨碍其实现活动"(商务印书馆，2003，页 237)。邓安庆译作"如果朋友共同生活在一起，那他们相互愉悦，互相做有意义的事；但如果他们睡着了，或天各一方，虽然他们不能实现友爱活动，可相应的品质还在。因为空间上的分离虽然不摧毁友爱，但阻隔了友爱活动的实现"(人民出版社，2010，页 279)。

价值的前提。① 第二点与第一点相关，这种照顾建立在对他人的尊重上，认为他们是独特的存在，而不是他复仇的工具。以亲密和友谊为背景，就开始产生对他自己的尊重，与这份尊重相连的，是某种责任，即照顾独特的他者，并承担他们的痛苦。这种对自己的尊严观的改变，以及对他人的尊重，将为第 24 卷中阿喀琉斯对普里阿摩斯的回答提供基础。

尊重以及怜悯的表达

帕特罗克洛斯之死所产生的痛苦，没有马上让阿喀琉斯与其他人联合起来。难以言说的痛苦让他远离了其他阿开奥斯人。无尽的[183]痛苦让他不断杀戮。无法平息的痛苦驱使阿喀琉斯不只是杀死了赫克托尔，还试图把尸体毁得面目全非。如我们所见，这种痛苦就是阿喀琉斯自以为对帕特罗克洛斯之死负有责任的基础。但这也导致痛苦无法平息，因而也就有这样的危险：让阿喀琉斯的反应陷入无穷无尽的愤怒和复仇的循环中。

诗人以这种痛苦为背景，创造了阿喀琉斯和普里阿摩斯相遇的空间。这个空间既有字面含义，也有比喻意义。荷马把这个有限空间的轮廓描述成一座“高耸的营帐”(klisiên)，被一个带有“密集的(pukinoisi)篱笆桩”的“院子”包围着(24. 448-449，452-453)。林恩-乔治认为，把 pukinos[密集]与建筑连用，就描述了“构造紧致”或“镶嵌良好”的结构。② 这个出现在第 24 卷的意象，暗示回归了“封闭和秩序”(正如林恩-乔治所认为的，这场回归也遭到了抵抗)。③ 这个建筑形象的重要性在于，它从物理的角度表明普里阿

① 挚友和伙伴都是“亲爱的人”。见对“错综复杂的交际关系”的讨论中提到的“亲爱的人”(1973，288)。

② 林恩-乔治 1988，232，引用自坎利夫(Cunliffe)1963。

③ 林恩-乔治 1988，232。

摩斯和阿喀琉斯见面的空间实在有限。普里阿摩斯和阿喀琉斯在这个空间中，见到了彼此的痛苦之处。[①] 阿喀琉斯和普里阿摩斯的痛苦无法弥补，他们之间的怨愤也无法消除。但是最初将他们分开的那种痛苦——即普里阿摩斯和阿喀琉斯彼此带来的悲伤——现在有了一个共同的轮廓。在冲突中建立起来的相遇空间，现在把“对手互属的亲密关系”公开化了。[②] 他们相互见面的时候，身上都带着与另一个人共苦的印记。阿喀琉斯想念帕特罗克洛斯，而普里阿摩斯在哀悼去世的赫克托尔，两人都玷污了自己（18. 22-27，22. 414，24. 162-165），都遭受了不眠之夜的煎熬（24. 3-13，24. 637-639），都没有吃东西（19. 209-214，19. 303-308，24. 641-642）。[③]

如果说葬礼竞技是共同体举办的一场仪式，以纠正阿喀琉斯和阿伽门农在权威问题上的分裂，[184]那么，普里阿摩斯和阿喀琉斯的相遇，则解决了洛德所说的阿喀琉斯和赫克托尔之间因帕特罗克洛斯之死而爆发的“不和”。[④] 克罗蒂和西福德都说明了这一幕如何利用祈祷仪式：调用“来自不同社会单元的人”之间可识别的互动模式，结束阿喀琉斯的悲恸，使普里阿摩斯和阿喀琉斯稍微团结一致。[⑤] 我也认为，正是一种伦理立场让这次相聚成为可能，这种伦理立场最根本的意义在于允许另一个出场。这种伦理的前提是对自己和对他人的尊重感，现在阿喀琉斯把这种尊重概括为从亲密的友谊到对敌人的怜悯。正如雷德菲尔德所认为的，普里阿摩斯和阿喀琉斯的相见远不是“发生在人类世界之外的自然层面上”，[⑥]而是具有政治意义，因为它指向了这样一种可能性：

---

① 海德格尔 1971b，204。

② 海德格尔 1971c，63。克罗蒂认为进行祈求仪式将阿喀琉斯和普里阿摩斯之间“短暂而深刻的‘共同体’”升华了（1994，21）。

③ 见理查森（Richardson）1985，344。

④ 洛德 1960，190。

⑤ 见西福德 1994，10，174 和克罗蒂 1994，83。

⑥ 雷德菲尔德 1994，219。

为世界的持久性作出贡献。

普里阿摩斯开始恳求阿喀琉斯，请他“想想你的父亲，他和我一般年纪，已达到垂危的暮日”(24.486-487)。正如克罗蒂所述，普里阿摩斯唤起了一种“悲伤的记忆”，它要求阿喀琉斯把帕特罗克洛斯之死和佩琉斯的缺席这一“他自己的体验”，推广到“其他人丧失亲人的类似体验”。[1] 普里阿摩斯试图建立与佩琉斯的相似之处，让阿喀琉斯回想起那些“四面的居民可能折磨他[佩琉斯]，没有人保护，使他免遭祸害与毁灭”(24.488-489)。但普里阿摩斯同样小心地区分了他的困境和佩琉斯的困境。普里阿摩斯在下一行诗中强调这种伤害还没有降临到佩琉斯身上：“但是他[佩琉斯]听说你还活在世上，心里一定很高兴，一天天盼望看见儿子从特洛亚回去”(24.490-492)。佩琉斯的愿望当然落空了。但普里阿摩斯的这种限定，虽然极少得到讨论，[185]但在祈求怜悯的语境下却很有意义。[2] 普里阿摩斯建立了与阿喀琉斯父亲的相似性，但并没有建立一致性。普里阿摩斯试图以这种方式在阿喀琉斯身上唤起怜悯的冲动，这种怜悯不是因为亲眼看到痛苦降临到亲密者身上，而是因为看到这种连自己都害怕的痛苦，将来会落到自己或亲近的人头上。乞求者和被乞求者之间所保持的距离，刚好适用于被恳求者与恳求者之间的关系。[3] 普里阿摩斯并没有说，“记住你父亲所受的苦，从那里，你就能理解我的痛苦”。他说，

---

① 克罗蒂 1994，75。

② 拉贝尔(Rabel)把普里阿摩斯的祈求说成是“修辞不当”，反映了“叙事者的习惯性讽刺”(1997，201-202)。

③ 普里阿摩斯没有将自己完全等同于佩琉斯，也有一个实际原因，即这样一来阿喀琉斯就会扮演赫克托尔。这当然不是阿喀琉斯所能接受的。而普里阿摩斯注意到了区别所在。佩琉斯也许还心存希望，“我却很不幸。尽管我在特洛亚生了很多最好的儿子，可是我告诉你，没有一个留下来”(24.493-494)。剩下的一个儿子，“城市和人民的保卫者，在他为祖国而战时已经被你杀死”(24.499-500)。普里阿摩斯现在一无所有，“忍受了世上的凡人没有忍受过的痛苦”(24.505)。他用一个祈求结束这番话：“把杀死我的儿子们的人的手举向唇边。”(24.506)

“记住你父亲，他很快就会像我现在这样受苦”。

对于普里阿摩斯的恳求，阿喀琉斯最初的反应不是怜悯，而是哀悼。普里阿摩斯的话语回想起了痛苦的景象，“激起”(ôrse)了阿喀琉斯“对他父亲的悲痛之情”(gooio，24. 507－508)。阿喀琉斯轻轻推开普里阿摩斯的手，将他们的关系转变成了哀思(stonachê，24. 512)。这“两人都怀念亲人，普里阿摩斯在阿喀琉斯脚前哭他的杀敌的赫克托尔，阿喀琉斯则哭他的父亲，一会儿又哭帕特罗克洛斯”(24. 509－512)。这里描绘的是普里阿摩斯和赫克托尔对丧失亲人的表现。

只有在阿喀琉斯“哭够(gooio)，啼泣的欲望(himeros)从他的心里和身上完全消退以后”(24. 513－514)，他才“怜悯地”(oikteirôn)看向普里阿摩斯(24. 516)。但如何解释这种从哀悼向怜悯的转变？以及阿喀琉斯对普里阿摩斯乞求的怜悯为何现在有效，而在第9卷中对使团却无效？答案在于阿喀琉斯有能力想象自己处在他人的位置上，这种想象来自他与其他人共苦的体验。阿喀琉斯第一次体验这种脆弱性，是帕特罗克洛斯的死让他猛然想起自己失去了一位挚友。现在普里阿摩斯出现了，同样让人想起阿喀琉斯在面对佩琉斯的痛苦时也很脆弱。他在帕特罗克洛斯之死中体验到的脆弱性是[186]直接的，而佩琉斯之苦所带来的脆弱性既是直接的，因为阿喀琉斯体验到了佩琉斯的缺席，也更遥远，因为阿喀琉斯想象到了佩琉斯的体验。普里阿摩斯乞求阿喀琉斯归还他被杀儿子的尸体，阿喀琉斯用佩琉斯的眼光把他自己看作“一个英年早逝的独子”，令他的父亲“老无所养”(24. 540－541)。阿喀琉斯的流浪在外之痛被他体验为失去了尊重，不是因为他不被他人认可，而是他没有照顾父亲(就像没有照顾好帕特罗克洛斯一样)。阿喀琉斯能够在这种投射中用普里阿摩斯的眼光来想象自己。阿喀琉斯对普里阿摩斯来说，就像他对佩琉斯来说一样：都是他们痛苦的原因。阿喀琉斯描述了他给自己父亲带来的痛苦之后，悲叹道，“我在特洛亚长久逗留，使你和你的儿子们心里感到烦恼”(24. 542)。阿喀琉斯不仅能感到痛苦，也能感到他自己要为这两种痛苦负责，也就是他现在带给普里阿摩斯的痛苦，以及他以前带给佩琉斯的痛苦。

痛苦曾经是宙斯达成阿喀琉斯心愿的结果，现在成了命运相互交织与碰撞的必然后果。阿喀琉斯说，“神无忧无虑”(akêdees, 24. 526)，有死之人既会交好运，也会遭厄运。对那些碰到“祸之瓮”的人来说，宙斯“给人悲惨的命运，凶恶的穷困迫使(elaunei)他在神圣的大地上流浪(phoitai)，既不被天神重视，也不受凡人尊敬”(24. 531-533)。① 阿喀琉斯不再认为自己远离了凡人的痛苦，而是认为自己与凡人王国中的命运无常有着不可分割的联系。宙斯虽兑现了阿喀琉斯的誓言，但如他逐渐看到的，却导致了帕特罗克洛斯的死亡。佩琉斯也受到过宙斯的打击：他的父亲曾经“在全人类当中无比幸福与富裕，统治着弥尔米冬人”，但现在天神又降祸于他，使他的儿子“远离祖国”(24. 535-536, 541-542)。同样不值的困境也降临到了普里阿摩斯头上。[187]正如阿喀琉斯对普里阿摩斯所说，“至于你，老人家，听说你从前享福”，还说“你的财富和孩子超过那些地方的人”(24. 543, 546)。但阿喀琉斯继续说道，“天上的神明”，带来了阿开奥斯人，“你的祸根”(pêma, 24. 547)，普里阿摩斯从主子变成了乞援人，满身粪污，很快就失去了自己的城池。把阿喀琉斯、普里阿摩斯和佩琉斯的痛苦连在一起的，是他们命运的碰撞：普里阿摩斯即将失去家园，阿喀琉斯将无法重返家乡，而佩琉斯将独自死去。

普里阿摩斯本不应受此痛苦，阿喀琉斯对这位君王的愈发尊重强化了这一点。② 阿喀琉斯立即在普里阿摩斯心中看到了某种

① 这一解读与如下看法相反：瓮是一种“艺术”形象，诗人用它来“满足听众的渴望，他们想在人类经验中找到秩序和理性”(M. 爱德华兹 1987, 136)。

② 见亚里士多德《修辞术》2. 8. 7, 2. 8. 16。

高贵。阿喀琉斯问道："你怎敢独自到阿开奥斯人的船边来见一个杀死你许多英勇的儿子的那个人？你的心一定是铁铸的。"(24.519-521)阿喀琉斯后来也表达了这种尊重，说他看到了普里阿摩斯"勇猛的面容"，听着"他说话"(24.632)。这种意识把一个"谁"理解为一段独特的人生故事。这次相遇创造了一个空间，诞生了对他人的尊重，在这个空间中，人类的生命不是阿喀琉斯复仇的工具，而是通过非凡的故事来显现。

走向政治伦理

随着帕特罗克洛斯的去世，阿喀琉斯陷入了难忍的(atlêton)悲痛中(19.367)。阿喀琉斯与普里阿摩斯见面时，他告诉这位特洛亚国王要"忍耐"(anscheo，24.549)。① 他们有像尼奥柏(Niobe)一样被悲伤冻住的风险，尼奥柏"像石头一样一动不动……沉思着诸神带给她的痛苦"(24.617)，无法与自己的过去和解，他们必须忍受过去的痛苦，这个痛苦不可预见也无法控制。但是到底是什么让这样的痛苦得以持续，尤其要考虑到阿喀琉斯所描述的[188]来来往往、命运无常、国王变流浪者的世界？

学者们为了解决这个问题，常常求索于普里阿摩斯和阿喀琉斯见面的美学。在格里芬看来，"痛苦生出歌声，歌声带来快乐"。英雄的忍耐，"不是为了自己的荣耀，甚至也不是为了他的朋友，而是为了歌谣的荣耀"。② 正如前面提到过的，雷德菲尔德认为这种和解发生在共同体之外的自然层面上。惠特曼在他们的会面中发现了一种审美意识："普里阿摩斯和阿喀琉斯将生命视作一个整

① 关于后世作品中出现的"忍耐"主题，见理查森 1985，329。

② 格里芬 1980，102。

体,因为拥有处于时间最边缘的人类的自由,他们忘记了当下的境况,欣赏着彼此的美。"[①]在拉贝尔看来,快乐出现在"一个凡人英雄享受着对自己苦难中铁石心肠般忍耐力的反思"中。[②] 而对克罗蒂来说,阿喀琉斯开始认识到史诗的"诗学",因为他与普里阿摩斯建立了新的伙伴关系。这种伙伴关系并不带来任何"共同事业"或"合作成就",而只是为了让普里阿摩斯和阿喀琉斯能够"更好地理解各自经验到的东西"。[③] 我们从这段经验中,看到了一种"人类基本团结"的景象,在这种团结中,普里阿摩斯和阿喀琉斯通过他们共同的痛苦经历而彼此捆绑在了一起。[④]

除了一些特例之外,[⑤]这些说法中引人注目的是:人类团结的景象如何提升到政治和政治共同体之上,或置于政治学和政治共同体之外。这与《伊利亚特》中个人行为和公共结果之间连续不断的联系相反,而不论是帕里斯的好色、阿伽门农的贪婪、阿喀琉斯的愤怒还是赫克托尔的骄傲。这部史诗不断把这些个人意志置于公共语境中,展示了人类的行动和反应上的碰撞如何让共同体遭受苦难以及实际上面临危险。普里阿摩斯和阿喀琉斯的会面就来

---

① 惠特曼 1958,219。又见克罗蒂,他认为"理解悲伤"来自于"愉悦"(1994,103)。

② 拉贝尔 1997,205。

③ 克罗蒂 1994,99,84。

④ 沙因 1984,159。又见伯克特 1955,107;麦克莱奥德 1982,16 和赞克 1996,125。

⑤ 尤其是见伯克特 1955,126-134;西福德 1994 和赞克 1996,135-136。伯克特展示了怜悯与贵族伦理的关系及与其的张力。西福德认为普里阿摩斯的祈求终止了阿喀琉斯的过度哀悼。这使得《伊利亚特》通过强调这种能让人想起城邦社会的"公共死亡仪式"而结束,这种仪式与黑暗时代早期社会奢华的私人仪式相反(西福德 1994,182)。我不赞同西福德的观点,他认为这意味着《伊利亚特》成书于公元前六世纪(1994,144-154)。如我们在第一章所见,在公元前八世纪,共同体生活的公共组织,以及共同体之间的互动不断增加,这就表明对其他群体的认识、合作和责任不断进步和扩大。赞克沿着这些路线,认为对于黑暗时代的社会来说,建立"超出互惠的道德",对于跨越"部落"界限而来的不同 aristoi[贵族]共同体凝为一体,可谓至关重要(1996,135)。

自这些碰撞，并说明了《伊利亚特》所提出的基本政治问题：[189] 既然共同体正是因为人类联系性的本质而变得脆弱，那又如何才能维系共同体？

《伊利亚特》回答了这个问题，因为它展示了怜悯为政治伦理奠定基础，而这种政治伦理能在共同体苦难这一背景下，让共同体生活得以可能。怜悯建立在对人类事务脆弱性的意识之上，我们相互间的关系让我们的行为，用阿伦特的话说，既“无法挽回”又“不可预见”。① 怜悯由关怀他人这一意识所引导，这种关怀使得共同体纽带的恢复成为可能。阿喀琉斯不能再指望“无忧无虑”(akêdees)、给人类降下好运和厄运的诸神，并且也因为他自己与他人的交互关联性而不再能控制那条通向自己未来的路，他现在对普里阿摩斯所采取的这样一种行为方式，使得他们能够设想自己未来的处境。② 有两种行动特别能让这种(共同体纽带的)恢复成为可能：释放和承诺。③

第一种行动，即释放，通过回应行为的不可挽回性，就让人能

---

① 阿伦特 1958，188-192。

② 关于将“理解”作为“朝向潜在存在的设想”([译按]中文本译作“有所筹划地向一种能在存在”)的讨论，见海德格尔 1979，385-389。虽然该词来自海德格尔，我的讨论更多沿用了阿伦特的观点。我对“设想”这种观念的理解与莎德瓦尔德不同。莎德瓦尔德认为阿喀琉斯的决定是来自他 ganzen Sein in einem Zustand der Erhebung[高峰状态下的完整存在]的一种“纯粹的在场”(reine Gegenwart，1959，267)。这与海德格尔的 ecstases[忘形]概念([译按]中译本作“绽出样式”)存在着有趣的对比。在莎德瓦尔德看来，“高峰”(Erhebung)时刻不“知道”“前”(Vorher)、“后”(Nachher)，只存在于“已经成为和即将到来”(des Gewesenen und des Kommenden)的时刻。因此，对海德格尔来说，暂时的 ecstases[忘形]是一种将“未来的现象(Zukunft)、已形成的特性(Gewesenheit)和现在(Gegenwart)”结合在一起的“纯粹的‘现在’序列”的经验(1962，377 [1979，329])。在莎德瓦尔德看来，阿喀琉斯的决定不是由任何过去的负担或未来的预期所引导的，而是作为时间上的纯粹时刻而存在。另一方面，海德格尔认为过去、现在和未来凑到一起，就使个人有可能朝未来去设想。我一直在说，阿喀琉斯所做的就是这样一种“向前的设想”(projecting-forth)，因为他通过承诺将自己及其共同体与普里阿摩斯绑在一起了。

③ 我采纳了阿伦特 1958，236-247。

够设想出这个世界未来的样子。第24卷中，普里阿摩斯和阿喀琉斯会面最明显的前提是释放赫克托尔的尸首。忒提斯告诉阿喀琉斯，诸神因为他一直没有释放（apelusas）赫克托尔的尸首而担心（24.136；又见24.113-116）。然而，尸首是更深层次困境的物质表现。阿喀琉斯和普里阿摩斯被“限制”在他们行为的后果中，这些行为本质上是在其他人中间发生的，所以他们现在无法挽回。[①]因此，释放不仅是归还尸首，还是从过去的内在限制中解放出来。

这种过去的限制既显示在复仇的愿望中，又显现在无尽的悲伤里。复仇是对赫克托尔的行为的反作用，既无法结束，因为它永远是“反-作用”，也不会满足，因为无法[190]逆转最初的行为。因此，阿喀琉斯的复仇，不仅仅是杀死赫克托尔，并用12个无辜的特洛亚孩子来献祭，还是不知疲倦且永无餍足地玷污赫克托尔的尸体。不幸的真相是，无论用什么形式报复，帕特罗克洛斯都回不来了。如果不释放，阿喀琉斯会陷入没有未来的反作用循环中。阿喀琉斯拖着赫克托尔的尸首绕城跑了一圈之后，然后又拖着赫克托尔的尸首围着帕特罗克洛斯之墓跑了三圈（24.16），在他开始的地方结束。

阿喀琉斯不吃也不喝，就可以看出他无法将自己从丧友的悲伤中释放出来。阿喀琉斯一边哀悼，一边回忆起帕特罗克洛斯曾经如何为他们准备可口的饭菜（19.315-318）。但是现在，阿喀琉斯悲叹道，“我的心不思吃喝，尽管这里有食物，只因为悼念（pothêi）你”（19.319-321）。忒提斯问阿喀琉斯，“我的孩子，你呜咽哭泣，咬伤你的心，废寝忘食，要到什么时候才停止？”（24.128-130）帕特罗克洛斯被杀，食物和美酒不再能流进阿喀琉斯“亲爱的

---

① 阿伦特1958，237，“如果不被原谅，从我们的所作所为造成的结果中解脱出来，我们的行动能力似乎就会被限制在一个我们无法补救的单一行为上；我们将永远是它所造成结果的受害者”。

(philon)喉咙”(19.210)。如本维尼斯特所述,用 philos[亲爱的]来限定“喉咙”,这说明阿喀琉斯和帕特罗克洛斯之间关系亲密。食物和美酒不能流进他 philon[亲爱的]喉咙是因为“阿喀琉斯的悲伤是一种针对 philos[朋友]的,失去自己 hetaîros[伙伴]的这种感觉让他放下了对食物的所有欲望”。① 食物和美酒不仅是人类生存所必需的,也是 philotes[朋友们]相互联系的方方面面,而不论这些方面究竟是亲密的友谊、共同体还是客人。失去如此珍贵的一位 philos[朋友],使阿喀琉斯不愿参加共同体的这些活动。消化的形象也出现在用 pessô[消化]来描述的那种陷入悲伤而不能自拔。pessô[消化]与吞咽或消化相关,也指“忧思”,表示悲伤没有消除,依然(像无法消化一样)留在人的身上。尼奥柏无法吃喝,[191]只能永远“忧思”(pessei)她的悲伤(24.617)。普里阿摩斯既不吃也不睡,因为他“思考”(pessei)自己的痛苦(24.639)。

普里阿摩斯和阿喀琉斯的会面,能让他们从各自带来的痛苦中释怀。阿喀琉斯告诉普里阿摩斯他“有意释放(lusai)赫克托尔”时(24.560-561),就体验到了悲伤的释怀,而这份悲伤一直把他的心困在了复仇和悲伤的反应循环中。在此之前,阿喀琉斯因为爱着帕特罗克洛斯,就在归还赫克托尔尸首这个问题上,没有任何怜悯心,也没有想到要归还。阿喀琉斯拒绝了赫克托尔的请求:允许他的家人赎回他的尸首(22.338-343)。阿喀琉斯扬言,帕特罗克洛斯将会被体面地安葬,但是赫克托尔将躺在平原上,任凭野狗和猛禽“粗暴地”撕咬(22.335-336)。

然而,阿喀琉斯为了向普里阿摩斯表达怜悯之情,叫仆人们为赫克托尔的尸首清洗、涂油、穿衣,然后“阿喀琉斯亲自把他抱起来,放在/尸架上”(24.581-590)。给赫克托尔清洗,虽然与阿喀琉斯对待帕特罗克洛斯的尸首一样,但这并不表示阿喀琉斯爱赫

---

① 本维尼斯特 1973,286。

克托尔。然而，这确实符合阿喀琉斯对 philos[爱]一词的延伸。他能够想象得到，他对帕特罗克洛斯的爱与普里阿摩斯对赫克托尔的爱是类似的。这很显然挑战了他对帕特罗克洛斯独有的爱，阿喀琉斯甚至叫他“亲爱的(philon)伙伴”不要生气，因为他把普里阿摩斯“亲爱的(philon)儿子”还给他“亲爱的(philôi)父亲”(24.591,619,594)。

philos[爱]这种更包容的语言释放出了象征的意义，因为阿喀琉斯和普里阿摩斯都能“想起”他们的晚餐(24.601)和睡眠。[①] 虽然他们都沉浸在对亲爱的人(philotês)的悲伤之中，食物和美酒都无法进入他们亲爱的(philous)喉咙。像阿喀琉斯一样，普里阿摩斯只是忧思(pessei)他的悲伤。现在，释放了赫克托尔，两人又都能喝酒吃饭了。正如普里阿摩斯大声对阿喀琉斯喊道，“现在吃(pasamên)饱了肉，晶莹的酒下了喉咙，在此以前，什么我都没有品尝(pepasmên)过”(24.641-642)。[192]有了这样的释放，尼奥柏身上那种因不可能释放而冻结在时间中的永恒忧思，就被吃饭、喝酒、睡觉的形象取代了。

“释放”解决了过去的不可挽回性，而第二种行动即“承诺”，则解决了未来的不可预见性。如阿伦特所说，这种不可预见性来自我们“不可能成为自己所做事情独一无二的主人”，也“不可能知道自己所做事情的后果，并依赖于未来”。[②] 承诺不再保证未来，也就仅仅能够掌控现在。“承诺”所做的，是通过设想人类共同体的未来，而为其提供一定的持久性。也就是说，承诺表明了一种对未来负责的立场，在这种立场中，个体认识到个体之间的联系性后，会相互团结在一起。

“承诺”比其他任何行为都更好地建立了那种构成荷马政治领

① 见阿伦特 1958,241。

② 阿伦特 1958,244。

域的关系。誓言、客谊、互惠关系以及物质奖赏的分配都取决于“承诺”,因而它对维系共同体空间至关重要。事实上,阿开奥斯共同体拿回本已分给阿喀琉斯的礼物,就违背了对阿喀琉斯的承诺,从而让自身陷于危险的境地。这次对承诺的违背,促使阿喀琉斯不仅拒绝参战,还撤回到不再通过承诺或义务而受他人约束的领域。阿喀琉斯只会被自己的承诺所约束:他会给阿开奥斯共同体带来无法忍受的痛苦和损失。

阿喀琉斯甚至在重返战场后,也只对帕特罗克洛斯作出承诺。他无视阿伽门农发的誓,说他没有与布里塞伊斯上过床。他拒绝了赫克托尔的约定(harmoniê),谁赢了都会把对方的尸首归还(对方的)共同体。阿喀琉斯的回答很有说服力,他回应说,他不会与那些他不会忘记其行为的人达成什么条约(sunêmasunê, 22. 261)。阿喀琉斯因为陷入了这种复仇的反作用圈,无法作出任何这样的承诺。[193]“有如狮子和人之间不可能有信誓(horkia pista),狼和绵羊永远不可能协和一致(homophrona),它们始终与对方为恶互为仇敌,你我之间也这样不可能有什么友爱,有什么誓言”(horkia,22. 262-266)。这种承诺的能力有某种独特的人性,因为它依赖于那种只有人类才会有的心同此理(homophrôn)。

然而,阿喀琉斯现在把自己与普里阿摩斯连在了一起。阿喀琉斯称普里阿摩斯为“亲爱的老人”(phile,24. 650),他实现了普里阿摩斯“爱(philon)和怜悯(eleeinon)”的愿望(24. 309)。这个称呼不仅标志着不和的结束,还建立起一种靠承诺而相互团结的关系,从而恢复了元气。① 阿喀琉斯叫普里阿摩斯告诉他,赫克托尔的葬礼需要多少天,因为“我自会停战,制止军队”(24. 658)。普里阿摩斯回答说这“是你可以做的,令我欣慰”(kecharismena, 24. 661)。理查森注意到 charizesthai 在另一个语境下的意思是“责

---

① 见本维尼斯特 1973,278-281。

成某人”。[1] 阿喀琉斯似乎认识到了他对责任的假设，他回答说“就照你说的这样办，我将依照你指定的时间停止战争”(24.669-670)。阿喀琉斯竟然作出了这样的承诺：他将来也会是他现在这个样子，并遵守协议，但既然这种承诺出自“丧失了怜悯之心的”(24.44)阿喀琉斯之口，理所当然会遭到一些疑虑。阿喀琉斯似乎意识到了这一点，他拉住普里阿摩斯的手腕“免得他心里害怕”(24.672)。阿喀琉斯言辞之后的这个举动，让普里阿摩斯和阿喀琉斯能够从永恒的哀痛转向对未来的期望。虽然阿喀琉斯会在战斗中死去，但是他现在第一次关心自己。虽然阿喀琉斯以前想不到“吃和睡”(24.129-130)，对自己的未来漠不关心，而现在他和普里阿摩斯共同进餐(24.601)，与布里塞伊斯同眠(24.676)。与福柯(Foucault)所称“关心自己在道德上优先于”“关心他人”相反，[2][194]阿喀琉斯发现关心自己，作为一种自尊问题，不可避免地与他人相关联。

阿喀琉斯的承诺与《伊利亚特》中以前的承诺不同，因为它甚至不是基于得到某些东西作为回报的可能性。[3] 阿喀琉斯知道他会死去，而普里阿摩斯知道他的城邦会陷落。然而，这个承诺意义深远，因为它让《伊利亚特》能在特洛亚共同体空间的心酸景象中落幕。与阿喀琉斯之盾上城邦的人们等待伏击的场景相反，现在，用普里阿摩斯的话说，“阿喀琉斯送我出黑船时曾经对我保证(epetelle)，第十二次曙光照临前他不会伤害我们”(24.780-781)。阿喀琉斯在向他人作出承诺时，将阿开奥斯人和特洛亚人联系在了一起。这个承诺恢复了人类共同体的公共生活，特洛亚的人民(laos)“全部到一个地点，聚集在一起”(êgerthenhomêgerees t'

---

① 理查森 1985，346。
② 福柯 1997，287。
③ 见赞克 1996，117-118。

egenonto)来哀悼和纪念赫克托尔，用“密匝的”(puknoisin)石头建了一座墓，然后聚集在普里阿摩斯的家中享用筵席(24.789-790，798,802)。这个空间本身是不确定的(indeterminate)，因为特洛亚即将陷落。但是人类的居住活动保留了下来，《伊利亚特》的结尾处是“关怀”，它对抗着来去无常世界的脆弱。

诗歌与召唤人类世界

我在整本书中一直都在问“诗人到底创造了什么?”我们对《伊利亚特》的许多理解就是围绕这个问题而来的，尽管学术界并没有说清楚这个问题。在柏拉图看来，诗人的技能在于模仿表象，因此，诗人对于一个人该如何行事几乎不置一词。在帕里看来，如果只关注口头创作的机械需求，就会给诗歌意义的任何讨论[195]蒙上一层阴影。哈夫洛克把柏拉图的哲学思考和帕里及洛德对口头创造的结构需求方面的洞见结合起来，主张口头意识在概念上限制了荷马史诗。哈夫洛克认为，前苏格拉底哲人所意识到的任务，不仅是批评荷马和赫西俄德的内容，还要批评因口传而产生的思想错误。① 哈夫洛克认为前苏格拉底哲人的主张是，“诗歌的资源常常用在表演上，因而不适合表达哲学”，因为叙述我们经历的“日常语言和思想的习语叙述的是一系列事件，包括生成和消亡”。②这一错误思想延伸到了史诗的“道德维度”，因为道德仅仅是对特定情况的“务实回应”。③

然而，口头语言和哲学语言的活动都有一个基本的相似性，与哈夫洛克提出的区别不符。正如阿伦特所指出的，语言活动是“人

---

① 见哈夫洛克 1983，15-20。
② 哈夫洛克 1983，19，20。
③ 哈夫洛克 1978，8-9。

类'占用'这个世界的方式,也可以说是让这个世界不再疏远的方式,毕竟我们每个人生来就是这个世界里的新人和陌生人"。语言是理解世界并赋予世界以意义的一种方式。语言以两种方式做到这一点:通过"给事物命名",以及通过隐喻,我们把本不相关的事物联系在一起。哲学通过它唯一能出现的方式参与到这个活动中:即在语言中显现。哲学家给世界命名,在语言上赋予"真理"、"思想"、"理性"和"灵魂"这些现象以实质。哲学家们通过隐喻来联系世界,创造类比来连接"内在而无形的精神活动和表象世界之间的深渊"。①

柏拉图当然理解隐喻的重要性,他试图把诗歌的"制作"任务挪用到哲学上。他的哲学语言充满了[196]来自这个世界的意象:构成我们能力的金属,灵魂的旅行,作为领航员的哲学家,以及作为阳光的哲学真理。哈夫洛克把思想的客观体系看成是 logos[逻各斯]的特征,与外在现象并不是分离的,而更多地表现为"固定的类比":即用来描述永恒关系的隐喻。前苏格拉底哲学也许一直在试图创建概念词汇,但是,如阿伦特曾提到的,他们是通过"加入荷马学派以便以荷马为榜样来加以仿效"而做到这一点。②

重点不在贬低哲学思考的重要性。相反,重点在于表明诗学、哲学和作为语言活动的思考之间的紧密联系。语言不是诗人用来作诗的现成工具,语言也不是"非概念性的",因为语言建立在经验的细节之上。相反,诗人通过语言召唤一个世界。诗歌中的事物被命名并相互关联,诗歌就成为了一个让人熟知的世界。但这个世界既不是完全虚构的,也不是完全表征的,因为这两个词都表明语言有让人难以接受的工具性和透明度。当然,诗人使用了语言,但语言通过描述世界的传统累积,也利用了诗人。诗人在诗歌创

---

① 阿伦特 1978,1.100,102,105。
② 阿伦特 1978,1.104,108。

作中召唤出一个世界，诗人和观众通过语言来了解这个世界。

诗人创作的到底是什么？甚至哈夫洛克也意识到，诗人的作品，即诗歌，无法被还原成“如何”表达的纯粹工具。这样还原之所以不可能，因为构建诗歌的语言本身无法被还原为诗人的工具。语言栖居于世界之中，而我们通过语言栖居于世界之中。诗人通过诗歌也创造了类似的栖居。诗歌“在自己周围聚集了”构成世界的存在关系：“生与死，祸与福，胜利[197]与耻辱，持续与没落”，它们“获得了人类命运的形态”。诗歌由于召唤并让世界经验的细节得以显现，就“把人带到了大地上”。① 也就是说，诗歌并没有超越人类的境况，而是向我们呈现了——也许甚至是提醒我们——自己作为这个世界栖居者境况：“说有死者‘存在’，也就是在说他们‘在栖居时’，他们凭借在事物和处所中的居留而通过空间得以持存。”②

我们这里说的不是某位诗人的特定意图，无论是哪一位诗人，而是在讨论诗歌向世界表明的态度。诗人构建了一个世界的景象，通过隐喻使人类不可见的向往、渴望和痛苦得以显现，并使构成生命流逝的连续经历彼此联系起来。随着时间的流逝，我们围绕这一命运观，就看到了诗歌创作对哲学的贡献。诗人并没有把时间固定在概念上——去识别独立于时间的本质——而是理解时间如何成为我们在世界上存在的条件。

柏拉图在《伊利亚特》中正确地看到了痛苦、脆弱、懊悔和怜悯的方方面面，而不是在探究永恒之物。但他的结论就不正确了，即这种对人类经验细节的关注，只会让我们的情感过剩，却几乎没有告诉我们该如何生活。史诗的重要性在于，它引起了对人类迫切

---

① 海德格尔 1971c，42，35；1971d，218。

② 海德格尔 1971a，157。[译按]中文本译作“终有一死者存在，这就是说：终有一死者在栖居之际根据他们在物和位置那里的逗留而经受着诸空间。”（《演讲与论文集》，孙周兴译，生活・读书・新知三联书店，2005，页 165-166）

需要的“制定”行为的反思。史诗让我们去理解与他人的政治和伦理关系，这种关系的基础不是自主性、普遍性、坚不可摧性和超越性的哲学世界，而是偶然性、特殊性、脆弱性和内在性的荷马世界。荷马告诉我们的故事，就像阿喀琉斯告诉普里阿摩斯的故事一样，让我们逐渐认识到一个共享的世界，这种认知并非来自外部，而是来自由经验构成的世界内部。

参考文献

一手文献

Alc. Alcaeus. In *Greek Lyric*. 1982. Translated by David Campbell. 5 vols. Cambridge: Harvard University Press.

Arist.

Ath. Pol. *The Constitution of Athens*. 1996. In *The Politics, and the Constitution of Athens*. Edited by Stephen Everson. Cambridge: Cambridge University Press.

NE *Nicomachean Ethics*. 1962. Translated by Martin Ostwald. Indianapolis: Bobbs-Merrill.

Poet. *The Poetics*. 1951. Translated by S. H. Butcher. New York: Dover

Pol. *The Politics*. 1996. Edited by Stephen Everson. Cambridge: Cambridge University Press.

Rhet. *The 'Art' of Rhetoric*. 1982. Translated by John Henry Freese. Cambridge: Harvard University Press.

Diod. *Diodorus of Sicily*. 1952. Translated by C. H. Oldfather. 12 vols. Cambridge: Harvard University Press.

Herod. *Herodotus*. 1938. Translated by A. D. Godley. 4 vols. Cambridge: Harvard University Press.

Hesiod *Theog.* *Theogony*. 1966. Edited by M. L. West. Oxford: Clarendon.

Homer
Il. *Iliad.* 1951. Translated by Richmond Lattimore. Chicago: University of Chicago Press.
Od. *Odyssey.* 1967. Translated by Richmond Lattimore. New York: Harper.
Nic. Dam. Nicolaus of Damascus. 1961. In *Die Fragmente der griechischen Historiker,* edited by Felix Jacoby. Leiden: Brill.
Plato *Rep.* *The Republic.* 1974. Translated by Desmond Lee. New York: Penguin
Plut.
Mor. *Moralia.* 1927. Translated by Frank Cole Babbitt. London: Heinemann.
Sol. *Life of Solon.* In *Plutarch's Lives.* 1914–59. Translated by Bernadotte Perrin. London: Heinemann.
Schol. Ap. Rhod. *Scholia in Apollonium Rhodium Vetera.* 1958. Edited by Carolus Wendel. Berlin: Weidmannsche.
Sch. Pi. *Scholia in Pindari Epinicia.* 1884–91. Edited by Eugenius Abel. Berlin: S. Calvary.
Thuc. Thucydides. *The Peloponnesian War.* 1972. Translated by Rex Warner. New York: Penguin.

二手文献

Adkins, Arthur W. H. 1960. *Merit and Responsibility: A Study in Greek Values.* Oxford: Clarendon.

———. 1982. "Values, Goals, and Emotions in the *Iliad.*" *Classical Philology* 77 (October): 292–326.

———. 1983. "Orality and Philosophy." In *Language and Thought in Early Greek Philosophy,* edited by Kevin Robb. La Salle, Ill.: Hegeler Institute.

———. 1997. "Homeric Ethics." In *A New Companion to Homer.* Leiden: Brill.

Alcock, Susan. 1995. "Pausanias and the *Polis*: Use and Abuse." In *Sources for the Ancient Greek City-State: Acts of the Copenhagen Polis Centre.* Vol. 2. Edited by Mogens Herman Hansen. Copenhagen: Munksgaard, 326–44.

Althusser, Louis. 1971. "Ideology and Ideological State Apparatuses (Notes towards an Investigation)." In *Lenin and Philosophy and Other*

Essays. Translated by Ben Brewster. New York: Monthly Review Press, 127–186.

Amory Parry, Anne. 1971. "Homer as Artist." *Classical Quarterly* 21: 1–15.

Andersen, Øivind. 1976. "Some Thoughts on the Shield of Achilles." *Symbolae Osloenses* 51: 5–18.

———. 1987. "Myth, Paradigm and 'Spatial Form' in the *Iliad*." In *Homer, Beyond Oral Poetry: Recent Trends in Homeric Interpretation*, edited by J. M. Bremer, I. J. F. de Jong, and J. Kalff. Amsterdam: B. R. Grüner, 1–13.

Anderson, Benedict R. O'G. 1991. *Imagined Communities: Reflections on the Origin and Spread of Nationalism*. 2d ed. New York: Verso.

Andrewes, Antony. 1967. *The Greeks*. New York: Norton.

Andreyev, Yu. 1991a. "Greece of the Eleventh to Ninth Centuries B.C. in the Homeric Epics." In *Early Antiquity*, edited by I. M. Diakanoff. Translated by Alexander Kirjanov. Chicago: University of Chicago Press, 328–48.

———. 1991b. "The World of Crete and Mycenae." In *Early Antiquity*, edited by I. M. Diakanoff. Translated by Alexander Kirjanov. Chicago: University of Chicago Press, 309–27.

Antonaccio, Carla. 1993. "The Archaeology of Ancestors." In *Cultural Poetics in Archaic Greece*, edited by Carol Dougherty and Leslie Kurke. Oxford: Oxford University Press, 46–70.

———. 1994. "Contesting the Past: Hero Cult, Tomb Cult, and Epic in Early Greece." *American Journal of Archaeology* 98: 389–410.

———. 1995. "Lefkandi and Homer." In *Homer's World: Fiction, Tradition, Reality*, edited by Øivind Andersen and Matthew Dickie. Bergen: P. Åström, 5–27.

Arendt, Hannah. 1958. *The Human Condition*. Chicago: University of Chicago Press.

———. 1962. "Action and the 'Pursuit of Happiness.'" In *Politische Ordnung und menschliche Existenz: Festgabe für Eric Voegelin zum 60. Geburtstag*, edited by Alois Dempf, Hannah Arendt, and Friedrich Engel-Janosi. München: Beck.

———. 1968a. "Karl Jaspers: A Laudatio." In *Men in Dark Times*. New York: Harvest.

———. 1968b. "Karl Jaspers: Citizen of the World?" In *Men in Dark Times*. New York: Harvest.

———. 1968c. "What Is Freedom?" In *Between Past and Future*. New York: Penguin.

———. 1972. "On Violence." In *Crises of the Republic.* New York: Harvest.
———. 1978. *The Life of the Mind.* San Diego: Harcourt Brace Jovanovich.
———. 1982. *Lectures on Kant's Political Philosophy.* Edited by Ronald Beiner. Chicago: University of Chicago Press.
———. 1994. "What Is Existential Philosophy?" In *Essays in Understanding: 1930–1954,* edited by Jerome Kohn. New York: Harcourt Brace.
Arieti, James. 1986. "Achilles' Alienation in *Iliad* 9." *Classical Journal* 82 (October–November): 1–27.
Arnhart, Larry. 1993. *Political Questions: Political Philosophy from Plato to Rawls.* 2d ed. Prospect Heights, Ill.: Waveland Press.
Atchity, Kenneth. 1978. *Homer's* Iliad*: The Shield of Memory.* Carbondale: Southern Illinois University Press.
Auerbach, Erich. 1953. *Mimesis: The Representation of Reality in Western Literature.* Translated by Willard Trask. Garden City, N.Y.: Doubleday Anchor.
Austin, M. M., and P. Vidal-Naquet. 1977. *Economic and Social History of Ancient Greece: An Introduction.* Translated by M. M. Austin. Berkeley: University of California Press.
Austin, Norman. 1975. *Archery at the Dark of the Moon: Poetic Problems in the* Odyssey. Berkeley: University of California Press.
Bakhtin, M. M. 1981. *The Dialogic Imagination: Four Essays by M. M. Bakhtin.* Edited by Michael Holquist. Translated by Caryl Emerson and Michael Holquist. Austin: University of Texas Press.
———. 1990. *Art and Answerability: Early Philosophical Essays by M. M. Bakhtin.* Edited by Michael Holquist and Vadim Liapunov. Translated by Vadim Liapunov. Austin: University of Texas Press.
Bakhtin, M. M., and P. N. Medvedev. 1985. *The Formal Method in Literary Scholarship: A Critical Introduction to Sociological Poetics.* Translated by Albert J. Wehrle. Cambridge: Harvard University Press.
Bakker, Egbert. 1995. "Noun-Epithet Formulas, Milman Parry, and the Grammar of Poetry." In *Homeric Questions,* edited by Jan Paul Crielaard. Amsterdam: J. C. Gieben, 97–125.
———. 1997a. *Poetry in Speech: Orality and Homeric Discourse.* Ithaca, N.Y.: Cornell University Press.
———. 1997b. "Storytelling in the Future: Truth, Time, and Tense in Homeric Epic." In *Written Voices, Spoken Signs: Tradition, Performance, and the Epic Text,* edited by Egbert Bakker and Ahuvia Kahane. Cambridge: Harvard University Press, 11–36.

Barnes, H. E. 1974. *The Meddling Gods: Four Essays on Classical Themes.* Lincoln: University of Nebraska Press.

Becker, Andrew Sprague. 1990. "The Shield of Achilles and the Poetics of Homeric Description." *American Journal of Philology* 111: 139–53.

Benhabib, Seyla. 1990a. "Epistemologies of Postmodernism: A Rejoinder to Jean-François Lyotard." In *Feminism/Postmodernism,* edited by Linda J. Nicholson. New York: Routledge, 107–30.

———. 1990b. "Hannah Arendt and the Redemptive Power of Narrative." *Social Research* 57 (spring): 167–96.

Benjamin, Walter. 1968. "The Storyteller: Reflections on the Works of Nikolai Leskov." In *Illuminations,* edited by Hannah Arendt. Translated by Harry Zohn. New York: Schocken Books.

Benveniste, Emile. 1973. *Indo-European Language and Society.* Translated by Elizabeth Palmer. Coral Gables, Fla.: University of Miami Press.

Berry, E. G. 1940. *The History and Development of the Concept of ΘEIA MOIRA and ΘEIA TUXH Down to and Including Plato.* Ph.D. diss., University of Chicago.

Beye, Charles Rowan. 1974. "Male and Female in the Homeric Poems." *Ramus* 3: 87–101.

———. 1993. *Ancient Epic Poetry: Homer, Apollonius, Virgil.* Ithaca, N.Y.: Cornell University Press.

Bintliff, John. 1982. "Settlement Patterns, Land Tenure and Social Structure: A Diachronic Model." In *Ranking, Resource, and Exchange: Aspects of the Archaeology of Early European Society,* edited by Colin Renfrew and Stephen Shennan. Cambridge: Cambridge University Press, 106–11.

Blegan, Carl, Hazel Palmer, and Rodney Young. 1964. *Corinth: The North Cemetery.* Vol. 13. Princeton, N.J.: American School of Classical Studies.

Blome, Peter. 1984. "Lefkandi und Homer." *Würzburger Jahrbücher für die Altertumwissenschaft* 10: 9–21.

Bloom, Harold. 1973. *The Anxiety of Influence: A Theory of Poetry.* New York: Oxford University Press.

———. 1982. *Agon: Towards a Theory of Revisionism.* New York: Oxford University Press, 1982.

Böhme, Joachim. 1929. *Die Seele und das Ich im homerischen Epos.* Leipzig: B. G. Teubner.

Bolter, J. David. 1977. *Achilles' Return to Battle: A Structural Study of Books 19–22 of the* Iliad. Ph.D. diss., University of North Carolina.

Bonner, Robert, and Gertrude Smith. 1930. *The Administration of Justice from Homer to Aristotle.* Chicago: University of Chicago Press.

Bowle, John. 1948. *Western Political Thought: An Historical Introduction from the Origins to Rousseu.* New York: Oxford University Press.

Breiner, Peter. 1996. *Max Weber and Democratic Politics.* Ithaca, N.Y.: Cornell University Press.

Bremer, J. M. 1987. "The So-Called 'Götterapparat' in *Iliad* XX–XXII." In *Homer, Beyond Oral Poetry: Recent Trends in Homeric Interpretation,* edited by J. M. Bremer, I. J. F. de Jong, and J. Kalff. Amsterdam: B. R. Grüner, 31–46.

Broneer, Oscar. 1942. "Hero Cults in the Corinthian Agora." *Hesperia* 11: 128–61.

Brown, Richard Harvey. 1987. *Society as Text: Essays on Rhetoric, Reason, and Reality.* Chicago: University of Chicago Press.

Burkert, Walter. 1955. *Zum altgriechischen Mitleidsbegriff.* Ph.D. diss., Friedrich-Alexander-Universität.

———. 1976. "Das hunderttorige Theban und die Datierung der Ilias." *Wiener Studien* 89: 5–21.

———. 1985. *Greek Religion.* Translated by John Raffan. Cambridge: Harvard University Press. Originally published as *Griechische Religion der archaischen und klassischen Epoche* (Stuttgart: Kohlhammer, 1977).

———. 1995. "Greek *Poleis* and Civic Cults: Some Further Thoughts." In *Studies in the Ancient Greek Polis,* edited by Mogens Herman Hansen and Kurt Raaflaub. Stuttgart: Franz Steiner.

Butler, Judith. 1995. "For a Careful Reading." In *Feminist Contentions: A Philosophical Exchange,* edited by Seyla Benhabib, Judith Butler, Drucilla Cornell, and Nancy Fraser. New York: Routledge.

Cairns, Douglas. 1993. *Aidôs: The Psychology and Ethics of Honour and Shame in Ancient Greek Literature.* Oxford: Oxford University Press.

Calhoun, George. 1927. *The Growth of Criminal Law in Ancient Greece.* Berkeley: University of California Press.

———. 1962. "Polity and Society (i) The Homeric Picture." In *A Companion to Homer,* edited by Alan J. B. Wace and Frank H. Stubbings. New York: Macmillan, 431–52.

Cambitoglou, Alexander, Ann Birchall, J. J. Coulton, and J. R. Green. 1988. *Zagora 2: Excavation of a Geometric Town on the Island of Andros.* 2 vols. Athens: Athens Archaeological Society.

Cambitoglou, Alexander, J. J. Coulton, Judy Birmingham, and J. R. Green. 1971. *Zagora I.* Sidney: Sidney University Press.

Caputo, John. 1987. *Radical Hermeneutics: Repetition, Deconstruction, and the Hermeneutic Project.* Bloomington: Indiana University Press.

Carlier, Pierre. 1984. *La Royauté en Grèce avant Alexandre.* Strasbourg: AECR.

Carneiro, Robert. 1981. "The Chiefdom: Precursor of the State." In *The Transition to Statehood in the New World,* edited by Grant Jones and Robert Kautz. Cambridge: Cambridge University Press, 37–79.

Carroll, Noël. 1990. "Interpretation, History and Narrative." *Monist* 73 (April): 134–66.

Cartledge, Paul. 1983. "'Trade and Politics' Revisited: Archaic Greece." In *Trade in the Ancient Economy,* edited by Peter Garnsey, Keith Hopkins, and C. R. Whittaker. Berkeley: University of California Press, 1–15.

Casevitz, Michel. 1992. "Sur le concept de 'peuple.'" In *La langue et les textes en grec ancien: Actes du colloque Pierre Chantraine,* edited by Françoise Létoublon. Amsterdam: J. C. Gieben, 193–99.

Caskey, Miriam Ervin. 1981. "Ayia Irini, Kea: The Terracotta Statues and the Cult in the Temple." In *Sanctuaries and Cults in the Aegean Bronze Age,* edited by Robin Hägg and Nanno Marinatos. Stockholm: Almqvist and Wiksell, 127–35.

Catlin, George. 1939. *The Story of the Political Philosophers.* New York: Whittlesey House.

Catling, R. W. V., and I. S. Lemos. 1990. *Lefkandi II, The Protogeometric Building at Toumba. Part 1, The Pottery.* Edited by M. R. Popham, P. G. Calligas, and L. H. Sackett. Thames: British School of Archaeology at Athens.

Cawkwell, G. L. 1992. "Early Colonisation." *Classical Quarterly* 42: 289–303.

Claessen, Henri J. M., and Peter Skalník. 1978. "The Early State: Theories and Hypotheses." In *The Early State,* edited by Claessen and Skalník. The Hague: Mouton.

Clark, Matthew. 1997. *Out of Line: Homeric Composition beyond the Hexameter.* Lanham, Md.: Rowman & Littlefield.

Claus, David. 1975. "Aidôs in the Language of Achilles." *TAPA* 105: 13–28.

Clay, J. S. 1983. *The Wrath of Athena: Gods and Men in the* Odyssey. Princeton, N.J.: Princeton University Press.

Clemente, Guido. 1991. "Concluding Reflections." In *City States in Classical Antiquity and Medieval Italy,* edited by Anthony Molho, Kurt Raaflaub, and Julie Emlen. Ann Arbor: University of Michigan Press.

Cohen, Ronald. 1978a. Introduction to *Origins of the State: The Anthropology of Political Evolution*, edited by Ronald Cohen and Elman R. Service. Philadelphia: Institute for the Study of Human Issues.

———. 1978b. "State Foundations: A Controlled Comparison." In *Origins of the State: The Anthropology of Political Evolution*, edited by Ronald Cohen and Elman R. Service. Philadelphia: Institute for the Study of Human Issues.

———. 1978c. "State Origins: A Reappraisal." In *The Early State*, edited by Henri J. M. Claessen and Peter Skalník. The Hague: Mouton.

Cohen, Ronald, and Middleton, John. 1967. Introduction to *Comparative Political Systems: Studies in the Politics of Pre-Industrial Societies*, edited by Cohen and Middleton. Garden City, N.Y.: Natural History Press.

———. 1970. Introduction to *From Tribe to Nation in Africa: Studies in the Incorporation Process*, edited by Ronald Cohen and John Middleton. Scranton, Pa.: Chandler.

Coldstream, J. N. 1968. *Greek Geometric Pottery: A Survey of Ten Local Styles and Their Chronology*. London: Methuen.

———. 1977. *Geometric Greece*. New York: St. Martin's Press.

———. 1983. "Gift Exchange in the Eighth Century B.C." In *The Greek Renaissance of the Eighth Century B.C.: Tradition and Innovation*, edited by Robin Hägg. Stockholm: P. Åström, 201–206.

Cole, Susan. 1995. "Civic Cult and Civic Identity." In *Sources for the Ancient Greek City-State: Acts of the Copenhagen Polis Centre*. Vol. 2. Edited by Mogens Herman Hansen. Copenhagen: Munksgaard, 292–325.

Connor, W. R. 1987. "Tribes, Festivals and Processions: Civic Ceremonial and Political Manipulation in Archaic Greece." *Journal of Hellenic Studies* 107: 40–50.

Cook, J. M. 1958–59. "Old Smyrna, 1948–1951." *The Annual of the British School at Athens* 53–54: 1–34.

Cornford, F. M. 1907. *Thucydides Mythistoricus*. London: E. Arnold.

Coulson, William, Donald Haggis, Margaret Mook, and Jennifer Tobin. "Excavations on the Kastro at Kavousi: An Architectural Overview." *Hesperia* 66: 315–90.

Coulton, J. 1993. "The Toumba Building: Description and Analysis of the Architecture." In *Lefkandi II, The Protogeometric Building at Toumba. Part 2, The Excavation, Architecture and Finds*, edited by M. R. Popham, P. G. Calligas, and L. H. Sackett, with J. Coulton and H. W. Catling. Oxford: British School of Archaeology at Athens, 33–70.

Crielaard, Jan Paul. 1995. "Homer, History and Archaeology." In *Homeric Questions*, edited by Crielaard. Amsterdam: J. C. Gieben, 201–88.

Crielaard, Jan Paul, and Jan Driessen. 1994. "The Hero's Home: Some Reflections on the Building at Toumba, Lefkandi." *Topoi* 4: 251–70.

Crotty, Kevin. 1994. *The Poetics of Supplication: Homer's* Iliad *and* Odyssey. Ithaca, N.Y.: Cornell University Press.

Cunliffe, Richard. 1963. *A Lexicon of the Homeric Dialect*. London: Blackie.

Dalby, Andrew. 1995. "The *Iliad*, the *Odyssey* and Their Audience." *Classical Quarterly* 45: 269–79

Davies, John. 1997. "The 'Origins of the Greek *Polis*': Where Should We Be Looking?" In *The Development of the Polis in Archaic Greece*, edited by Lynette Mitchell and P. J. Rhodes. London: Routledge.

Deger-Jalkotzy, Sigrid. 1970. *Herrschaftsformen bei Homer*. Wien: Notring.

———. 1991. "Diskontinuität und Kontinuität: Aspekte politischer und sozialer Organisation in mykenischer Zeit und in der Welt der Homerischen Epen." In *La transizione dal Miceneo all' alto arcaismo. Dal palazzo alla città*, edited by D. Musti, A. Sacconi, L. Rocchetti, M. Rocchi, E. Scarfa, L. Sportiello, and M. E. Giannotta. Rome: Consiglio Nazionale della Ricerche, 53–66.

De Jong, Irene. 1987a. *Narrators and Focalizers: The Presentation of the Story in the* Iliad. Amsterdam: B. R. Grüner.

———. 1987b. "Silent Characters in the *Iliad*." In *Homer, Beyond Oral Poetry: Recent Trends in Homeric Interpretation*, edited by J. M. Bremer, I. J. F. de Jong, and J. Kalff. Amsterdam: B. R. Grüner, 105–21.

———. 1997. "Homer and Narratology." In *A New Companion to Homer*, edited by Ian Morris and Barry Powell. Leiden: Brill, 305–25.

Deleuze, Gilles. 1994. *Difference and Repetition*. Translated by Paul Patton. New York: Columbia University Press.

Demargne, Pierre, and Henri van Effenterre. 1937. "Recherches a Dréros." *Bulletin de correspondance hellénique* 61: 5–32.

De Polignac, François. 1994. "Mediation, Competition, and Sovereignty: The Evolution of Rural Sanctuaries in Geometric Greece." In *Placing the Gods: Sanctuaries and Sacred Space in Ancient Greece*, edited by Susan Alcock and Robin Osborne. Oxford: Clarendon Press, 3–18.

———. 1995. *Cults, Territory, and the Origins of the Greek City-State*. Chicago: University of Chicago Press. Originally published as *Naissance de la cité grecque* (Paris: Découverte, 1984).

Derrida, Jacques. 1981a. *Dissemination*. Translated by Barbara Johnson. Chicago: University of Chicago Press.

———. 1981b. "The Law of Genre." Translated by Avital Ronell. In *On Narrative*, edited by W. J. T. Mitchell. Chicago: University of Chicago Press.

De Ste. Croix, G. E. M. 1981. *The Class Struggle in the Ancient Greek World: From the Archaic Age to the Arab Conquests.* Ithaca, N.Y.: Cornell University Press.

Detienne, Marcel. 1996. *The Masters of Truth in Archaic Greece.* Translated by Janet Lloyd. New York: Zone Books. Originally published as *Les Maîtres de vérité dans la Grèce archaïque* (Paris: F. Maspero, 1967).

Dickie, Matthew. 1995. "The Geography of Homer's World." In *Homer's World: Fiction, Tradition, Reality*, edited by Øivind Andersen and Matthew Dickie. Bergen: P. Åström, 29–56.

Dienstag, Joshua Foa. 1997. *Dancing in Chains: Narrative and Memory in Political Theory.* Stanford, Calif.: Stanford University Press.

Dietrich, B. C. 1973. *The Origins of Greek Religion.* Berlin: de Gruyter.

Disch, Lisa Jane. 1994. *Hannah Arendt and the Limits of Philosophy.* Ithaca, N.Y.: Cornell University Press.

Dobbs, Darrell. 1987. "Reckless Rationalism and Heroic Reverence in Homer's *Odyssey*." *American Political Science Review* 81 (June): 491–508.

Dodds, E. R. 1957. *The Greeks and the Irrational.* Boston: Beacon Press.

———. 1968. "Homer: I. Homer and the Analysts, II. Homer and the Unitarians." In *Fifty Years (and Twelve) of Classical Scholarship.* Rev. ed. Edited by Maurice Platnauer. New York: Barnes & Noble, 1–13.

Donlan, Walter. 1973. "The Tradition of Anti-Aristocratic Thought in Early Greek Poetry." *Historia* 22: 145–54.

———. 1979. "The Structure of Authority in the *Iliad*." *Arethusa* 12: 51–70.

———. 1980. *The Aristocratic Ideal in Ancient Greece.* Lawrence, Kans.: Coronado Press.

———. 1981–82. "Reciprocities in Homer." *Classical World* 75: 137–75.

———. 1985. "The Social Groups of Dark Age Greece." *Classical Philology* 80: 293–308.

———. 1989a. "Homeric τέμενος and the Land Economy of the Dark Age." *Museum Helveticum* 46: 129–45.

———. 1989b. "The Pre-State Community in Greece." *Symbolae Osloenses* 64: 5–29.

———. 1989c. "The Unequal Exchange between Glaucus and Diomedes in Light of the Homeric Gift-Economy." *Phoenix* 43: 1–15.

———. 1993. "Duelling with Gifts in the *Iliad*: As the Audience Saw It." *Colby Quarterly* 24: 155–72.

———. 1997a. "The Homeric Economy." In *A New Companion to Homer*, edited by Ian Morris and Barry Powell. Leiden: Brill, 649–67.

———. 1997b. "The Relations of Power in the Pre-State and Early State Polities." In *The Development of the Polis in Archaic Greece*, edited by Lynette Mitchell and P. J. Rhodes. London: Routledge.

———. 1998. "Political Reciprocity in Dark Age Greece: Odysseus and His *Hetairoi*." In *Reciprocity in Ancient Greece*, edited by Christopher Gill, Norman Postlethwaite, and Richard Seaford. Oxford: Oxford University Press, 151–71.

Donlan, Walter, and Carol G. Thomas. 1993. "The Village Community of Ancient Greece: Neolithic, Bronze, and Dark Ages." *Studi Micenei ed Egeo-Anatolici* 31: 61–71.

Douglas, Mary. 1966. *Purity and Danger: An Analysis of Concepts of Pollution and Taboo*. London: Routledge & Kegan Paul.

———. 1978. *Cultural Bias*. Occasional paper no. 34. London: Royal Anthropological Institute of Great Britain and Ireland.

———. 1982. *Natural Symbols: Exploration in Cosmology*. New York: Pantheon.

Douglas, Mary, and Aaron Wildavsky. 1982. *Risk and Culture*. Berkeley: University of California Press.

Drews, Robert. 1972. "The First Tyrants in Greece." *Historia* 21: 129–44.

———. 1983. *Basileus: The Evidence for Kingship in Geometric Greece*. New Haven, Conn.: Yale University Press.

Drolet, Michael. 1994. "The Wild and the Sublime: Lyotard's Post-Modern Politics." *Political Studies* 42: 259–73.

Dunbabin, T. J. 1948. *The Western Greeks: The History of Sicily and South Italy from the Foundation of the Greek Colonies to 480 B.C.* Oxford: Clarendon Press.

Earle, Timothy. 1991. "Property Rights and the Evolution of Chiefdoms." In *Chiefdoms: Power, Economy, and Ideology*, edited by Earle. Cambridge: Cambridge University Press, 71–99.

Easterling, P. E. 1989. "Agamemnon's *Skêptron* in the *Iliad*." In *Images of Authority*, edited by Mary Margaret Mackenzie and Charlotte Roueché. Cambridge: Cambridge Philological Society, 104–121.

Easton, David. 1959. "Political Anthropology." In *Biennial Review of Anthropology: 1959*, edited by Bernard J. Siegal. Stanford, Calif.: Stanford University Press, 210–62.

Eder, Walter. 1986. "The Political Significance of the Codification of Law in Archaic Societies: An Unconventional Hypothesis." In *Social Struggles in Archaic Rome: New Perspectives on the Conflict of the Orders*, edited by Kurt Raaflaub. Berkeley: University of California Press, 262–300.

———. 1992. "Polis und Politai: Die Auflösung des Adelsstaates und die Entwicklung des Polisbürgers." In *Euphronios und seine Zeit*, edited by W.-D. Heilmeyer and I. Wehgartner. Berlin: Staatliche Museen, 24–38.

Edmunds, Lowell. 1975. *Chance and Intelligence in Thucydides*. Cambridge: Harvard University Press.

———. 1989. "Commentary on Raaflaub." In *Proceedings of the Boston Area Colloquium in Ancient Philosophy*. Vol. 4. Edited by John Cleary and Daniel Shartin. New York: University Press of America.

Edwards, A. T. 1993. "Homer's Ethical Geography: Country and City in the *Odyssey*." *TAPA* 123: 27–78.

Edwards, Carol. 1983. "The Parry-Lord Theory Meets Operational Structuralism." *Journal of American Folklore* 96: 151–69.

Edwards, Mark W. 1987. *Homer: Poet of the* Iliad. Baltimore: Johns Hopkins University Press.

Ehrenberg, Victor. 1943. "An Early Source of Polis-Constitution." *Classical Quarterly* 37: 14–18.

———. 1960. *The Greek State*. New York: Barnes & Noble.

———. 1967. *From Solon to Socrates: Greek History and Civilization during the 6th and 5th centuries* B.C. London: Methuen.

Elliot, William, and Neil McDonald. 1949. *Western Political Heritage*. New York: Prentice-Hall.

Emerson, Caryl. 1993. "Irreverent Bakhtin and the Imperturbable Classics." *Arethusa* 26: 123–39.

Erbse, Hartmut. 1986. *Untersuchungen zur Funktion der Götter im homerischen Epos*. Berlin: de Gruyter.

———. 1990. "Nachlese zur Homerischen Psychologie." *Hermes* 118: 1–17.

Euben, J. Peter. 1990. *The Tragedy of Political Theory: The Road Not Taken*. Princeton, N.J.: Princeton University.

Evans-Pritchard, E. E. 1952. *Social Anthropology*. Glencoe, Ill.: Free Press.

———. 1962. "The Divine Kingship of the Shilluk of the Nilotic Sudan." In *Essays in Social Anthropology*. New York: Free Press.

Fagerström, Kåre. 1988. *Greek Iron Age Architecture: Developments through Changing Times*. Göteborg: P. Åström.

Farenga, Vincent. 1998. "Narrative and Community in Dark Age Greece: A Cognitive and Communicative Approach to Early Greek Citizenship." *Arethusa* 31: 179–206.

Feeney, D. C. 1991. *The Gods in Epic: Poets and Critics of the Classical Tradition.* Oxford: Clarendon Press.

Felsch, Rainer C. S. 1981. "Mykenischer Kult im Heiligtum bei Kalapodi?" In *Sanctuaries and Cults in the Aegean Bronze Age*, edited by Robin Hägg and Nanno Marinatos. Stockholm: Almqvist and Wiksell, 81–89.

Felson-Rubin, Nancy. 1993. "Bakhtinian Alterity, Homeric Rapport." *Arethusa* 26: 159–71.

———. 1994. *Regarding Penelope: From Character to Poetics.* Princeton, N.J.: Princeton University Press.

Fenik, Bernard. 1968. *Typical Battle Scenes in the* Iliad: *Studies in the Narrative Techniques of Homeric Battle Description.* Wiesbaden: F. Steiner.

Ferguson, Yale. 1991. "Chiefdoms to City-States: The Greek Experience." In *Chiefdoms: Power, Economy, and Ideology*, edited by Timothy Earle. Cambridge: Cambridge University Press, 169–92.

Finkelberg, Margalit. 1998. "*Timê* and *Aretê* in Homer." *Classical Quarterly* 48: 14–28.

Finley, J. H., Jr. 1942. *Thucydides.* Cambridge: Harvard University Press.

Finley, M. I. 1973. *The Ancient Economy.* London: Chatto & Windus.

———. 1975. "Anthropology and the Classics." In *The Use and Abuse of History.* New York: Viking Press: 102–19.

———. 1979. *The World of Odysseus.* 2d ed. New York: Penguin.

———. 1981. *Early Greece: The Bronze and Archaic Ages.* London: Chatto & Windus.

———. 1982. *Economy and Society in Ancient Greece.* Edited by Brent Shaw and Richard Saller. New York: Viking.

———. 1983. *Politics in the Ancient World.* Cambridge: Cambridge University Press.

Finnegan, Ruth. 1977. *Oral Poetry: Its Nature, Significance and Social Context.* Cambridge: Cambridge University Press.

Fischer-Hansen, Tobias. 1996. "The Earliest Town-Planning of the Western Greek Colonies. With Special Regard to Sicily." In *Introduction to an Inventory of Poleis*, edited by Mogens Herman Hansen. Copenhagen: Munksgaard, 317–73.

Flaig, Egon. 1994. "Das Konsensprinzip in homerischen Olymp. Überlegungen zum göttlichen Entscheidungsprozess Ilias 4.1–72." *Hermes* 122: 13–31.

Foley, Anne. 1988. *The Argolid 800–600 B.C.: An Archaeological Survey.* Göteborg: P. Åström.

Foley, John. 1997. "Traditional Signs and Homeric Art." In *Written Voices, Spoken Signs: Tradition, Performance, and the Epic Text,* edited by Egbert Bakker and Ahuvia Kahane. Cambridge: Harvard University Press, 56–82.

Fontenrose, Joseph. 1978. *The Delphic Oracle: Its Responses and Operation.* Berkeley: University of California Press.

Ford, Andrew. 1992. *Homer: The Poetry of the Past.* Ithaca, N.Y.: Cornell University Press.

Forrest, W. G. 1966. *The Emergence of Greek Democracy, 800–400 B.C.* New York: McGraw-Hill.

Fortes, M., and E. E. Evans-Pritchard. 1940. Introduction to *African Political Systems,* edited by Forest and Evans-Pritchard. London: Oxford University Press.

Fossey, John. 1988. *Topography and Population of Ancient Boiotia.* Chicago: Ares.

Foucault, Michel. 1972. *The Archaeology of Knowledge and the Discourse on Language.* Translated by A. M. Sheridan Smith. New York: Pantheon.

———. 1980. "Two Lectures." In *Power/Knowledge: Selected Interviews and Other Writings 1972–1977,* edited by Colin Gordon. New York: Pantheon Books.

———. 1983. "On the Genealogy of Ethics: An Overview of Work in Progress." In *Michel Foucault, Beyond Structuralism and Hermeneutics,* by Hubert L. Dreyfus and Paul Rabinow. 2d ed. Chicago: University of Chicago Press.

———. 1984a. "An Interview with Michel Foucault." In *The Foucault Reader,* edited by Paul Rabinow. New York: Pantheon Books.

———. 1984b. "Politics and Ethics: An Interview." In *The Foucault Reader,* edited by Paul Rabinow. New York: Pantheon Books.

———. 1997. "The Ethics of the Concern for Self as a Practice of Freedom." In *Ethics: Subjectivity and Truth.* Vol. 1. Edited by Paul Rabinow. Translated by Robert Hurley and others. New York: New Press.

Fränkel, Hermann. 1962. *Dichtung und Philosophie des frühen Griechentums.* München: Beck. Translated by Moses Hadas and James Willis as *Early Greek Poetry and Philosophy* (Oxford: Blackwell, 1975).

Freeman, Kathleen. 1976. *The Work and Life of Solon: With a Translation of his Poems.* New York: Arno Press.

Fried, Morton H. 1967. *The Evolution of Political Society: An Essay in Political Anthropology*. New York: Random House.

Friedman, J., and M. J. Rowlands. 1977. "Notes Towards an Epigenetic Model of the Evolution of 'Civilisation.'" In *The Evolution of Social Systems*, edited by Friedman and Rowlands. Trowbridge: Duckworth, 201–76.

Friedrich, Paul, and James Redfield. 1978. "Speech as a Personality Symbol: The Case of Achilles." *Language* 54: 263–87.

Gagarin, Michael. 1973. "*Dikê* in the *Works and Days*." *Classical Philology* 68 (April): 81–94.

———. 1986. *Early Greek Law*. Berkeley: University of California Press.

———. 1987. "Morality in Homer." *Classical Philology* 82: 285–306.

Gagarin, Michael, and Paul Woodruff. 1995. *Early Greek Political Thought from Homer to the Sophists*. Cambridge: Cambridge University Press.

Galbraith, John Kenneth. 1983. *The Anatomy of Power*. Boston: Houghton Mifflin.

Gaskin, Richard. 1990. "Do Homeric Heroes Make Real Decisions?" *Classical Quarterly* 40: 1–15.

Gates, Bill. 1995. "Bill Gates: How the American Spirit Gives Us an Edge in Business." *USAir Magazine* 61 (March): 63.

Gearing, Fred. 1968. "Sovereignties and Jural Communities in Political Evolution." In *Essays on the Problem of Tribe*, edited by June Helm. Seattle: University of Washington Press, 111–19.

Geddes, A. G. 1984. "Who's Who in 'Homeric' Society?" *Classical Quarterly* 34: 17–36.

Geertz, Clifford. 1973a. "Ideology as a Cultural System." In *The Interpretation of Cultures*. New York: Basic Books, 193–233.

———. 1973b. "Thick Description: Toward an Interpretative Theory of Culture." In *The Interpretation of Cultures*. New York: Basic Books, 3–30.

Gill, Christopher. 1990. "The Character–Personality Distinction." In *Characterization and Individuality in Greek Literature*, edited by Christopher Pelling. Oxford: Oxford University Press, 1–31.

———. 1996. *Personality in Greek Epic, Tragedy, and Philosophy: The Self in Dialogue*. Oxford: Clarendon Press.

Glotz, Gustave. 1928. *La cité Grecque*. Paris: La Renaissance du Livre. Translated as *The Greek City and Its Institutions* (New York: Knopf, 1930).

Gluckman, Max. 1965. *Politics, Law and Ritual in Tribal Society*. New York: Aldine.

Gouschin, Valerij. 1999. "Pisistratus' Leadership in A.P. 13.4 and the Establishment of the Tyranny of 561/60 B.C." *Classical Quarterly* 49: 14–23.

Graham, A. J. 1971. "Patterns of Early Greek Colonization." *Journal of Hellenic Studies* 91: 35–47.

Greene, William. 1944. *Moira: Fate, Good, and Evil in Greek Thought.* Cambridge: Harvard University Press.

Greenhalgh, P. A. L. 1972. "Patriotism in the Homeric World." *Historia* 21: 528–37.

Griffin, Jasper. 1980. *Homer on Life and Death.* Oxford: Clarendon.

Gschnitzer, Fritz. 1965. "BASILEUS: Ein terminologischer Beitrag zur Frühgeschichte des Königtums bei den Griechen." *Innsbrucker Beiträge zur Kulturwissenschaft* 11: 99–112.

———. 1981. *Griechische Sozialgeschichte: Von der mykenischen bis zum Ausgang der klassischen Zeit.* Wiesbaden: Franz Steiner.

———. 1991. "Zur homerischen Staats- und Gesellschaftsordnung: Grundcharakter und geschichtliche Stellung." In *Zweihundert Jahre Homer-Forschung: Rückblick und Ausblick,* edited by Joachim Latacz. Stuttgart: B. G. Teubner, 182–204.

Gunnell, John G. 1987. *Political Philosophy and Time: Plato and the Origins of Political Vision.* Chicago: University of Chicago Press.

Haas, Jonathan. 1982. *The Evolution of the Prehistoric State.* New York: Columbia University Press.

Hägg, Robin. 1974. *Die Gräber der Argolis in submykenischer, protogeometrischer und geometrischer Zeit.* Uppsala: Acta Universitatis Upsaliensis.

———. 1983. "Burial Customs and Social Differentiation in 8th-Century Argos." In *The Greek Renaissance of the Eighth Century B.C.: Tradition and Innovation.* Edited by Hägg. Stockholm: P. Åström.

Hainsworth, J. B. 1992. "The Criticism of an Oral Homer." In *Homer: Readings and Images,* edited by C. Emlyn-Jones, L. Hardwick, and J. Purkis. London: Duckworth.

Hall, Jonathan. 1997. *Ethnic Identity in Greek Antiquity.* Cambridge: Cambridge University Press.

Hallowell, John, and Jene Porter. 1997. *Political Philosophy: The Search for Humanity and Order.* Scarborough, Ont.: Prentice-Hall Canada.

Halverson, John. 1985. "Social Order in the 'Odyssey.'" *Hermes* 113: 129–45.

Hansen, Mogens Herman. 1993. "Introduction: The Polis as a Citizen-State." In *The Ancient Greek City-State,* edited by Hansen. Copenhagen: Munksgaard, 7–29.

———. 1995. "The 'Autonomous City-State': Ancient Fact or Modern Fiction." In *Studies in the Ancient Greek Polis*, edited by Hansen and Kurt Raaflaub. Stuttgart: Franz Steiner.

Hansen, Mogens Herman, and Kurt Raaflaub, eds. 1995. *Studies in the Ancient Greek Polis*. Stuttgart: Franz Steiner.

Haubold, Johannes. 2000. *Homer's People: Epic Poetry and Social Formation*. Cambridge: Cambridge University Press.

Havel, Václav. 1991. "Stories and Totalitarianism." In *Open Letters: Selected Writings 1965–1990*, edited by Paul Wilson. New York: Knopf.

———. 1997. "Academy of Performing Arts." In *The Art of the Impossible: Politics as Morality in Practice*. Translated by Paul Wilson. New York: Knopf.

Havelock, Eric. 1963. *Preface to Plato*. Cambridge: Harvard University Press, Belknap Press.

———. 1978. *The Greek Concept of Justice: From Its Shadow in Homer to Its Reality in Plato*. Cambridge: Harvard University Press.

———. 1983. "The Linguistic Task of the Presocratics." In *Language and Thought in Early Greek Philosophy*, edited by Kevin Robb. La Salle, Ill.: Hegeler Institute.

Heidegger, Martin. 1971a. "Building Dwelling Thinking." In *Poetry, Language, Thought*. Translated by Albert Hofstadter. New York: Harper & Row, 145–61.

———. 1971b. "Language." In *Poetry, Language, Thought*. Translated by Albert Hofstadter. New York: Harper & Row, 189–210.

———. 1971c. "The Origin of the Work of Art." In *Poetry, Language, Thought*. Translated by Albert Hofstadter. New York: Harper & Row, 17–87.

———. 1971d. ". . . Poetically Man Dwells. . . ." In *Poetry, Language, Thought*. Translated by Albert Hofstadter. New York: Harper & Row, 213–29.

———. 1979. *Being and Time*. Translated by John Macquarrie and Edward Robinson. New York: Harper & Row. Originally published as *Sein und Zeit* (Tübingen: Max Niemeyer, 1962).

Hignett, Charles. 1958. *A History of the Athenian Constitution to the End of the Fifth Century B.C.* Oxford: Clarendon Press.

Hoffmann, Wilhelm. 1956. "Die Polis bei Homer." In *Festschrift Bruno Snell*, edited by H. Erbse. München: Beck, 153–65.

Hölkeskamp, Karl-Joachim. 1994. "Tempel, Agora und Alphabet: Die Entstehungsbedingungen von Gesetzgebung in der archaischen Polis." In *Rechtskodifizierung und soziale Normen im interkulturellen*

Vergleich, edited by Hans-Joachim Gehrke. Tübingen: Gunter Narr, 135–64.

———. 1997. "*Agorai* bei Homer." In *Volk und Verfassung im vorhellenistischen Griechenland*, edited by Walter Eder and Karl-Joachim Hölkeskamp. Stuttgart: Franz Steiner, 1–19.

Holoka, James. 1991. "Homer, Oral Poetry Theory, and Comparative Literature: Major Trends and Controversies in Twentieth-Century Criticism." In *Zweihundert Jahre Homer-Forschung*, edited by Joachim Latacz. Stuttgart: B. G. Teubner, 456–81.

Holway, Richard. 1989. "Poetry and Political Thought in Archaic Greece: The *Iliad*, the *Theogony*, and the Rise of the *Polis*." Ph.D. diss., University of California, Berkeley.

Humphreys, S. C. 1978. *Anthropology and the Greeks*. London: Routledge & Kegan Paul.

Huxley, G. L. 1969. *Greek Epic Poetry: From Eumelos to Panyassis*. Cambridge: Harvard University Press.

Jacobsen, Thorkild. 1970a. "Early Political Development in Mesopotamia." In *Toward the Image of Tammuz and Other Essays on Mesopotamian History and Culture*, edited by William Moran. Cambridge: Harvard University Press, 132–56.

———. 1970b. "Primitive Democracy in Ancient Mesopotamia." In *Toward the Image of Tammuz and Other Essays on Mesopotamian History and Culture*, edited by William Moran. Cambridge: Harvard University Press, 157–70.

Jacopin, Pierre-Yves. 1988. "On the Syntactic Structure of Myth, or the Yakuna Invention of Speech." *Cultural Anthropology* 3 (May): 131–59.

Jaeger, Werner. 1967. *Paideia: The Ideals of Greek Culture*. Translated from the second German edition by Gilbert Highet. Vol. 1. New York: Oxford University Press.

Jakobson, Roman. 1960. "Closing Statement: Linguistics and Poetics." In *Style in Language*, edited by Thomas Sebeok. New York: Wiley: 350–77.

Jameson, Fredric. 1984. Foreword to *The Postmodern Condition: A Report on Knowledge*, by Jean-François Lyotard. Translated by Geoff Bennington and Brian Massumi. Minneapolis: University of Minnesota Press, vii–xxi.

———. 1991. *Postmodernism, or, The Cultural Logic of Late Capitalism*. Durham, N.C.: Duke University Press.

Janko, Richard. 1982. *Homer, Hesiod and the Hymns: Diachronic Development in Epic Diction*. Cambridge: Cambridge University Press.

———. 1998. "The Homeric Poems as Oral Dictated Texts." *Classical Quarterly* 48: 135–67.

Janszen, Nick. 1997. "The Divine Comedy of Homer: Defining Political Virtue through Comic Depictions of the Gods." In *Justice v. Law in Greek Political Thought*, edited by Leslie Rubin. Lanham, Md.: Rowman & Littlefield, 69–81.

Jeffery, L. H. 1976. *Archaic Greece: The City-States c. 700–500 B.C.* London: Ernest Benn.

———. 1990. *The Local Scripts of Archaic Greece: A Study of the Origin of the Greek Alphabet and Its Development from the Eighth to the Fifth Centuries B.C.* Rev. ed. Oxford: Clarendon Press.

Jones, J. Walter. 1956. *The Law and Legal Theory of the Greeks: An Introduction.* Oxford: Clarendon Press.

Kant, Immanuel. 1959. *Foundations of the Metaphysics of Morals.* Translated by Lewis White Beck. Indianapolis: Bobbs-Merrill.

Katz, Marylin. 1991. *Penelope's Renown: Meaning and Indeterminancy in the* Odyssey. Princeton, N.J.: Princeton University Press.

Kelly, Thomas. 1976. *A History of Argos to 500 B.C.* Minneapolis: University of Minnesota Press.

King, Katherine Callen. 1987. *Achilles: Paradigms of the War Hero from Homer to the Middle Ages.* Berkeley: University of California Press.

Kirk, G. S. 1962. *The Songs of Homer.* Cambridge: Cambridge University Press.

———. 1976. *Homer and the Oral Tradition.* Cambridge: Cambridge University Press.

———. 1985. *The* Iliad: *A Commentary.* Vol. 1: Books 1–4. Cambridge: Cambridge University Press.

Klosko, George. 1993. *History of Political Theory: An Introduction.* Vol. 1. Fort Worth, Tex.: Harcourt Brace.

Kolb, Frank. 1977. "Die Bau-, Religious- und Kulturpolitik der Peisistratiden." *Jahrbuch des Deutschen Archäologischen Instituts* 92: 99–138.

Konstan, David. 1999. "Ancient Pity." Paper presented at the "For Passions and Perspectives: Representing Emotions in Antiquity" conference, Columbia University, November 13.

Köstler, Rudolf. [1950] 1968. "Die Homerische Rechts- und Staatsordnung." In *Zur Griechischen Rechtsgeschichte*, edited by Erich Berneker. Darmstadt: Wissenschaftliche Buchgesellschaft, 172–95.

Kristiansen, Kristian. 1991. "Chiefdoms, States, and Systems of Social Evolution." In *Chiefdoms: Power, Economy, and Ideology*, edited by Timothy Earle. Cambridge: Cambridge University Press, 16–43.

Kullmann, W. 1985. "Gods and Men in the *Iliad* and the *Odyssey.*" *Harvard Studies in Classical Philology* 89: 1–23.

———. 1995. "Homers Zeit und das Bild des Dichters von den Menschen der mykenischen Kultur." In *Homer's World: Fiction, Tradition, Reality,* edited by Øivind Andersen and Matthew Dickie. Bergen: P. Åström, 57–75.

Lambrinudakis, V. 1981. "Remains of the Mycenaean Period in the Sanctuary of Apollon Maleatas." In *Sanctuaries and Cults in the Aegean Bronze Age,* edited by Robin Hägg and Nanno Marinatos. Stockholm: Almqvist and Wiksell, 59–65.

Latacz, Joachim. 1996. *Homer: His Art and His World.* Translated by James Holoka. Ann Arbor: University of Michigan Press.

Legon, Ronald. 1981. *Megara: The Political History of a Greek City-State to 336 B.C.* Ithaca, N.Y.: Cornell University Press.

Lendon, J. E. Forthcoming. "Voting by Shouting in Sparta."

Lenz, John. 1993. "Kings and the Ideology of Kingship in Early Greece (c. 1200–700 B.C): Epic, Archaeology and History." Ph.D. diss., Columbia University.

Lesky, Albin. 1961. *Göttliche and menschliche Motivation im homerischen Epos.* Heidelberg: Carl Winter.

Lessing, Gotthold Ephraim. 1984. *Laocoön: An Essay on the Limits of Painting and Poetry.* Baltimore: Johns Hopkins University Press.

Lloyd-Jones, Hugh. 1971. *The Justice of Zeus.* Berkeley: University of California Press.

Long, A. A. 1970. "Morals and Values in Homer." *Journal of Hellenic Studies* 90: 121–39.

———. 1992. "Stoic Readings of Homer." In *Homer's Ancient Readers: The Hermeneutics of Greek Epic's Earliest Exegetes,* edited by Robert Lamberton and John Keaney. Princeton, N.J.: Princeton University Press.

Lord, Albert Bates. 1951. "Composition by Theme in Homer and Southslavic Epos." *TAPA* 82: 71–80.

———. 1960. *The Singer of Tales.* Cambridge: Harvard University Press.

Losco, Joseph, and Leonard Williams. 1992. *Political Theory: Classic Writings, Contemporary Views.* New York: St. Martin's Press.

Louden, Robert B., and Paul Schollmeier, eds. 1996. *The Greeks and Us: Essays in Honor of Arthur W. H. Adkins.* Chicago: University of Chicago Press.

Lowenstam, Steven. 1993. *The Scepter and the Spear: Studies on Forms of Repetition in the Homeric Poems.* Lanham, Md.: Rowman & Littlefield.

Luban, David. 1983. "Explaining Dark Times: Hannah Arendt's Theory of Theory." *Social Research* 50: 215–48.

Luce, J. V. 1975. *Homer and the Heroic Age.* New York: Harper & Row.

———. 1978. "The Polis in Homer and Hesiod." *Proceedings of the Royal Irish Academy* 78: 1–15.

Lynn-George, Michael. 1988. *Epos: Word, Narrative and the Iliad.* Atlantic Highlands, N.J.: Humanities Press.

Lyotard, Jean-François. 1984. *The Postmodern Condition: A Report on Knowledge.* Translated by Geoff Bennington and Brian Massumi. Minneapolis: University of Minnesota Press.

———. 1988. *The Differend: Phrases in Dispute.* Translated by Georges Van Den Abbeele. Minneapolis: University of Minnesota Press.

———. 1989. "Universal History and Cultural Differences." In *The Lyotard Reader*, edited by Andrew Benjamin. Oxford: Blackwell: 314–23.

———. 1991. *The Inhuman: Reflections on Time.* Stanford, Calif.: Stanford University Press.

MacCary, W. Thomas. 1982. *Childlike Achilles: Ontogeny and Phylogeny in the* Iliad. New York: Columbia University Press.

MacIntyre, Alasdair. 1984. *After Virtue.* 2d ed. Notre Dame, Ind.: University of Notre Dame Press.

———. *Whose Justice? Which Rationality?* Notre Dame, Ind.: University of Notre Dame Press.

Mackie, Hilary. 1996. *Talking Trojan: Speech and Community in the* Iliad. Lanham, Md.: Rowman & Littlefield.

MacLeod, C. W. 1982. *Homer,* Iliad, *Book XXIV.* Cambridge: Cambridge University Press.

Maine, Henry. 1888. *Lectures on the Early History of Institutions.* New York: Holt.

Mair, Lucy. 1962. *Primitive Government.* Baltimore: Penguin.

Malinowski, Bronislaw. 1926. *Crime and Custom in Savage Society.* London: Kegan Paul.

Malkin, Irad. 1998. *The Returns of Odysseus: Colonization and Ethnicity.* Berkeley: University of California Press.

Manville, Philip Brook. 1990. *The Origins of Citizenship in Ancient Athens.* Princeton, N.J.: Princeton University Press.

Margolis, Joseph. 1993. "Redeeming Foucault." In *Foucault and the Critique of Institutions*, edited by John Caputo and Mark Yount. University Park: Pennsylvania State University Press, 41–59.

Martin, R. P. 1989. *The Language of Heroes: Speech and Performance in the* Iliad. Ithaca, N.Y.: Cornell University Press.

Mauss, Marcel. [1954] 1967. *The Gift: Forms and Functions of Exchange in Archaic Societies*. New York: Norton.

Mazarakis Ainian, Alexander. 1997. *From Rulers' Dwellings to Temples: Architecture, Religion and Society in Early Iron Age Greece (1100–700 B.C.)*. Jonsered: Paul Åströms Förlag.

McDonald, Lee. 1968. *Western Political Theory*. 3 vols. New York: Harcourt Brace Jovanovich.

McDonald, William. 1943. *The Political Meeting Places of the Greeks*. Baltimore: Johns Hopkins University Press.

McGlew, James. 1989. "Royal Power and the Achaean Assembly at *Iliad* 2.84–393." *Classical Antiquity* 8 (October): 283–95.

———. 1993. *Tyranny and Political Culture in Ancient Greece*. Ithaca, N.Y.: Cornell University Press.

McGowan, John. 1991. *Postmodernism and Its Critics*. Ithaca, N.Y.: Cornell University Press.

McIlwain, Charles. 1968. *The Growth of Political Thought in the West: From the Greeks to the End of the Middle Ages*. New York: Cooper Square.

Meier, Christian. 1990. *The Greek Discovery of Politics*. Translated by David McLintock. Cambridge: Harvard University Press.

Meiggs, Russell, and David Lewis, eds. 1969. *A Selection of Greek Historical Inscriptions to the End of the Fifth Century B.C.* Oxford: Clarendon Press.

Miller, Paul Allen, and Charles Platter. 1993. "Introduction." *Arethusa* 26: 117–21.

Miller, Stephen. 1978. *The Prytaneion: Its Function and Architectural Form*. Berkeley: University of California Press.

Mireaux, Emile. 1959. *Daily Life in the Time of Homer*. New York: Macmillan.

Mondi, Robert. 1980. "ΣΚΗΡΤΟΥΧΟΙ ΒΑΣΙΛΕΙΣ: An Argument for Divine Kingship in Early Greece." *Arethusa* 13: 203–16.

Morgan, Catherine. 1988. "Corinth, the Corinthian Gulf and Western Greece during the Eighth Century BC." *Annual of the British School at Athens* 83: 313–38.

———. 1993. "The Origins of Pan-Hellenism." In *Greek Sanctuaries: New Approaches*, edited by Nanno Marinatos and Robin Hägg. London: Routledge, 18–44.

———. 1994. "The Evolution of a Sacral 'Landscape': Isthmia, Perachora, and the Early Corinthian State." In *Placing the Gods: Sanctuaries and Sacred Space in Ancient Greece*, edited by Susan E. Alcock and Robin Osborne. Oxford: Clarendon Press, 105–42.

Morgan, Catherine, and Todd Whitelaw. 1991. "Pots and Politics: Ceramic Evidence for the Rise of the Argive State." *American Journal of Archaeology* 95: 79–108.

Moore, Sally, and Barbara Myerhoff. 1977. "Introduction: Secular Ritual: Forms and Meanings." In *Secular Ritual*, edited by Moore and Myerhoff. Amsterdam: Van Gorcum.

Morris, Ian. 1986. "The Use and Abuse of Homer." *Classical Antiquity* 5 (April): 81–138.

———. 1987. *Burial and Ancient Society: The Rise of the Greek City-State.* Cambridge: Cambridge University Press.

———. 1991. "The Early Polis as City and State." In *City and Country in the Ancient World*, edited by John Rich and Andrew Wallace-Hadrill. New York: Routledge, 25–57.

———. 1997. "The Art of Citizenship." In *New Light on a Dark Age: Exploring the Culture of Geometric Greece*, edited by Susan Langdon. Columbia: University of Missouri Press, 9–43.

Muellner, Leonard. 1976. *The Meaning of Homeric εὔχομαι through Its Formulas.* Innsbruck: Innsbrucker Beiträge zur Sprachwissenschaft.

———. 1996. *The Anger of Achilles: Mênis in Greek Epic.* Ithaca, N.Y.: Cornell University Press.

Murray, Oswyn. 1980. *Early Greece.* Stanford, Calif.: Stanford University Press.

———. 1990. "Cities of Reason." In *The Greek City: From Homer to Alexander*, edited by Oswyn Murray and Simon Price. Oxford: Clarendon Press.

Myrsiades, Kostas, ed. 1987. *Approaches to Teaching Homer's* Iliad *and* Odyssey. New York: Modern Language Association of America.

Naas, Michael. 1995. *Turning: From Persuasion to Philosophy: A Reading of Homer's* Iliad. Atlantic Highlands, N.J.: Humanities Press.

Nagler, Michael. 1974. *Spontaneity and Tradition: A Study in the Oral Art of Homer.* Berkeley: University of California Press.

Nagy, Gregory. 1979. *The Best of the Achaeans: Concepts of the Hero in Archaic Greek Poetry.* Baltimore: Johns Hopkins University Press.

———. 1990. *Greek Mythology and Poetics.* Ithaca, N.Y.: Cornell University Press.

———. 1992. "Homeric Questions." *TAPA* 122: 17–60.

———. 1996. *Poetry as Performance: Homer and Beyond.* Cambridge: Cambridge University Press.

———. 1997. "The Shield of Achilles: Ends of the *Iliad* and the Beginnings of the *Polis*." In *New Light on a Dark Age: Exploring the Culture *of Geometric Greece*, edited by Susan Langdon. Columbia: University of Missouri Press, 194–207.

Newton, Adam Zachary. 1995. *Narrative Ethics.* Cambridge: Harvard University Press.

Nicholls, R. V. 1958–59. "Old Smyrna: The Iron Age Fortifications and Associated Remains on the City Perimeter." *The Annual of the British School at Athens* 53–54: 35–137.

Nietzsche, Friedrich. 1974. *The Gay Science.* Translated by Walter Kaufmann. New York: Vintage.

———. 1994a. *On the Genealogy of Morality.* Edited by Keith Ansell-Pearson. Translated by Carol Diethe. Cambridge: Cambridge University Press.

———. 1994b. "Homer on Competition." In *On the Genealogy of Morality,* edited by Keith Ansell-Pearson. Translated by Carol Diethe. Cambridge: Cambridge University Press.

Nilsson, Martin P. 1968. *Homer and Mycenae.* New York: Cooper Square.

Nimis, Steve. 1986. "The Language of Achilles: Construction vs. Representation." *Classical World* 79: 217–25.

Nussbaum, Martha. 1986. *The Fragility of Goodness: Luck and Ethics in Greek Tragedy and Philosophy.* Cambridge: Cambridge University Press.

———. 1990. *Love's Knowledge: Essays on Philosophy and Literature.* Oxford: Oxford University Press.

———. 1995. *Poetic Justice: The Literary Imagination and Public Life.* Boston: Beacon Press.

Ober, Josiah. 1989. *Mass and Elite in Democratic Athens: Rhetoric, Ideology, and the Power of the People.* Princeton, N.J.: Princeton University Press.

———. 1993. "The Athenian Revolution of 508/7 B.C.E.: Violence, Authority, and the Origins of Democracy." In *Cultural Poetics in Archaic Greece,* edited by Carol Dougherty and Leslie Kurke. Oxford: Oxford University Press, 215–32.

———. 1997. "Revolution Matters: Democracy as Demotic Action (A Response to Kurt A. Raaflaub)." In *Democracy 2500? Questions and Challenges,* edited by Ian Morris and Kurt Raaflaub. Dubuque, Iowa: Kendall/Hunt, 67–85.

Ober, Josiah, and Charles Hedrick, eds. 1996. *Dêmokratia: A Conversation on Democracies, Ancient and Modern.* Princeton, N.J.: Princeton University Press.

O'Brien, Joan. 1993. *The Transformation of Hera: A Study of Ritual, Hero, and the Goddess in the* Iliad. Lanham, Md.: Rowman & Littlefield.

Olson, S. Douglas. 1995. *Blood and Iron: Stories and Storytelling in Homer's* Odyssey. Leiden: Brill.

Ong, Walter. 1982. *Orality and Literacy: The Technologizing of the Word.* London: Methuen.

Oost, Stewart. 1972. "Cypselus the Bacchiad." *Classical Philology* 67 (January): 10–30.

Osborne, Robin. 1991. "Pride and Prejudice, Sense and Subsistence: Exchange and Society in the Greek City." In *City and Country in the Ancient World*, edited by John Rich and Andrew Wallace-Hadrill. London: Routledge.

———. 1996a. *Greece in the Making, 1200–479 BC.* London: Routledge.

———. 1996b. "Pots, Trade and the Archaic Greek Economy." *Antiquity* 70: 31–44.

Ostwald, Martin. 1996. "Shares and Rights: 'Citizenship' Greek Style and American Style." In *Dêmokratia: A Conversation on Democracies, Ancient and Modern*, edited by Josiah Ober and Charles Hedrick. Princeton, N.J.: Princeton University Press, 49–61.

Page, D. 1959. *History and the Homeric Iliad.* Berkeley: University of California Press.

Papadopoulos, John. 1996. Review of *Homer's World: Fiction, Tradition, Poetry*, edited by Øivind Andersen and Matthew Dickie. Bryn Mawr Classical Review 5.

Parke, H. W. 1967. *The Oracles of Zeus.* Oxford: Blackwell.

Parry, Adam. 1956. "The Language of Achilles." *TAPA* 87: 1–7.

———. 1987. *Introduction to The Making of Homeric Verse: The Collected Papers of Milman Parry*, edited by Adam Parry. Oxford: Clarendon.

Parry, Anne Amory. 1971. "Homer as Artist." *Classical Quarterly* 21: 1–15.

Parry, Milman. [1928] 1987a. "Homeric Formulae and Homeric Metre." *The Making of Homeric Verse: The Collected Papers of Milman Parry*, edited by Adam Parry. New York: Oxford University Press, 191–239.

———. [1928] 1987b. "The Traditional Epithet in Homer." In *The Making of Homeric Verse: The Collected Papers of Milman Parry*, edited by Adam Parry. New York: Oxford University Press, 1–190.

———. [1930] 1987c. "Studies in the Epic Technique of Oral Verse-Making. I. Homer and Homeric Style." In *The Making of Homeric Verse: The Collected Papers of Milman Parry*, edited by Adam Parry. New York: Oxford University Press, 266–324.

———. [1933] 1987d. "The Traditional Metaphor in Homer." In *The Making of Homeric Verse: The Collected Papers of Milman Parry*, edited by Adam Parry. New York: Oxford University Press, 365–75.

Patzek, Barbara. 1992. *Homer und Mykene: Mündliche Dichtung und Geschichtsschreibung.* München: R. Oldenbourg.

Pausanias. 1898. *Pausanias's Description of Greece.* 6 vols. Translated by J. G. Frazer. London: Macmillan.

Payne, Humfry, and others. 1940. *Perachora: The Sanctuaries of Hera Akraia and Limenia.* Oxford: Clarendon Press.

Peradotto, John. 1990. *Man in the Middle Voice: Name and Narration in the* Odyssey. Princeton, N.J.: Princeton University Press.

———. 1992. "Disauthorizing Prophecy: The Ideological Mapping of *Oedipus Tyrannus.*" *Transactions of the American Philological Association* 122: 9–15.

Pitkin, Hanna. 1972. *Wittgenstein and Justice.* Berkeley: University of California Press.

Pitt-Rivers, Julian. 1974. "Honour and Social Status." In *Honour and Shame: The Values of Mediterranean Society,* edited by J. G. Peristiany. Chicago: University of Chicago Press, 19–77.

Pohlenz, Max. 1956. "Furcht und Mitleid? Ein Nachwort." *Hermes* 84: 49–74.

Polanyi, Karl. 1944. *The Great Transformation: The Political and Economic Origins of Our Time.* Boston: Beacon Press.

Popham, M. R. 1993a. "The Main Excavation of the Building (1981–3)." In *Lefkandi II, The Protogeometric Building at Toumba. Part 2, The Excavation, Architecture and Finds,* edited by M. R. Popham, P. G. Calligas, and L. H. Sackett, with J. Coulton and H. W. Catling. Oxford: British School of Archaeology at Athens, 7–31.

———. 1993b. "The Sequence of Events, Interpretation and Date." In *Lefkandi II, The Protogeometric Building at Toumba. Part 2, The Excavation, Architecture and Finds,* edited by M. R. Popham, P. G. Calligas, and L. H. Sackett, with J. Coulton and H. W. Catling. Oxford: British School of Archaeology at Athens, 97–101.

Popham, M. R., P. G. Calligas, and L. H. Sackett, eds., with J. Coulton and H. W. Catling. 1993. *Lefkandi II, The Protogeometric Building at Toumba. Part 2, The Excavation, Architecture and Finds.* Oxford: British School of Archaeology at Athens.

Popham, M. R., L. H. Sackett, with P. G. Themelis, eds. 1980. *Lefkandi I: The Iron Age, Text.* Thames: British School of Archaeology at Athens.

Posner, R. A. 1979. "The Homeric Version of the Minimal State." *Ethics* 90: 27–46.

Powell, Barry. 1991. *Homer and the Origins of the Greek Alphabet.* Cambridge: Cambridge University Press.

Price, Theodora Hadzistelious. 1973. "Hero-Cult and Homer." *Historia* 22: 129–44.

Pucci, Pietro. 1987. *Odysseus Polutropos: Intertextual Readings in the* Odyssey *and in the* Iliad. Ithaca, N.Y.: Cornell University Press.

———. 1998a. "Honor and Glory in the *Iliad*." In *The Song of the Sirens: Essays on Homer*, by Pietro Pucci. Lanham, Md.: Rowman & Littlefield, 179–230.

———. 1998b. Preface to *The Song of the Sirens: Essays on Homer*. Lanham, Md.: Rowman & Littlefield, ix–xiii.

———. 1998c. "The Proem of the *Odyssey*." In *The Song of the Sirens: Essays on Homer*, by Pietro Pucci. Lanham, Md.: Rowman & Littlefield, 11–29.

Qviller, Bjørn. 1981. "The Dynamics of the Homeric Society." *Symbolae Osloenses* 56: 109–55.

Raaflaub, Kurt. 1988. "Athenische Geschichte und mündliche Überlieferung." In *Vergangenheit in mündlicher Überlieferung*, edited by Jürgen von Ungern-Sternberg and Hansjörg Reinau. Stuttgart: B. G. Teubner, 197–225.

———. 1989. "Homer and the Beginning of Political Thought in Greece." *Proceedings of the Boston Area Colloquium Series in Ancient Philosophy* 4: 1–25.

———. 1991. "Homer and die Geschichte des 8.Jh.s v. Chr." In *Zweihundert Jahre Homer-Forschung*, edited by Joachim Latacz. Stuttgart: B. G. Teubner, 205–56.

———. 1993. "Homer to Solon: The Rise of the Polis, The Written Sources." In *The Ancient Greek City-State*, edited by Mogens Herman Hansen. Copenhagen: Munksgaard, 41–105.

———. 1996. "Equalities and Inequalities in Athenian Democracy." In *Dêmokratia: A Conversation on Democracies, Ancient and Modern*, edited by Josiah Ober and Charles Hedrick. Princeton, N.J.: Princeton University Press, 139–74.

———. 1997a. "Greece." In *Ancient History: Recent Work and New Directions*, edited by Carol Thomas. Claremont, Calif.: Regina Books, 1–35.

———. 1997b. "Homeric Society." In *A New Companion to Homer*, edited by Ian Morris and Barry Powell. Leiden: Brill.

———. 1997c. "Politics and Interstate Relations in the World of Early Greek *Poleis*: Homer and Beyond." *Antichthon* 31: 1–27.

———. 1997d. "Power in the Hands of the People: Foundations of Athenian Democracy." In *Democracy 2500? Questions and Challenges*, edited by Ian Morris and Kurt Raaflaub. Dubuque, Iowa: Kendall/Hunt.

———. 1997e. "Soldiers, Citizens and the Evolution of the Early Greek *Polis.*" In *The Development of the Polis in Archaic Greece,* edited by Lynette G. Mitchell and P. J. Rhodes. New York: Routledge, 49–59.

———. 1998a. "A Historian's Headache: How to Read 'Homeric Society'?" In *Archaic Greece: New Approaches and New Evidence,* edited by Nick Fisher and Hans van Wees. London: Duckworth, 169–93.

———. 1998b. "Homer, the Trojan War, and History." *Classical World* 91: 387–403.

———. 2000. "Poets, Lawgivers, and the Beginnings of Political Reflection in Archaic Greece." In *The Cambridge History of Greek and Roman Political Thought,* edited by Christopher Rowe and Malcolm Schofield. Cambridge: Cambridge University Press, 23–59.

Rabel, Robert. 1997. *Plot and Point of View in the* Iliad. Ann Arbor: University of Michigan Press.

Radcliffe-Brown, A. R. 1940. Preface to *African Political Systems,* edited by M. Fortes and E. E. Evans-Pritchard. London: Oxford University Press.

———. 1952. *Structure and Function in Primitive Society.* London: Cohen & West.

Rawls, John. 1971. *A Theory of Justice.* Cambridge: Harvard University Press.

Rayner, Steve. 1988. "The Rules That Keep Us Equal: Complexity and Costs of Egalitarian Organization." In *Rules, Decisions, and Inequality in Egalitarian Societies,* edited by James Flanagan and Steve Rayner. Aldershot: Avebury.

Redfield, James. 1994. *Nature and Culture in the* Iliad: *The Tragedy of Hektor.* Durham, N.C.: Duke University Press.

Reece, Steve. 1993. *The Stranger's Welcome: Oral Theory and the Aesthetics of the Homeric Hospitality Scene.* Ann Arbor: University of Michigan Press.

Reinhardt, Karl. 1961. *Die Ilias und Ihr Dichter.* Edited by Uvo Hölscher. Göttingen: Vandenhoeck & Ruprecht.

Richardson, Nicholas. 1985. *The* Iliad: *A Commentary.* Vol. 6: Books 21–24. Cambridge: Cambridge University Press.

Richardson, Scott. 1990. *The Homeric Narrator.* Nashville, Tenn.: Vanderbilt University Press.

Ricoeur, Paul. 1981. "Narrative Time." In *On Narrative,* edited by W. J. T. Mitchell. Chicago: University of Chicago Press.

———. 1983a. "Action, Story and History: On Re-reading *The Human Condition.*" *Salmagundi* 60: 60–72.
———. 1983b. "The Narrative Function." In *Hermeneutics and the Human Sciences*, edited and translated by John B. Thompson. Cambridge: Cambridge University Press, 274–96.
———. 1984, 1985, 1988. *Time and Narrative.* 3 vols. Translated by Kathleen Blamey and David Pellauer. Chicago: University of Chicago Press.
———. 1992. *Oneself as Another.* Translated by Kathleen Blamey. Chicago: University of Chicago Press.
Rihll, T. E. 1991. "The Power of the Homeric βασιλεῖς." In *Homer 1987*, edited by J. Pinsent and H. V. Hurt. Liverpool: Liverpool Classical Monthly, 39–50.
Rihll, T. E., and A. G. Wilson. 1991. "Modelling Settlement Structures in Ancient Greece: New Approaches to the Polis." In *City and Country in the Ancient World*, edited by John Rich and Andrew Wallace-Hadrill. London: Routledge, 58–95.
Robb, Kevin. 1994. *Literacy and Paideia in Ancient Greece.* New York: Oxford University Press.
Robinson, Eric. 1997. *The First Democracies: Early Popular Government Outside Athens.* Stuttgart: Franz Steiner.
Roebuck, Carl. 1972. "Some Aspects of Urbanization in Corinth." *Hesperia* 41: 96–127.
Rogin, Michael. 1983. *Subversive Genealogy: The Politics and Art of Herman Melville.* Berkeley: University of California Press.
Rose, Peter. 1988. "Thersites and the Plural Voices of Homer." *Arethusa* 21: 4–25.
———. 1992. *Sons of the Gods, Children of Earth: Ideology and Literary Form in Ancient Greece.* Ithaca, N.Y.: Cornell University Press.
———. 1997. "Ideology in the *Iliad*: Polis, *Basileus, Theoi.*" *Arethusa* 30: 151–99.
Roussel, Denis. 1976. *Tribu et Cite.* Paris: Annales Littéraires de L'Université de Besançon.
Rowe, John Carlos. 1993. "The Writing Class." In *Politics, Theory, and Contemporary Culture*, edited by Mark Poster. New York: Columbia University Press, 41–82.
Rubino, Carl A. 1993. "Opening Up the Classical Past: Bakhtin, Aristotle, Literature, Life." *Arethusa* 26: 141–57.
Ruijgh, C. J. 1995. "D'Homère aux origines proto-Mycéniennes de la tradition épique." In *Homeric Questions*, edited by Jan Paul Crielaard. Amsterdam: J. C. Gieben, 1–96.

Runciman, W. G. 1982. "Origins of States: The Case of Archaic Greece." *Comparative Studies in Society and History* 24: 351–77.

———. 1990. "Doomed to Extinction: The *Polis* as an Evolutionary Dead-End." In *The Greek City: From Homer to Alexander*, edited by Oswyn Murray and Simon Price. Oxford: Clarendon Press, 347–67.

Runnels, Curtis, and Tjeerd Van Andel. 1987. "The Evolution of Settlement in the Southern Argolid, Greece." *Hesperia* 56: 303–34.

Russo, Joseph. 1968. "Homer against His Tradition." *Arion* 7 (summer): 275–95.

———. 1978. "How, and What, Does Homer Communicate? The Medium and Message of Homeric Verse." In *Communication Arts in the Ancient World*, edited by Eric A. Havelock and Jackson P. Hershbell. New York: Hastings House, 39–52.

Ruzé, François. 1984. "Plethos, Aux origines de la majorité politique." In *Aux origines de l'Hellénisme: La Crète et la Grèce*. Paris: Publications de la Sorbonne, 247–63.

———. 1997. *Délibération et pouvoir dans la cité grecque: De Nestor à Socrate*. Paris: Sorbonne.

Sabine, George. 1950. *A History of Political Theory*. Rev. ed. New York: Holt.

Sahlins, Marshall. 1967. "The Segmentary Lineage: An Organization of Predatory Expansion." In *Comparative Political Systems: Studies in the Politics of Pre-Industrial Societies*, edited by Ronald Cohen and John Middleton. Garden City, N.Y.: Natural History Press.

———. 1968. *Tribesmen*. Englewood Cliffs, N.J.: Prentice-Hall.

———. 1972. *Stone Age Economics*. Chicago: Aldine-Atherton.

Sahlins, Marshall, and Elman Service, eds. 1960. *Evolution and Culture*. Ann Arbor: University of Michigan Press.

Sakellarious, M. B. 1989. *The Polis-State, Definition and Origin*. Athens: Research Centre for Greek and Roman Antiquity.

Sale, W. M. 1994. "The Government of Troy: Politics in the *Iliad*." *GRBS* 35: 5–102.

Salmon, J. B. 1984. *Wealthy Corinth: A History of the City to 338 BC*. Oxford: Clarendon Press.

Saussure, Ferdinand de. 1959. *Course in General Linguistics*. Edited by Charles Bally and Albert Sechehaye, in collaboration with Albert Riedlinger. Translated by Wade Baskin. New York: McGraw-Hill.

Saxonhouse, A. W. 1988. "*Thymos*, Justice, and Moderation of Anger in the Story of Achilles." In *Understanding the Political Spirit: Philo-*

sophical Investigations from Socrates to Nietzsche, edited by C. H. Zuckert. New Haven, Conn.: Yale University Press.
Schadewaldt, Wolfgang. 1955. "Furcht und Mitleid? Zur Deutung des Aristotelischen Tragödiensatzes." *Hermes* 83: 129–71.
———. 1959. *Von Homers Welt und Werk: Aufsätze und Auslegungen zur Homerischen Frage*. 3d ed. Stuttgart: K. F. Koehler.
Schein, Seth. 1984. *The Mortal Hero*. Berkeley: University of California Press.
Schmitt, Arbogast. 1990. *Selbständigkeit und Abhängigkeit menschlichen Handelns bei Homer*. Stuttgart: Franz Steiner.
Schmitt-Pantel, Pauline. 1990. "Collective Activities and the Political in the Greek City." In *The Greek City: From Homer to Alexander*, edited by Oswyn Murray and Simon Price. Oxford: Clarendon Press, 199–213.
Schofield, Malcolm. 1986. "*Euboulia* in the *Iliad*." *Classical Quarterly* 36: 6–31.
Scholes, Robert, and Robert Kellogg. 1966. *The Nature of Narrative*. New York: Oxford University Press.
Scully, Stephen. 1981. "The Polis in Homer: A Definition and Interpretation." *Ramus* 10: 1–34.
———. 1990. *Homer and the Sacred City*. Ithaca, N.Y.: Cornell University Press.
Seaford, Richard. 1994. *Reciprocity and Ritual: Homer and Tragedy in the Developing City-State*. Oxford: Clarendon Press.
Sealey, Raphael. 1976. *A History of the Greek City States ca. 700–338 B.C.* Berkeley: University of California Press.
Segal, Charles. 1971. *The Theme of the Mutilation of the Corpse in the* Iliad. Leiden: Brill.
———. 1986. *Interpreting Greek Tragedy: Myth, Poetry, Text*. Ithaca, N.Y.: Cornell University Press.
———. 1992. "Bard and Audience in Homer." In *Homer's Ancient Readers: The Hermeneutics of Greek Epic's Earliest Exegetes*, edited by Robert Lamberton and John Keaney. Princeton, N.J.: Princeton University Press.
Service, Elman. 1962. *Primitive Social Organization: An Evolutionary Perspective*. New York: Random House.
———. 1975. *Origins of the State and Civilization: The Process of Cultural Evolution*. New York: Norton.
Shannon, Richard Stoll. 1975. *The Arms of Achilles and Homeric Compositional Technique*. Leiden: Brill.

Shapiro, H. A. 1989. *Art and Cult under the Tyrants in Athens.* Mainz am Rhein: Philipp von Zabern.

Shapiro, Michael J. 1992. *Reading the Postmodern Polity: Political Theory as Textual Practice.* Minneapolis: University of Minnesota Press.

Sharples, R. W. 1983. "'But Why Has My Spirit Spoken With Me Thus?': Homeric Decision-Making." *Greece and Rome* 30 (April): 1–7.

Shipley, Graham. 1987. *A History of Samos, 900–188 B.C.* Oxford: Clarendon Press.

Sinn, Ulrich. 1996. "The Influence of Greek Sanctuaries on the Consolidation of Economic Power." In *Religion and Power in the Ancient Greek World,* edited by Pontus Hellström and Brita Alroth. Uppsala: Motala Grafiska, 67–74.

Sinos, Dale. 1980. *Achilles, Patroklos and the Meaning of* Philos. Innsbruck: Innsbrucker Beiträge zur Sprachwissenschaft.

Sinos, Rebecca. 1993. "Divine Selection: Epiphany and Politics in Archaic Greece. In *Cultural Poetics in Archaic Greece: Cult, Performance, Politics,* edited by Carol Dougherty and Leslie Kurke. Oxford: Oxford University Press, 73–91.

Snell, Bruno. 1930. "Das Bewußtsein von eigenen Entscheidungen im frühen Griechentum." *Philologus* 85: 141–58.

———. [1953] 1982. *The Discovery of the Mind in Greek Philosophy and Literature.* New York: Dover.

Snell, Bruno, and Hartmut Erbse, eds. 1982. *Lexikon des frühgriechischen Epos.* Göttingen: Vandenhoek & Ruprecht.

Snodgrass, A. M. 1964. *Early Greek Armour and Weapons.* Edinburgh: University Press.

———. 1965. "The Hoplite Reform and History." *Journal of Hellenic Studies* 85: 110–22.

———. 1971. *The Dark Ages of Greece.* Edinburgh: University Press.

———. 1974. "An Historical Homeric Society?" *JHS* 94: 114–25.

———. 1980. *Archaic Greece.* Berkeley: University of California Press.

———. 1982. "Central Greece and Thessaly." In *The Cambridge Ancient History.* 2d ed. Vol. 3, part 1. Cambridge: Cambridge University Press.

———. 1991. "Archaeology and the Study of the Greek City." In *City and Country in the Ancient World,* edited by John Rich and Andrew Wallace-Hadrill. New York: Routledge, 1–23.

Sourvinou-Inwood, Christiane. 1990. "What Is *Polis* Religion?" In *The Greek City: From Homer to Alexander,* edited by Oswyn Murray and Simon Price. Oxford: Clarendon Press.

———. 1993. "Early Sanctuaries, the Eighth Century and Ritual Space: Fragments of a Discourse." In *Greek Sanctuaries: New Approaches*, edited by Nanno Marinatos and Robin Hägg. London: Routledge, 1–17.

Stahl, Michael. 1987. *Aristokraten und Tyrannen im archaischen Athen*. Stuttgart: Franz Steiner.

Stanley, K. 1993. *The Shield of Homer: Narrative Structure in the* Iliad. Princeton, N.J.: Princeton University Press.

Starr, Chester G. 1961. *The Origins of Greek Civilization: 1100–650 B.C.* New York: Knopf.

———. 1977. *The Economic and Social Growth of Early Greece 800–500 B.C.* New York: Oxford University Press.

———. 1982. "Economic and Social Conditions in the Greek World." In *The Cambridge Ancient History*, edited by John Boardman and N. G. L. Hammond. 2d ed. Vol. 3, part 3. Cambridge: Cambridge University Press.

———. 1986. *Individual and Community: The Rise of the Polis, 800–500 B.C.* New York: Oxford University Press.

Steiner, Ann. 1992. "Pottery and Cult in Corinth: Oil and Water at the Sacred Spring." *Hesperia* 61: 385–408.

Steuerman, Emilia. 1992. "Habermas vs. Lyotard: Modernity vs. Postmodernity?" In *Judging Lyotard*, edited by Andrew Benjamin. New York: Routledge: 99–118.

Stewart, Susan. 1986. "Shouts on the Street: Bakhtin's Anti-Linguistics." In *Bakhtin: Essays and Dialogues on His Work*, edited by Gary Saul Morson. Chicago: University of Chicago Press.

Stillwell, Agnes Newhall. 1948. *Corinth: The Potters' Quarter.* Vol. 15, part 1. Princeton, N.J.: American School of Classical Studies at Athens.

Strasburger, Hermann. [1952] 1982. "Der soziologische Aspekt der homerischen Epen." In *Studien zur Alten Geschichte.* Vol. 1 of 3, edited by Walter Schmitthenner and Renate Zoepffel. Hildescheim: Georg Olms.

Swartz, Mark, Victor Turner, and Arthur Tuden. 1966. Introduction to *Political Anthropology*, edited by Swartz, Turner, and Tuden. Chicago: Aldine.

Talman, J. L. 1960. *The Origins of Totalitarian Democracy*. New York: Praeger.

Tandy, David. 1997. *Warriors into Traders: The Power of the Market in Early Greece.* Berkeley: University of California Press.

Taplin, Oliver. 1980. "The Shield of Achilles within the *Iliad.*" *Greece and Rome*, 2d ser., 27 (April): 1–21.

———. 1990. "Agamemnon's Role in the *Iliad.*" In *Characterization and Individuality in Greek Literature,* edited by Christopher Pelling. Oxford: Clarendon Press, 60–82.

———. 1992. *Homeric Soundings: The Shaping of the Iliad.* New York: Oxford University Press.

Thalmann, William. 1988. "Thersites: Comedy, Scapegoats, and Heroic Ideology in the *Iliad.*" *TAPA* 118: 1–28.

———. 1998. *The Swineherd and the Bow: Representations of Class in the* Odyssey. Ithaca, N.Y.: Cornell University Press.

Thiele, Leslie Paul. 1997. *Thinking Politics: Perspectives in Ancient, Modern, and Postmodern Political Theory.* Chatham, N.J.: Chatham House.

Thomas, Carol. 1966. "Homer and the Polis." *La Parola del passato* 21: 5–14.

Thomas, Carol, and Craig *Conant. 1999. Citadel to City-State: The Transformation of Greece, 1200–700 B.C.E.* Bloomington: Indiana University Press.

Thompson, Michael. 1982. "The Problem of the Centre: An Autonomous Cosmology." In *Essays in the Sociology of Perception,* edited by Mary Douglas. London: Routledge & Kegan Paul.

Thompson, Michael, Richard Ellis, and Aaron Wildavsky. 1990. *Cultural Theory.* Boulder, Colo.: Westview Press.

Turner, Frank. 1997. "The Homeric Question." In *A New Companion to Homer,* edited by Ian Morris and Barry Powell. Leiden: Brill, 123–45.

Turner, Victor. 1974. *Dramas, Fields and Metaphors: Symbolic Action in Human Society.* Ithaca, N.Y.: Cornell University Press.

———. 1981. "Social Dramas and Stories about Them." In *On Narrative,* edited by W. J. T. Mitchell. Chicago: University of Chicago Press, 137–64.

———. 1986. *The Anthropology of Performance.* New York: PAJ Publications.

Ulf, Christoph. 1990. *Die homerische Gesellschaft: Materialien zur analytischen Beschreibung und historischen Lokalisierung.* München: Beck.

Van Wees, Hans. 1988. "Kings in Combat: Battles and Heroes in the *Iliad.*" *Classical Quarterly* 38: 1–24.

———. 1992. *Status Warriors: War, Violence and Society in Homer and History.* Amsterdam: J. C. Gieben.

———. 1994. "The Homeric Way of War: The *Iliad* and the Hoplite Phalanx." *Greece and Rome* 41: 1–18, 131–55.

Vattimo, Gianni. 1986. "The End of (Hi)story." *Chicago Review* 35: 20–30.

Verdelis, Nicholas. 1962. "A Sanctuary at Solygeia." *Archaeology* 15 (March): 184–92.

Vernant, Jean-Pierre. 1990a. "The Historical Moment of Tragedy in Greece: Some of the Social and Psychological Conditions." In *Myth and Tragedy in Ancient Greece,* by Vernant and Pierre Vidal-Naquet. Translated by Janet Lloyd. New York: Zone Books.

———. 1990b. "Intimations of the Will in Greek Tragedy." In *Myth and Tragedy in Ancient Greece,* by Vernant and Pierre Vidal-Naquet. Translated by Janet Lloyd. New York: Zone Books.

———. 1990c. "Tensions and Ambiguities in Greek Tragedy." In *Myth and Tragedy in Ancient Greece,* by Vernant and Pierre Vidal-Naquet. Translated by Janet Lloyd. New York: Zone Books.

———. 1991. *Mortals and Immortals.* Edited by Froma Zeitlin. Princeton, N.J.: Princeton University Press.

Vickers, Brian. 1993. *Appropriating Shakespeare: Contemporary Critical Quarrels.* New Haven, Conn.: Yale University Press.

Vivante, Paolo. 1970. *The Homeric Imagination: A Study of Homer's Poetic Perception of Reality.* Bloomington: Indiana University Press.

———. 1982. *The Epithets in Homer: A Study in Poetic Values.* New Haven, Conn.: Yale University Press.

———. 1985. *Homer.* New Haven, Conn.: Yale University Press.

Vlasaki, Maria. 1991. "The Khania Area, ca 1200–700 B.C." In *La transizione dal Miceneo all' alto arcaismo. Dal palazzo alla città.* Edited by D. Musti, A. Sacconi, L. Rocchetti, M. Rocchi, E. Scarfa, L. Sportiello, and M. E. Giannotta. Roma: Consiglio Nazionale della Ricerche.

Von Reden, Sitta. 1995. *Exchange in Ancient Greece.* London: Duckworth.

Wathelet, Paul. 1981. "La langue homérique et le rayonnement littéraire de l' Eubée." *L'Antiquité classique* 50: 819–33.

Weber, Max. 1978. *Economy and Society.* 2 vols. Edited by Guenther Roth and Claus Wittich. Berkeley: University of California Press.

Weil, Simone. 1965. *The* Iliad, *or the Poem of Force.* Wallingford, Pa.: Pendle Hill.

West, M. L. 1966. *Hesiod. Theogony.* Oxford: Clarendon.

———. 1971. *Early Greek Philosophy and the Orient.* Oxford: Clarendon.

———. 1988. "The Rise of the Greek Epic." *Journal of Hellenic Studies* 108: 151–72.

———. 1995. "The Date of the *Iliad.*" *Museum Helveticum* 52: 203–19.

Westbrook, Raymond. 1992. "The Trial Scene in the *Iliad.*" *Harvard Studies in Classical Philology* 94: 53–76.

White, Hayden. 1981. "The Value of Narrativity in the Representation of Reality." In *On Narrative,* edited by W. J. T. Mitchell. Chicago: University of Chicago Press, 1–23.

White, James Boyd. 1984. *When Words Lose Their Meaning: Constitutions and Reconstitutions of Language, Character, and Community*. Chicago: University of Chicago Press.

———. 1994. *Acts of Hope: Creating Authority in Literature, Law, and Politics*. Chicago: University of Chicago Press.

White, Stephen K. 1991. *Political Theory and Postmodernism*. Cambridge: Cambridge University Press.

Whitley, James. 1988. "Early States and Hero Cults: A Re-Appraisal." *Journal of Hellenic Studies* 108: 173–82.

———. 1991. *Style and Society in Dark Age Greece: The Changing Face of a Pre-literate Society 1100–700 BC*. Cambridge: Cambridge University Press.

———. 1995. "Tomb Cult and Hero Cult: The Uses of the Past in Archaic Greece." In *Time, Tradition and Society in Greek Archaeology: Bridging the "Great Divide,"* edited by Nigel Spencer. London: Routledge, 43–63.

Whitman, Cedric. 1958. *Homer and the Heroic Tradition*. Cambridge: Harvard University Press.

Wickersham, John M., and Dora C. Pozzi. 1991. Introduction to *Myth and the Polis*. Ithaca, N.Y.: Cornell University Press.

Wildavsky, Aaron. 1987. "Choosing Preferences by Constructing Institutions: A Cultural Theory of Preference Formation." *American Political Science Review* 81: 3–21.

Will, Édouard. 1955. *Korinthiaka: Recherches sur l'histoire et la civilisation de Corinthe des origines aux guerres médiques*. Paris: E. de Boccard.

Willcock, M. M. 1970. "Some Aspects of the Gods in the *Iliad*." *Bulletin of the Institute of Classical Studies* 17: 1–10.

Willetts, R. F. 1965. *Ancient Crete: A Social History*. London: Routledge & Kegan Paul.

———. 1977. *The Civilization of Ancient Crete*. London: Batsford.

Williams, Bernard. 1981. "Moral Luck." In *Moral Luck: Philosophical Papers 1973–1980*. Cambridge: Cambridge University Press.

———. 1985. *Ethics and the Limits of Philosophy*. Cambridge: Cambridge University Press.

———. 1993. *Shame and Necessity*. Berkeley: University of California Press.

Williams, Charles. 1984. "The Early Urbanization of Corinth." *Annuario della Scuola Archeologica di Atene* 60: 9–20.

Williams, Charles, and Joan Fisher. 1971. "Corinth, 1970: Forum Area." *Hesperia* 40: 1–51.

———. 1973. "Corinth, 1972: The Forum Area." *Hesperia* 42: 1–44.
Wittgenstein, Ludwig. 1953. *Philosophical Investigations.* Translated by G. E. M. Anscombe. New York: Macmillan.
Wolf, F. A. [1795] 1985. *Prolegomena to Homer.* Translated by Anthony Grafton, Glenn Most, and James Zetzel. Princeton, N.J.: Princeton University Press.
Wolff, Erwin. 1929. "Review of Bruno Snell: *Aischylos und das Handeln im Drama.*" *Gnomon* 5: 386–400.
Wolff, Hans Julius. 1946. "The Origin of Judicial Litigation among the Greeks." *Traditio* 4: 31–87.
Wolin, Sheldon. 1960. *Politics and Vision: Continuity and Innovation in Western Political Thought.* Boston: Little, Brown.
———. 1972. "Political Theory as a Vocation." In *Machiavelli and the Nature of Political Thought,* edited by Martin Fleischer. New York: Atheneum.
Wood, Ellen, and Neal Wood. 1978. *Class Ideology and Ancient Political Theory: Socrates, Plato, and Aristotle in Social Context.* Oxford: Blackwell.
Yamagata, Naoko. 1994. *Homeric Morality.* Leiden: Brill.
Yaron, Reuven. 1993. "Social Problems and Policies in the Ancient Near East." In *Law, Politics and Society in the Ancient Mediterranean World,* edited by Baruch Halpern and Deborah Hobson. Sheffield: Sheffield Academic Press, 19–41.
Young-Bruehl, Elisabeth. 1977. "Hannah Arendt's Storytelling." *Social Research* 44: 183–90.
Zaidman, Louise Bruit, and Pauline Schmitt Pantel. 1992. *Religion in the Ancient Greek City.* Translated by Paul Cartledge. Cambridge: Cambridge University Press. Originally published as La Religion grecque (Paris: Armand Colin Editeur, 1989).
Zanker, Graham. 1994. *The Heart of Achilles: Characterization and Personal Ethics in the* Iliad. Ann Arbor: University of Michigan Press.
Zeitlin, Froma. 1996. *Playing the Other: Gender and Society in Classical Greek Literature.* Chicago: University of Chicago Press.

引文索引

（索引页码指原书页码，即方括号[]内的页码）

专名索引

（索引页码指原书页码，即方括号[]内的页码）

图书在版编目(CIP)数据

作为政治学的《伊利亚特》/(美)翰默著;程志敏,王芳译.--上海:华东师范大学出版社,2022

ISBN 978-7-5760-3155-3

Ⅰ.①作… Ⅱ.①翰… ②程… ③王… Ⅲ.①英雄史诗—诗歌研究—古希腊 Ⅳ.①I545.072

中国版本图书馆CIP数据核字(2022)第155441号

华东师范大学出版社六点分社
企划人 倪为国

The Iliad as Politics
by Dean Hammer

上海市版权局著作权合同登记 图字:09—2017—860号

经典与解释·古典学丛编
作为政治学的《伊利亚特》

著　　者 [美]翰默
译　　者 程志敏 王 芳
责任编辑 彭文曼
责任校对 王寅军
封面设计 吴元瑛

出版发行 华东师范大学出版社
社　　址 上海市中山北路3663号 邮编 200062
网　　址 www.ecnupress.com.cn
电　　话 021-60821666 行政传真 021-62572105
客服电话 021-62865537 门市(邮购)电话 021-62869887
地　　址 上海市中山北路3663号华东师范大学校内先锋路口
网　　店 http://hdsdcbs.tmall.com

印 刷 者 上海景条印刷有限公司
开　　本 890×1240 1/32
插　　页 2
印　　张 8.75
字　　数 170千字
版　　次 2022年10月第1版
印　　次 2022年10月第1次
书　　号 ISBN 978-7-5760-3155-3
定　　价 58.00元

出 版 人 王 焰

(如发现本版图书有印订质量问题,请寄回本社客服中心调换或电话021-62865537联系)